배신 기사의 유쾌한 신의 18

초판 1쇄 발행 2024년 10월 17일

지은이 ㅣ 가언
발행인 ㅣ 최원영
편집장 ㅣ 이호준
편집디자인 ㅣ 박민솔
영업 ㅣ 김민원 조은걸

펴낸곳 ㅣ ㈜ 디앤씨미디어
등록 ㅣ 2002년 4월 25일 제20-260호
주소 ㅣ 서울시 구로구 디지털로32길 30 코오롱디지털타워빌란트 1301-1308호
전화 ㅣ 02-333-2513(대표)
팩시밀리 ㅣ 02-333-2514
E-mail ㅣ seed_dnc@dncmedia.co.kr
블로그 ㅣ blog.naver.com/gnpdl7

ISBN 979-11-6145-667-6 04810
ISBN 979-11-6145-506-8 (SET)

※ 저자와 협의하여 인지는 붙이지 않습니다.
※ 이 책은 ㈜ 디앤씨미디어(시드북스)가 저작권자와의 계약에 따라 발행한 것으로 본사와 저자의 허락 없이는 어떠한 형태나 수단으로도 내용을 이용할 수 없습니다.

배신기사의 유쾌한 신의

가언 판타지 장편소설 18

SEEDBOOKS FANTASY NOVEL

1장. 어둠의 피에 물든 평화를 짓밟고 · 7

2장. 새벽의 시작점 · 43

3장. 찬란한 햇살과 함께 찾아온 · 95

4장. 네 말은 하나도 못 믿겠다. · 159

5장. 연극을 위한 연극 · 209

6장. 원래 인생이라는 건 · 259

1장. 어둠의 피에 물든 평화를 짓밟고

어둠의 피에 물든 평화를 짓밟고

단지 서막에 불과하다.

아렌트의 그 말이 마치 저주라도 된 듯, 채 이틀이 지나기도 전 처참한 소식이 날아들었다.

이번에는 에버란 왕국에서였다.

"……전멸이라고?"

칸타레스가 믿지 못하겠다는 투로 읊조렸다.

회의 중에 함께 자리를 지키고 있던 세 기사단장과 르웰린 역시 경악한 것은 마찬가지였다.

급보를 전해 온 제레온이 빠르게 말을 이었다.

"영주님과 그곳을 지키던 기사와 병사들이 전멸했습니다. 근처의 다른 영주가 급히 지원하러 나갔지만 이미……."

보좌관의 보고는 그저 끔찍하기만 했다.

싸움에 나선 이들은 모두 죽었다. 호문쿨루스와 구울을 앞세운 공격에 제대로 대응할 수 있는 사람은 아무도 없었다.

승리를 거둔 체르니온교는 영주와 그 일가족, 기사들을 효수해 성문에 목을 걸어 두고 피해자들의 피로 성벽에 붉은 글씨를 칠해 놓았다.

어둠의 피에 물든 평화를 짓밟고, 새로운 세상이 열린다.

거기까지 들은 그들은 그 잔인함에 할 말을 잃어버리고 말았다. 제레온이 괴로운 표정으로 덧붙였다.

"현재 그 영지는 적군에게 점령당한 상태라고 합니다. 탈출에 실패한 영지민들은 그곳에 볼모로 잡혀 있으며, 적들은 그 어떤 협상에도 응하지 않겠다 선언한 상태입니다."

"협상……. 할 리가 없겠지."

칸타레스가 신음을 흘렸다.

"놈들의 목적은 말 그대로 이쪽을 쓸어버리는 걸 테니까."

"……."

황태자의 말을 부정할 수 있는 사람은 아무도 없었다.

"현재는 지원군이 적들이 점거한 영지를 포위한 상태이며, 계속해서 대치 중입니다. 조만간 다시 교전이 벌어질 듯해, 왕궁에서 병력과 기사단을 파견할 계획이라십니다."

 모두가 굳어 버린 와중, 라이오스의 뒤에 선 아렌트가 짧게 내뱉었다.

 "야."

 "……!"

 얼어붙어 있던 르웰린이 몸을 흠칫하며 반응했다.

 "어, 어. 듣고 있어."

 "뭘 멍하니 있어? 여기에 에버란 왕국 사람이 너 말고 더 있어?"

 아렌트의 까칠한 말에 잠깐 멍하니 있던 르웰린이 고개를 끄덕였다.

 "어, 응……. 미안. 그렇지."

 "보좌관님. 상황은 그렇다 치고, 본론이 뭐예요? 그냥 큰일 났다는 걸 알려 주려고 연락한 건 아닐 거잖아요."

 이번에는 제레온에게 화살이 날아들었다.

 잠시 멍하니 있다 퍼뜩 정신을 차린 제레온이 고개를 끄덕였다.

 "네, 그렇습니다. 에버란 왕국 역시 적에 대비하기는 했지만, 지금 당장 놈들에게 맞서는 데는 무리가 있다고 합니다. 그래서 국왕 전하께서 지원을 요청하셨습니다."

 그쪽으로 병력을 보내기 전, 먼저 칼리온 제국으로 급히 연락을 해 온 것이다.

 "그리고……."

쉽게 말을 꺼내지 못하고 뜸을 들이던 제레온이 천천히 말을 이었다.

"르웰린 왕자께서는 가능한 한 제국에 남아 계셨으면 한다고, 전언이 있었습니다."

"……."

잠깐 그 말을 제대로 이해하지 못한 듯, 르웰린은 한동안 멀뚱멀뚱 보좌관을 보기만 했다.

하지만 제레온은 그가 잘못 들은 것이 아니라는 것을 증명이라도 하듯, 곤란한 얼굴로 고개를 숙였다.

그제야 르웰린이 더듬더듬 되물었다.

"잠깐만, 보좌관. 뭐라고? 아버지가 뭐라 말씀하셨다고?"

"방금 말씀드린 그대로입니다. 황태자 전하께 왕자님을 부탁드린다고 말씀하셨습니다."

마치 그를 달래듯, 제레온이 침착하게 말을 이었다.

"현재 왕자님은 칼리온 제국에서 충분히 많은 일을 하고 계시니……."

"여기에 남아 있으라니!"

콰앙!

말이 채 끝나기도 전, 르웰린이 테이블을 내려치며 벌떡 일어났다.

"그게 무슨 말도 안 되는 소리야? 에버란 왕국 사람 중, 그 자식들에 대해서 나만큼 잘 아는 사람이 어디에 있다고?"

"이곳에 계시면서 제국과 원활하게 소통할 수 있도록 도와달라고 말씀하셨습니다."

제레온이 흥분한 그를 달래 보려 설명을 덧붙였지만, 그 말은 오히려 르웰린을 더욱 분노케 하고 말았다.

"그게 무슨 핑계야? 소통이 무슨 상관인데! 아버지는 도대체……. 나 같은 건 방해만 된다는 말씀이신가? 늘 밖을 떠돌기만 하는 놈은 국정에 참견할 자격도 없다고?"

"아마 국왕 전하께서는……."

침묵하던 켄드릭이 조용히 끼어들었다.

"단지 왕자님의 안위를 걱정하신 것일 겁니다. 그렇지 않아도 무모한 일을 많이 하시는 분이시니까요."

그제야 르웰린이 입을 꾹 다물었다.

사방이 조용해지자 다이아나가 천천히 말했다.

"만에 하나 방어선이 뚫린다면 왕국 전체가 공격받는 것도 순식간일 테지요. 게다가 전투가 벌어진 장소도 왕성과 그리 멀지 않은 곳이 아닙니까."

에버란 왕국은 국토가 그리 넓은 나라가 아니었다.

약간이라도 밀리게 된다면 국토 전체가 집어삼켜지는 것도 순식간일 터였다.

그러니 국왕과 두 왕자는 만에 하나의 가능성을 고려할 수밖에 없을 것이다.

왕실의 핏줄을 보호하는 것과 동시에, 자유롭게 사는

막내만큼은 전란에 휩싸이지 않게 하려는 것이다.

몇 번 입을 달싹이던 르웰린이 허망하게 중얼거렸다.

"아니, 아무리 그렇다고 해도……."

"하지만 전하의 심정도 이해할 수 있습니다."

켄드릭이 힘주어 말했다.

"자식을 염려하시는 마음을 어찌 헤아리지 못할까요. 제게 자식이 있었더라면, 저 역시 같은 결정을 내렸을 겁니다."

"……."

뭐라 더 항변하려던 르웰린이 입을 꾹 다물고 시선을 떨어뜨렸다. 언제나 천진난만하던 두 눈동자가 흔들리고 있었다.

두통을 가라앉히려 관자놀이를 꾹꾹 누르며, 칸타레스가 한 마디를 얹었다.

"저 역시 동의합니다. 왕자까지 왕국으로 돌아갈 필요는 없다고 봅니다."

회의실에 침묵이 내려앉았다.

르웰린은 여전히 갈피를 잡지 못한 채 입술을 꾹 깨물고 있을 뿐이었다.

뭐라 항변하고 싶지만, 차마 아무런 말도 꺼내지 못하는 기색이 역력했다.

다른 이들 역시 미처 함부로 입을 열지 못하는 순간.

"아니, 근데요."

상황에 어울리지 않는 뚱한 목소리가 흘러나왔다. 회의실에 있던 모든 이들이 반사적으로 고개를 들었다.

 "걱정하니 뭐니 하는 건 분명 틀린 말씀은 아닙니다만. 꼴이 좀 웃기지 않습니까? 지금껏 저 녀석을 온갖 위험한 곳에 끌고 다녔잖아요."

 시선이 모인 곳에는 너무나도 당연하다는 듯, 라이오스의 뒤에 삐딱한 자세로 선 아렌트가 있었다.

 "굳이 따지자면 끌고 다닌 사람은 저라고 해야겠지만. 딱히 지금까지 썩 적극적으로 반대하지도 않으셨잖습니까. 이번에 루카인 왕국에 제일 먼저 잠입한 사람이 누구였죠?"

 "……."

 "그때도 충분히 위험했습니다만. 그리고 네펠레 왕국까지 가서 드래곤과도 맞섰던 게 저 녀석인데."

 황태자를 비롯한 모두는 자연스레 떨떠름한 표정을 짓고 말았다.

 지금 이 순간, 동요하지 않은 사람은 딱 한 명. 라이오스뿐이었다.

 아렌트가 말을 이었다.

 "저놈이 애새끼도 아니고. 여러분들끼리 왈가왈부할 필요가 있어요? 어차피 결정은 쟤가 하는 건데."

 "진짜 저 새끼 주둥이는……."

 잠깐 입을 다물고 있던 칸타레스가 탄식을 터뜨렸다.

황태자의 그런 반응은 싹 무시해 버린 아렌트는 시선을 돌려 르웰린을 보았다.

　어느 순간부터 넋을 놓고 아렌트를 응시하던 르웰린이 그와 눈을 마주치고 움찔했다.

　"너 하고 싶은 대로 해. 책임질 수 있고, 후회하지 않을 방향으로."

　아렌트는 그를 똑바로 바라보며 또박또박 말을 이었다.

　"네가 언제부터 남의 말을 그렇게 잘 들었다고. 곱게 자란 왕자님 노릇은 지긋지긋했던 거 아니었어?"

　"……."

　몇 차례 입을 달싹이던 르웰린이 꾹 입술을 깨물었다. 아렌트는 뭐라 더 첨언하지 않고 그를 지켜보기만 할 뿐이었다.

　잠시 후.

　천천히 눈을 감았다가 뜬 르웰린은, 더 이상 동요하지 않았다.

　그 모습을 본 다이아나가 짧게 한숨을 삼켰다.

　고작 견습 기사가 몇 마디 입을 놀린 것으로 왕자가 결심을 굳혀 버렸다는 것을 본능적으로 깨달은 것이다.

　칸타레스 역시 쓴웃음을 지었다.

　"말썽꾸러기 왕자가 어디 갈 리는 없지요."

　"혹시 제 선택 때문에 전하께서 곤란해지신다면, 미리 사죄드리겠습니다."

르웰린이 꾸벅 고개를 숙였다.

"하지만 저 녀석 말대로입니다. 우리나라의 일에 손 놓고 있을 생각은 전혀 없습니다. 만에 하나 형님이나 어머니, 아버지께 무슨 일이 생기기라도 한다면 저는 평생 후회하며 살게 될 테니까요. 고집부려 죄송합니다."

"아닙니다. 그런 부분은 전혀 신경 쓰지 않으셔도 괜찮습니다. 지금껏 실컷 도움받은 주제에 감히 참견할 수 있는 부분도 아니고. 게다가……."

칸타레스가 힐끗 아렌트를 일별했다.

"곤란한 꼴이야. 저놈 덕분에 실컷 겪어서 익숙하니 괜찮습니다."

"제가 뭘 했다고."

"그냥 입 다물어라."

아렌트가 종알거리는 소리에 뒤이어 라이오스가 조용히 경고했다. 자연스럽게 이어지는 일련의 흐름에 다른 이들 역시 피식 실소를 터뜨렸다.

경직되었던 분위기가 다소 녹자 칸타레스가 다시 입을 열었다.

"……라이오스 단장."

"하명하십시오."

라이오스가 곧장 고개를 숙였다.

"3기사단을 이끌고 에버란 왕국으로 갈 수 있겠나? 르웰린 왕자와 함께."

"물론입니다."

"자카르 교관과 의논해서, 엘프 병력도 적당히 운용하도록. 그 부분은 라이오스 단장의 판단에 맡기지."

칸타레스는 다음으로 다이아나와 켄드릭 쪽으로 고개를 돌렸다.

"켄드릭 단장과 다이아나 단장은 이곳에 남아 경계에 임하도록. 언제 어디서 일이 터질지 모르니."

"명 받듭니다."

"예. 명하신 대로."

켄드릭과 다이아나 역시 단정히 묵례하자 칸타레스는 제레온에게 명령했다.

"젠. 이들이 출정을 준비하는 동안, 다시 에버란 왕국에 연락해서 파악된 적의 규모가 어느 정도인지, 요주의 인물이 목격된 바 있는지 자세히 알아봐. 그에 따라 대처 방법도 달라질 테니."

"네. 그리하겠습니다."

허리를 숙인 제레온이 빠른 걸음으로 회의실을 빠져나갔다.

탁.

문이 닫히고 내부는 다시 정적 속에 가라앉았다.

"……영지 내부에 남은 포로들을 구하는 것이 급선무입니다."

가장 먼저 운을 뗀 사람은 라이오스였다. 아렌트 역시

고개를 끄덕였다.

"아무래도 그렇겠네요. 저쪽은 협상이든 뭐든 안 들어 먹겠지만, 이쪽은 인질이라도 잡히면 꽤 곤란한 입장이잖습니까."

"아마 방어막 삼을 셈으로 포로를 붙잡은 거겠지."

칸타레스가 인상을 찌푸리자 아렌트가 지적했다.

"그저 실험체로 사용할 생각일지도 모릅니다. 저들도 재료가 무한하지는 않을 테니까요."

가만히 듣던 다이아나가 질린 목소리로 대꾸했다.

"……재료라. 섬뜩한 말이군."

호문쿨루스의 핵이 되는 인공 정령석은 숱한 생명을 갈아 제작한 거였다.

게다가 온갖 몬스터와 동물, 인간을 합쳐 만든 구울이며 온전한 지능을 가진 인간형 구울까지.

연이어진 싸움으로 체르니온교 역시 제법 전력을 소모했을 터.

그렇다면 점령지의 인간과 짐승들을 희생시키는 것이 저들에게는 최선의 방법일 것이다.

황태자는 찜찜한 얼굴로 잠시 침묵하다 곧 한숨을 내쉬었다.

"일단 해산하지. 라이오스 단장, 번번이 짐을 지우는 듯해 미안하군."

"아닙니다. 응당 제가 해야 할 일입니다."

그러나 라이오스는 그저 굳건하게 대답할 뿐이었다.
"더 이상의 피해가 없도록, 적을 소탕하고 오겠습니다."
영웅이 이끄는 황실 제 3기사단의 다음 행선지가 결정된 순간이었다.

* * *

에버란 왕국으로 향할 것이 결정된 뒤, 칸타레스는 최대한 빠르게 다음 절차를 진행했다.
왕국으로 파견을 나갈 인원은 라이오스가 이끄는 3기사단과 세키나의 전사들, 그리고 세일럼으로 결정되었다.
렉시온은 에버란 왕국과 칼리온 제국 중간 지점까지 병력을 옮겨 준 뒤 황궁에 남아 있기로 했다.
니케포르의 위치가 파악되지 않은 지금, 렉시온이 함부로 자리를 비우는 것은 위험할 거란 판단에서였다.
"이런 취급은 아무리 당해도 도무지 적응이 안 되는군."
이번에도 이동수단 취급을 받게 된 렉시온이 투덜거렸다.
아무리 그라도 엘프까지 섞인 병력을 한 번에 옮기는 것은 힘든 일이니, 렉시온은 몇 차례나 오가면서 텔레포트 마법을 시전해야 했다.
"설마 돌아올 때까지 마중 오라는 말은 안 하겠지."
"필요해지면 연락드릴게요. 제깍 달려오세요."

그가 투덜대는 말에 어느새 가까이 다가온 아렌트가 툭 내뱉었다. 짜증 가득한 표정을 지은 렉시온은 아무런 말도 하지 않고 그냥 휙 사라져 버렸다.

더 이상 말할 가치도 없다는 뜻이었다.

"저렇게 쑥스러움이 많아서야, 원."

"……."

헛소리를 지껄이는 아렌트에게 엘프들의 질렸다는 시선이 모여들었다.

그러거나 말거나, 아렌트는 자신의 가까이에 선 세일럼에게 시선을 던졌다.

"그런데 넌 또 왜 따라붙었어?"

"수, 수색 작업에는 아무래도 정령이 있는 편이 나을 테니까요."

잠깐 움찔하던 세일럼이 꿋꿋하게 대답했다.

"세키나 님이나 신관님들의 도움을 받지 못할 때는 응급처치도 할 수 있습니다. 렉시온 님께서도 허락하셨으니, 절대 발목은 잡지 않을게요."

당장 대꾸하는 대신, 아렌트는 세일럼 주변을 떠도는 정령들을 보았다.

루카인 왕국에 다녀왔을 때보다도 두 정령은 훨씬 성장해 있었다.

겨우 전서구 비슷한 형태였던 정령들은 제법 단단한 날개와 화려한 꽁지깃을 지니게 되었다.

'최근에는 수련을 거의 봐주지 못했는데······.'

아무래도 렉시온이 그간 꽤 도움을 많이 준 듯했다.

하지만 그것을 감안하더라도 엄청나게 빠른 성장세였다. 어쩔 수 없이 혹독히 단련할 수밖에 없는 환경에 처한 것과 동시에, 본인이 엄청난 노력을 기울이고 있다는 증거였다.

'검을 쥔 모습도 제법 그럴듯하고.'

아무래도 루카인 왕국에서의 일이 세일럼에게는 제법 충격이었던 것 같았다.

"······뭐. 마음대로 해."

그에게서 시선을 떼며, 아렌트가 시큰둥하게 대꾸했다.

애초에 아렌트는 인사권 따위는 없는 견습 기사일 뿐이었지만, 세일럼은 그 말 한마디가 못내 기쁜 듯 환한 미소를 지었다.

"꼭 아렌트 경께 도움이 되어 보이겠습니다!"

"난 필요 없고. 재롱떨려면 저 녀석 앞에서나 해."

아렌트가 턱을 까닥여 가리킨 곳에는 르웰린이 있었다.

그의 모습을 발견한 세일럼이 짧게 탄식을 터뜨렸다.

"아······."

라이오스와 셰키나 곁에 선 르웰린은 시종일관 초조한 모습이었다.

대치 상태였던 전장에서 다시금 전투가 벌어졌다는 소식을 접한 뒤로부터 계속 저 상태였다.

에버란 왕국으로부터의 지원 요청이 도착한 지 딱 이틀째.

좀처럼 진전이 없는 상황에 에버란 왕실의 차남, 루드윈 왕자가 왕실 기사단을 이끌고 직접 출정했다는 소식이 날아들었다.

덕분에 르웰린은 시간이 지날수록 더욱 속이 타들어 갈 수밖에 없었다.

"하여튼 멍청한 놈 같으니."

어깨를 으쓱인 아렌트는 세일럼을 내버려둔 채 말을 끌고 움직였다.

자신의 자리로 가기 전, 아렌트는 일부러 르웰린의 곁을 지나치며 슬그머니 손을 들었다.

탁!

"……!"

땅을 쏘아보던 르웰린은 갑자기 뒤통수에 날아든 일격에 소스라치게 놀라 고개를 돌렸다.

"뭐, 뭐야?"

얼빠진 눈으로 얻어맞은 곳을 매만지던 르웰린은 황당한 눈으로 아렌트를 보았다.

하지만 아렌트는 그에겐 시선도 주지 않은 채 아서와 리히트 쪽으로 다가갈 뿐이었다.

"너 인마, 자꾸 왕자님한테 습관적으로 손 올리지 마. 그러다 진짜 큰일 난다?"

아서가 타박을 놓자 아렌트가 어깨를 으쓱였다.
"제가 뭘 했다고요. 답지 않게 넋 놓고 있는 저놈이 나쁜 거지."
"너한테 무슨 말을 하겠냐."
짜증스레 투덜거리는 아서를 지나쳐, 아렌트는 한 걸음 떨어진 곳에 선 리히트를 보았다.
그와 시선을 마주친 리히트가 살짝 인상을 찌푸렸다.
"왜 그렇게 보지?"
"글쎄요."
하지만 아렌트는 금세 쌩하니 고개를 돌려 버릴 뿐이었다.
'이쪽은 제법 태연한 척하고 있다만.'
예전보다는 꽤 봐 줄 만하긴 했지만, 역시 리히트의 연기는 영 어설펐다.
"출발! 한시가 바쁜 상황이니 목적지까지 쉬지 않고 이동한다."
드디어 라이오스가 부하들에게 외쳤다. 그의 호령에 대기하던 기사들과 엘프 전사들이 일사불란하게 말 위에 올랐다.
아서와 리히트, 그리고 아렌트 역시 마찬가지였다.
아렌트의 뒷모습을 응시하는 리히트는 설핏 얼굴을 굳혔다.
'저놈을 불러 세우면······.'

아렌트는 분명 지체 없이 뒤를 돌아볼 것이다.

하지만 리히트는 그럴 엄두를 내지 못했다.

기껏 루체 신 앞에서 마음을 굳혔으나, 지금껏 회피해 온 것은 분명 자신이었다.

언제까지고 질질 끌 수는 없었다.

조만간 망할 후배 녀석을 붙잡고 긴 대화를 나눠야 할 때가 올 것이다.

그러나…….

'지금은 아니지.'

큰 싸움이 닥쳤으니, 지금 당장은 사사로운 상념 따위에 잡아먹힐 때가 아니었다.

리히트는 믿어 의심치 않았다.

이들과 어깨를 나란히 하며, 자신이 신뢰하는 자들이 정의롭다는 것을 두 눈으로 확인하는 것이야말로 자신의 몫이라고.

* * *

다행히도 그들은 다시금 교전이 시작되기 전 루드윈 왕자의 주둔지에 합류할 수 있었다.

칼리온 제국의 지원군이 다다랐다는 소식에 직접 마중 나왔던 루드윈은 그들과 동행한 르웰린을 발견하고 눈을 휘둥그레 떴다.

"아니, 너……."

"칼리온 제국의 황실 제 3기사단 단장, 라이오스 드 윈프리드입니다."

그때, 라이오스가 한 걸음 앞으로 나서 루드윈 왕자의 앞에 섰다.

"황태자 전하의 명령을 받들어, 지휘관 자격으로 지원군을 이끌고 방금 당도했습니다. 에버란 왕국과 왕자님을 도와 최선을 다해 악적을 물리칠 것입니다."

"……명성은 익히 들었습니다, 라이오스 단장."

르웰린을 얼떨떨하게 보던 왕자가 표정을 가다듬고 라이오스를 마주 보았다.

뒤에서 지켜보던 아렌트가 고개를 살짝 기울였다.

'호오.'

곱슬대는 옅은 금발에 회색빛 도는 어두운 눈동자는 르웰린과 제법 닮은 외모였다.

20대 중반에서 후반쯤 되었을까.

르웰린과 나이 차이가 그리 커 보이지는 않았다.

하지만 자유분방하고 천진난만한 르웰린과는 달리, 그는 차분하고 어른스러운 분위기의 소유자였다.

'둘째 왕자가 저렇다면, 왕비나 국왕, 왕세자도 비슷한 성격이려나.'

그러니 더더욱 르웰린은 별종 취급을 받을 수밖에 없었을 거라, 아렌트는 어렵잖게 짐작할 수 있었다.

"왕국의 위기에 먼 길을 이리 기꺼이 이리 와 주다니 감사할 따름입니다. 영웅으로 이름 드높은 라이오스 단장을 이리 만나게 되어 영광입니다."

루드윈은 르웰린이 못내 신경 쓰이는 눈치였지만, 그래도 본 목적을 잊지 않고 라이오스에게 정중히 예를 차렸다.

"경황이 없어 폐하와 황태자 전하께도 제대로 예를 차리지 못한 듯해 송구합니다. 다음에 정식으로 찾아뵙겠습니다."

"괜찮습니다. 두 분께서도 충분히 이해하신 데다, 지금은 적을 물리치는 것이 무엇보다 중요한 일이니까요."

라이오스의 단정한 대답을 들으며, 루드윈은 그의 뒤에 선 기사들과 엘프들을 둘러보았다.

본인들은 미처 자각하지 못하는 듯했지만, 황실 기사단과 엘프 전사들이 함께 있는 모습은 제법 신기한 광경이었다.

'르웰린은 저들과 함께 있는 게 제법 익숙해 보이고.'

무심코 눈을 떼려던 루드윈은 문득 르웰린의 가까이에 서 있는 견습 기사를 발견했다.

아렌트 폰 에크하르트의 이름은 에버란 왕국 내에서도 제법 유명했다.

라이오스와 함께한 활약상과 루체의 은총을 받았다는 이야기도 그랬지만, 더욱 중요한 건 따로 있었다.

잠깐 침묵하던 루드원이 어색하게 고개를 숙였다.

"……제멋대로 구는 동생이 폐를 끼쳤습니다. 아렌트 경에게도 미안하다고 전해 주시면 감사하겠습니다."

"……아닙니다. 오히려 이쪽이 사죄드려야 할 일입니다. 저 녀석 성격이 좀 많이 특이한 나머지 왕자님께서 고생을 제법 하셨습니다."

그러자 라이오스가 떨떠름하게 더욱 깊이 고개를 숙였다.

유감스럽게도 그 대화를 듣지 못할 존재는, 이 자리에 아무도 없었다.

아렌트가 건방지기 짝이 없는 자세로 르웰린을 향해 턱짓했다.

"몇 번이나 말하지만, 먼저 달라붙은 건 이놈입니다."

그러자 르웰린에게서 자연스러운 불평이 터져 나왔다

"그렇다고 이렇게까지 막 대할 줄은 몰랐지."

루드원과 라이오스의 시선이 허공에서 마주쳤다.

그 눈빛들에는 서로를 향한 동정심이 깃들어 있었다.

동맹군의 각 지휘관 사이에 묘한 유대감이 형성되는 순간이었다.

* * *

루드원 왕자는 적에게 점령당한 성을 한눈에 감시할 수

있는 자리에 막사를 짓고 있었다.

적들이 어떤 움직임을 보이든 즉각 대응하기 위해서였다.

"제가 이곳에 도착하기 전 한 차례 더 교전이 벌어졌고, 이전의 지휘관은 패배했습니다. 그 역시 크게 부상당해 본인의 영지로 이송되었고, 지금은 제가 이 자리를 지키고 있습니다."

병력을 대기시켜 둔 뒤, 루드윈은 주요 인원들만 데리고 더욱 높은 지대로 올라가 설명을 이어 갔다.

"전투가 끝난 뒤, 적들은 다시 성안으로 돌아갔습니다. 내부에서 무엇을 하고 있는지는 아직 파악하지 못한 상태입니다."

얼핏 보기에도 성 주변은 처참하기 그지없었다.

미처 거두지 못한 시신들과 구울의 파편 조각이 널려 지면이 붉게 보일 지경이었다.

게다가 성벽에는 저 성의 원래 주인이었던 영주와 그 가솔들의 목이 걸린 채 그대로 부패해 가고 있었다.

그리고······.

멀리서도 보이는 성벽의 붉은 글씨는, 지켜보는 이들을 섬뜩하게 만들기에 충분했다.

어둠의 피에 물든 평화를 짓밟고, 새로운 세상이 열린다.

패배한 체르니온 신의 복수를 지금 대에 이르러 이루고

야 말겠다는 의지가 느껴졌다.

새삼 참담한 심정이 되어, 루드윈이 얼굴을 굳혔다.

"보시다시피 상황이 아주 좋지 않……."

"그렇다면 뭉개고 있는 이유가 따로 있다는 뜻이겠네요."

하지만, 퉁한 목소리가 그의 말허리를 중간에 뚝 잘라 버렸다.

다름 아닌 라이오스의 근처에 서 있던 아렌트였다.

루드윈은 반사적으로 눈을 질끈 감았고, 라이오스는 한숨을 푹 내쉬며 얼굴을 쓸어내렸다.

하지만 안타깝게도 그들을 구원해 줄 사람은 아무도 없었다.

"연기가 피어오르는데. 시신을 태우기라도 하는 건가?"

까치발을 들고 성을 관찰하던 르웰린이 말하자, 아렌트가 그에게 타박을 놓았다.

"그런다고 보이겠어? 방해하지 말고 저리 꺼지기나 해."

르웰린을 간단히 밀어낸 아렌트는 곧장 세일럼을 보았다.

"그 녀석들 시켜서 일단 안에서 무슨 일이 벌어지는지부터 확인해. 혹시나 저쪽에 정령을 볼 수 있는 사람이 있을지도 모르니 주의하고."

"네, 네!"

후다닥 세일럼이 고개를 끄덕이자, 어딘가에서 미풍이

몰아치며 루드윈과 라이오스의 머리칼을 흔들어 놓았다.

두 정령이 정찰을 위해 떠나간 것이다.

멀쩡히 지휘관을 눈앞에 두고 제멋대로 행동하는 견습 기사의 행태에, 루드윈은 잠깐 할 말을 잃어버리고 말았다.

"……."

거기다 정령사 엘프과 자신의 동생은 이 상황이 그저 익숙한 듯했다.

심지어는 라이오스마저도 그를 저지하지 않으니, 익히 소문으로 들어 알고 있다고 하더라도 루드윈은 당황스러울 수밖에 없었다.

자신을 멀뚱멀뚱 지켜보는 시선을 알아치린 견습 기사가 고개를 들었다.

일국의 왕자와 정면으로 눈을 마주친 아렌트가 삐딱하게 고개를 기울였다.

"잘생긴 사람 처음 보십니까?"

"……."

루드윈은 황망하게 하늘을 올려다보았다.

천천히 한숨을 내쉰 라이오스가 괴로워 죽겠다 듯 사과했다.

"……송구합니다. 제 교육이 부족한 탓입니다."

"아닙니다. 괜찮습니다."

루드윈이 애매한 미소를 지으며 답했다.

어쩐지 방금 저 한 마디로 르웰린이 아렌트를 마음에 들어 하는 이유를 절절히 깨달아 버린 것 같았다.

* * *

정령들이 떠난 뒤.
한동안 잠자코 있던 루드윈이 입을 열었다.
"……이럴 때가 아닌 줄은 알지만. 잠깐 사적인 이야기를 해도 괜찮겠습니까?"
그 말에 자연스럽게 루드윈에게 시선이 모였다. 루드윈은 르웰린을 보며 착잡하게 말했다.
"내가, 아니. 분명 전하와 저하께서 네게 제국에 남아 있으라 하셨다만. 어째서 귀국한 거지? 평소에는 지지리도 말을 듣지 않더니."
"말 안 듣는 놈인 건 형님도 잘 아시잖아요. 저는 그저 하고 싶은 대로 할 뿐입니다."
르웰린이 슬쩍 시선을 피하며 투덜대자 루드윈이 정색했다.
"진지하게 들어라. 장난칠 때가 아니야."
"저도 진지하거든요? 고국이 불바다가 될 위기인데, 넌 그냥 거기서 구경이나 하라 하시면. 어느 누가 말을 듣겠습니까?"
"그리 말한 적 없다. 이왕 제국에 터를 잡았으니, 그곳에서 황태자 전하께 도움을 드리며 제국과의 연계를……."

루드윈이 엄한 표정을 지었지만, 르웰린이 말허리를 뚝 잘라 버렸다.

"이상한 핑계 대지 마세요. 제가 그곳에 머물지 않더라도, 제국과의 연계는 전혀 문제없을 거라고요."

"뭐?"

"제가 가까이에서 직접 뵈어서 잘 압니다. 황제 폐하와 황태자 전하께서는 동맹국의 위기를 무시하실 분들이 아니십니다."

르웰린은 루드윈을 똑바로 바라보며 또박또박 말을 이었다.

"형님들과 어머니, 아버지가 그 사실을 모르실 리도 없고. 아무리 생각해도 절 떼어 놓으시려는 속셈으로밖에 보이지 않아요. 저는 왕국의 누구보다도 체르니온교에 대해 잘 압니다. 분명 도움이 될 겁니다."

"라이오스 단장께서 손수 오셨으니, 굳이 너까지 오지 않아도 돼."

하지만 루드윈 역시 지지 않았다.

"전하께서 그리 말씀하신 데에는 다 이유가 있는 법이다. 그런데도 사전에 통보하지도 않고 이런 식으로 들이닥치는 것은 문제가 있어. 황태자 전하와 라이오스 단장께도 억지를 부렸겠지. 그건 예의가 아니야."

"억지를 부리신 것은 아버지와 형님들이죠. 애초부터

그런 말도 안 되는 말씀을 하시지 않았더라면 제가 억지를 부릴 일도 없었을 겁니다."

형제 사이에 끼인 셰키나와 세일럼은 곤란한 표정으로 라이오스를 보았다.

그 눈빛의 의미는 간단했다.

저 둘을 말리라는 게 아닌, 조만간 저기 끼어들게 뻔한 누군가의 입을 빨리 막으라는 뜻이었다

충분히 그 의미를 알아들었지만, 라이오스는 슬그머니 그들을 외면해 버렸다.

"제국에서 맡아 진행하는 일도 한두 개가 아니라면서."

"당장 제가 자리에 없어도 괜찮도록 조치해 두었으니, 형님이 걱정하실 바는 아닙니다."

두 사람의 어조가 점점 날카로워지기 시작했다.

루드윈이 차갑게 쏘아붙였다.

"사람을 몇 붙여 줄 테니 아버지께 보고드리기 전에 빨리 돌아가라. 아직 늦지 않았어."

"싫습니다. 제가 어디에 있을지는 제가 정합니다."

르웰린의 음성 역시 노골적으로 분노를 드러내기 시작한 그때.

"실례지만."

한쪽에서 시큰둥한 목소리가 불쑥 난입했다.

루드윈과 르웰린이 자연스레 멈칫했다.

목소리가 들려온 쪽으로 자연스레 고개를 돌리자, 퉁한

얼굴을 한 앳된 기사가 한눈에 들어왔다.

"저 녀석이 어디에 있을지는 정하는 사람은 접니다. 불만 있으시면 말씀해 보세요. 일단 들어는 드릴 테니까요."

"……."

라이오스에게도 배신당한 셰키나와 세일럼은 그냥 포기하고 허공을 보는 쪽을 선택했다.

한동안 얼이 빠진 채 그를 보던 루드윈이 가까스로 되물었다.

"뭐, 뭐?"

"못 들으셨습니까? 제가 정한다니까요. 이 녀석 고용주가 저거든요."

아렌트는 고개만 까닥여 르웰린을 가리켰다.

"황태자 전하께서 에버란 왕국으로 지원을 가라시기에, 제가 부추겨서 데리고 왔습니다. 저리 보여도 생각보다 쓸모가 많은 놈이라."

도대체 어디서부터 지적해야 할지 알 수가 없어, 루드윈은 한동안 얼어붙어 있었다.

그 틈을 놓치지 않은 견습 기사가 천연덕스럽게 말을 이었다.

"그리고 솔직히 말해서, 혼자 제국에서 호의호식하면서 연구나 하는 꼴을 보기 싫었습니다. 본인 나랏일인데, 나 혼자 개같이 구를 필요는 없잖아요."

"……."

"제국에서 하는 일도 따지고 보면 다 제가 준 거나 마찬가진데. 자금도 제가 절반 이상 대준 거고. 대놓고 말해서, 저 아니었으면 황궁에서 그 정도 대접받으면서 태평하게 머물 수도 없었을걸요."

가만히 듣던 르웰린이 떨떠름하게 대꾸했다.

"……그거 욕하는 거야, 아니면 편들어 주는 거야? 둘 중 하나만 해."

"사심 하나 없이 사실을 나열하는 것뿐인데. 밥값 정도는 하라는 뜻이지."

아렌트가 어깨를 으쓱했다. 뭐라 항변하려던 르웰린이 이마를 짚고 한숨을 푹 내쉬었다.

"기대한 내가 멍청이지."

"이제 알았냐? 너 멍청한 거."

주거니 받거니 하는 두 사람을 아연하게 지켜보는 루드원의 표정이 묘해졌다.

'도대체……'

막내 왕자의 근황에는 언제나 온 왕실 사람들이 주의를 기울이고 있었다.

워낙 자유분방한 녀석이니 가끔은 위치를 파악하는 것조차 쉽지 않았다.

하지만 어느 기점으로 르웰린은 칼리온 제국에 터를 잡고 그곳의 기사들과 함께 움직이기 시작했다.

'상당히 의외였지.'

한곳에 오래 머무는 것은 르웰린의 성정에 맞지 않는 일이었으니까.

게다가 칸타레스 알 칼리온 황태자가 르웰린을 쉽게 받아들여 준 것 역시 놀라운 일이었다.

타국의 왕자를 귀빈 취급하는 것도 아니고, 자신의 기사들과 동행시키는 게 쉬운 결정은 아니었을 테니까.

게다가 체르니온교를 상대하는 전장에 끼어들었다고 하니, 국왕과 왕비, 그리고 왕자들은 걱정스러운 한편 어리둥절해질 수밖에 없었다.

르웰린이 전장에 어울리는 사람이 아니란 사실을 누구보다도 잘 아는 탓이었다.

민폐 끼치시 않을까 걱정하던 것도 잠시.

그들은 얼마 지나지 않아 르웰린이 제국에서 제 몫을 발휘하고 있다는 소식을 들을 수 있었다.

'그리고 그 계기가 된 게 바로 저 견습 기사란 말이지.'

처음에는 르웰린이 라이오스에게 감화된 거라 여겼으나, 그조차도 예상을 완벽하게 빗나간 것이다.

"……아렌트 폰 에크하르트 경이라고 했던가."

잠깐 침묵하던 루드윈이 입을 열었다.

"경의 뜻은 잘 알겠다. 하지만 이곳은 에버란 왕국이다. 저 녀석은 에버란 왕국의 왕자고. 그러니 경이 이 건에 대해서 그런 식으로 말하는 것은 다소 주제넘은 일이라고 생각된다만."

"왕자 취급하지 말아 달라고 매달린 건 저놈 쪽이라니까요. 그리고 본인은 지금 그 책임을 지는 중이고."

하지만 아렌트에게 그런 상식적인 말이 통할 리 없었다.

"그리고 전 황태자 전하 앞에서도 건방 떱니다. 지금 제가 왕자님 앞에서 새삼 체면을 차리면 우리 황태자 전하만 우스워지는 꼴이 될 테니까, 그냥 견디시죠."

"……."

분명히 궤변인데, 어째서인지 반박할 수가 없었다.

잠깐 허공을 보던 루드윈이 이내 관자놀이를 꾹꾹 누르기 시작했다.

바쁜 왕과 왕비, 그리고 왕세자 대신 평생 괴짜 동생을 상대하며 살아온 그였다.

그래서 어지간한 망나니에게는 눈 하나 깜짝하지 않을 자신이 있었으나…….

아무래도 만용이었던 것 같았다.

"……결론은, 함부로 참견하지 말라는 뜻인가? 르웰린을 이곳까지 데려온 건 경의 뜻이고, 이미 황태자 전하의 허가를 받은 일이니. 저 녀석은 내 핏줄인데도?"

"방금 말씀드렸잖습니까. 우리만 개고생하는데 저놈만 편하게 쉬는 꼴 보기 싫었다고. 그리고 저 사고뭉치를 남의 나라에 거저로 맡기려 드시는 왕자님의 양심에도 좀 문제가 있는 듯합니다만."

아렌트가 뚱하니 대답했다.

"세상에 공짜는 없습니다. 왕자님도 충분히 아실 텐데요?"

"……르웰린이 충분히 제 몫을 했다고 하지 않았던가?"

"그건 제가 낸 지불한 돈에 저놈이 값을 치렀을 뿐이고요."

한참 만에 루드윈이 반박했지만, 무의미한 일이었다.

"왕국으로 가겠다 뻗대는 놈을 막아 세우는 데 드는 고생은 계산 안 하십니까? 왕자님께서 더 잘 아시지 않습니까. 가지 말라고 해도 가만히 있을 놈도 아니고. 제국에 붙잡아 뒀는데 밤에 혼자 야반도주라도 하면 어쩌실 생각이셨는데요?"

"……."

"혼자 귀국하겠다고 설치다가 길바닥에서 객사하면, 그 책임은 제국에다 물으실 생각이셨습니까? 왜 저놈 안 붙잡아 뒀냐고. 그럴 바에야 제국제일검인 라이오스 단장님이랑 동행하는 게 백번 안전하지."

"아니……."

몇 번 입을 달싹이던 왕자가 이내 탁, 이마를 짚었다.

"……그냥 말을 말지."

사실상 패배 선언이었다.

골칫덩이 동생을 오래 봐 온 경험상, 이럴 때 말이 길어져 봤자 소용없다는 사실을 누구보다도 잘 아는 것이다.

그제야 잠자코 있던 라이오스가 슬그머니 나섰다.

"송구합니다. 저 녀석의 말버릇이 영 바람직하지 못해서."

"……."

세키나와 세일럼이 황당하게 라이오스를 보았다.

사실상 귀찮은 입씨름은 죄다 아렌트에게 떠맡긴 것과 마찬가지였으니까.

그러는 사이, 먼 곳 하늘을 보던 세일럼이 탄성을 터뜨렸다.

"아. 정령들이 돌아와요."

검은 연기가 피어오르는 하늘 너머 레이와 루나가 이쪽을 향해 날아오고 있었다.

그들이 무의미한 실랑이를 벌이는 사이 정찰을 마친 것이다.

몇 번 일행의 머리 위를 맴돌던 두 정령이 세일럼의 양쪽 어깨에 안착했다.

어느덧 부쩍 커 버린 탓에 세일럼의 어깨가 다소 작아 보였지만, 정령들은 신경 쓰지 않는 것 같았다.

잠깐 루나의 깃털을 쓰다듬어 주던 세일럼이 이내 입을 열었다.

"……낯익은 사람은 보지 못했다고 합니다. 당장 지클린이나 로저, 아니면 드래곤 같은 요주의 인물은 없다고 봐도 무방할 듯해요."

"그렇다면 적의 수장도 확인하지 못한 건가?"

"네. 아무래도 정령의 시야다 보니, 거기까지는 잘 모르겠어요."

아렌트의 물음에 세일럼이 개운치 않게 고개를 끄덕였다.

"아직 생존자들이 내부에 남아 있다는 건 확인했습니다. 대부분 감금되어 있는 듯합니다. 그리고 연기가 피어오르는 곳에서는……."

마른침을 한 번 삼킨 세일럼이 말을 이었다.

"시신 조각을 불태우는 것 같습니다. 아마 실험에 쓰고 남은 것들을 처리하는 게 아닌가 해요."

세일럼의 불안한 시선이 아렌드에게 닿았다.

"아무래도 아렌트 경의 추측이 틀리지 않은 듯합니다."

적들은 저곳에서 구울과 인공 정령석을 만들 재료를 수급하기 위해 영지를 점령한 것이다.

"그리고 병력을 새로이 정비하는 것 같았습니다. 광장에서 무기를 재분배하고 마정석을 나눠 주는 걸 봤어요."

누가 봐도 공격을 준비하는 모양새였다.

"……이곳 사람들을 이용해서 병사들을 만들어 내는 거라면, 어느 정도 준비가 진행된 뒤에는 지클린이 나타날 가능성이 높군요."

셰키나의 말에 르웰린이 고개를 끄덕였다.

"네. 그럴 거예요. 나눠 줬다는 마정석은 괴물들을 소환하는 데 쓰이는 것일 테고……. 거기에 무기를 정비하고 있다면."

가만히 듣던 아렌트가 툭 내뱉었다.

"적들이 조만간 다시 공격을 감행해 오겠네요."

빠르면 오늘 밤, 아니면 내일 중으로 다시금 적이 쳐들어올 것이다.

"그렇다면 지금은 여기에서 노닥거릴 시간 없어요. 얼른 돌아가서 손님맞이 준비를 해야죠. 형제 싸움은 나중에 알아서 하시고."

어깨를 으쓱인 견습 기사가 루드윈을 힐끗 보았다.

그와 눈을 마주친 왕자는 짧게 한숨을 쉬며 이마를 짚을 수밖에 없었다.

2장. 새벽의 시작점

새벽의 시작점

 어둠의 축복이 내려앉은 밤.
 달빛조차 없이 서늘한 밤공기가 성벽 위와 평원을 감싸고, 야생동물과 몬스터조차 숨죽인 야심한 시각.
 굳게 닫혀 있던 성문이 소리 없이 열렸다.
 이미 죽은 자들의 영역이 된 성안에서 한 무리의 그림자가 천천히 평야에 나섰다.
 붉게 빛나는 눈동자들이 어둠 속을 가만히 응시했다.
 불청객이 있는지 경계하는 거였다.
 "……."
 그러나 주변에는 아무것도 보이지 않았다. 그제야 한 무리의 구울들은 기척을 죽인 채 빠르게 이동하기 시작했다.

목적은 단 하나뿐.

신이 당한 수모를 되갚아 주고, 그를 이 세상의 온전한 주인으로 만드는 거였다.

구울 우두머리의 눈에 에버란 왕국군의 진지가 포착되었다.

그가 손짓으로 지시를 내리자, 뒤따르던 자들이 몇 개의 조로 나뉘어 소리 없이 흩어졌다.

부하들 몇몇은 그의 뒤를 따랐다.

'오늘 밤이야말로……'

감히 자신들의 앞을 가로막는 적들을 완벽히 처리하고, 다음 단계로 나아갈 발판을 마련할 것이다.

자신이 담당한 구역이 점차 가까워지고 있었다.

상당히 접근했는데도 적의 진지는 잠잠하기만 했다. 아무래도 아직 기습을 눈치채지 못한 것 같았다.

"어둠께서는 우리의 편이시다. 절대 실수하지 말도록."

쇳소리로 지시를 내린 그는 품속에서 소환 마법이 새겨진 마정석을 꺼냈다.

지난번에도 속수무책으로 당하던 놈들이었으니, 결국 이번에도 어둠의 힘 앞에서 무력하게 짓밟힐 수밖에 없을 것이다.

그렇게 그가 승리를 확신하려던 찰나.

어둠 속에서 뭔가가 반짝이는 것이 시야에 포착되었다.

'뭐지?'

그가 살짝 인상을 찌푸리던 그때.

퍽!

예고 없이 날아든 굵은 화살이 우두머리의 머리를 꿰뚫었다.

털썩.

단박에 두개골이 산산조각 난 그가 맥없이 쓰러지자 뒤따르던 이들이 당황해 멈춰 섰다.

"뭐, 뭐야?"

머리가 터진다고 하더라도 죽는 신체가 아니었다. 두부를 잃은 몸이 분하다는 듯 주먹을 꽉 쥐고 상체를 일으켜 세우려고 했다.

그러나.

"하여튼, 둔해 빠진 실패작들 같으니."

불현듯 들려온 목소리만큼이나 차가운 은빛 서리가 눈앞을 뒤덮었다.

그것이 기적의 병사들이 기억할 수 있는 마지막 순간이었다.

적들이 뻣뻣하게 얼어붙자마자 자연스레 뒤따른 아서와 리히트의 검이 달빛을 반사하며 번뜩였다.

쨍그랑!

제대로 몇 합 나누지도 못한 채, 적들은 모두 몇 조각의 얼음덩어리로 변해 지면에 후드득 쏟아졌다.

새하얗게 얼어붙은 검을 갈무리하며 아렌트가 짧게 내

뱉었다.

"웃기지도 않는 소릴."

자기애 넘치는 어둠은 누구의 편도 들지 않는다.

단지 더 강한 사람이 이길 뿐이었다.

"이게 소환에 쓰이는 마정석이로군."

얼음 파편을 뒤적이던 리히트가 마정석을 주워들었다. 그렇게 회수한 마정석은 총 다섯 개였다. 한 사람당 하나씩 소지하고 있었던 듯했다.

남은 것들을 모두 갈무리한 아서가 리히트를 보았다.

"이게 다인 것 같습니다."

"싱겁네요."

아렌트는 바닥을 굴러다니는 얼음 조각을 걷어찼다.

"돌아가죠. 제법 어리둥절하겠네요, 저놈들도."

그의 시선은 어둠 저편에 보이는 성문을 향해 있었다.

거의 다 말라 비틀어진 목들이 차가운 밤바람에 맥없이 흔들렸다.

* * *

우선 세일럼이 정령들로 적들의 위치를 파악하고 르웰린의 아티팩트, 그리고 셰키나의 마법으로 선공을 가한 뒤, 대기하던 기사들과 전사들이 마무리한다.

완벽한 연계였다.

영주의 병력들을 몰살시키고 그에 대항하려던 지원군에도 큰 타격을 입혔던 놈들이 맥없이 쓰러지는 것을 보며, 루드윈은 한동안 말을 잇지 못했다.

 그리고 그런 기적 같은 일을 행한 기사들은 그저 태연하기만 했다.

 "아무래도 제국에서 지원군을 보내왔다는 걸 아직 파악하지 못한 눈치입니다."

 복귀한 아렌트가 어깨를 으쓱였다.

 "보아하니 은밀하게 접근해서 이 주변에 구울들을 풀어놓을 생각이었던 듯한데……. 단장님이 여기에 있다는 걸 알고 있었더라면 저리 허접한 수는 쓰지 않았겠죠."

 "……."

 태연하게 말하는 아렌트를 보며, 루드윈은 아연해지고 말았다.

 딱 하루라도 늦었더라면 루드윈의 병력 역시 사정없이 짓밟혔을지도 모르는 상황이었다.

 그것을 생각하면 모골이 송연하다가도, 고작 칼리온 제국의 지원군이 합류했다는 것만으로도 이렇게까지 결과가 달라졌다는 사실이 어처구니없을 정도로 허탈했다.

 '심지어 라이오스 단장은 나서지도 않았지.'

 이 정도의 차이라니.

 황당하다 못해 조금만 방심했다간 무력감에 빠져들 것 같았다.

하지만 르웰린은 그저 이런 상황이 익숙한 것 같았다.

"그나저나 또 희한한 물건을 가지고 나타났네, 저놈들."

르웰린은 상자 안에 든 마정석들을 보며 혀를 내둘렀다.

셰키나가 그들에게 경고했다.

"급한대로 봉인 마법을 걸어 두긴 했습니다만, 위험할지 모르니 함부로 손대지 않는 것이 좋습니다. 이대로 백작님의 연구소까지 운반하는 편이 나을 겁니다."

"이걸 발동하면 구울 놈들이 한꺼번에 쏟아져 나오는 거죠?"

르웰린의 물음에 셰키나가 고개를 끄덕였다.

"네. 대규모의 소환 마법이 새겨져 있습니다. 평범한 마정석은 아니고, 이것 역시 모조 정령석과 비슷한 방식으로 만들어진 듯합니다."

평범한 마정석과는 달리, 이것들은 선명한 붉은 빛을 띠고 있었다.

세일럼이 살짝 인상을 찌푸리며 고개를 끄덕였다.

"네. 이것들에서도 피비린내가 나요. 루나랑 레이도 꺼림칙하다고 해요."

"파괴할 수는 있습니까?"

라이오스의 물음에 셰키나가 애매한 표정을 지었다.

"글쎄요……. 미지수입니다. 섣불리 충격을 가했다가는 자칫 소환 마법이 발동될지도 모릅니다만, 아마 성검으로는 파괴할 수 있을지도 모르겠습니다."

"만에 하나라는 것이 있으니, 괜히 위험한 모험을 할 필요는 없지 않을까요?"

세일럼이 불안하게 말하자 라이오스가 고개를 끄덕였다.

"세일럼 님의 말씀이 옳습니다. 그렇다면 슈타들러 백작님이 제작해 주신 결계 안에 보관해 두고, 이후에 안전하게 처분하도록 하겠습니다. 아렌트."

"넵. 회의가 끝나는 대로 선배들이랑 같이 결계를 펼쳐 두겠습니다."

주머니에 손을 찔러 넣은 아렌트가 건성으로 고개를 끄덕였다.

"형님."

멍하니 듣고만 있던 루드윈은, 자신을 부르는 르웰린의 목소리에 퍼뜩 정신을 차렸다.

"어. 듣고 있다."

"저것들을 보관할 공간을 내어 주셨으면 합니다. 이왕이면 병사들의 생활 공간과 떨어진 곳이면 좋겠습니다. 혹시 모르니까요."

루드윈의 속을 알 리 없는 르웰린이 천진하게 부탁했다. 그제야 루드윈은 침착을 되찾고 고개를 끄덕였다.

"그렇게 하지. 창고 하나를 비우겠습니다. 이후에도 쓸 일이 생길지 모르니까요."

"감사합니다, 왕자님."

라이오스가 루드원을 향해 묵례했다.

그 뒤 르웰린이 자연스레 다음 화제를 꺼내 들었다.

"그나저나……. 아까 아렌트가 말했던 대로, 적들이 지나치게 허술한데. 지원이 올 거라는 걸 예상치 못했을 리도 없고."

"오히려 그래서 더 서두른 것일 가능성이 크지."

그러자 아렌트가 퉁하니 대답했다.

"보아하니 최소한의 병력으로 우선 이쪽 막사부터 밟아 둔 뒤, 지원군이 도착하기 전에 주변 영지들도 점령하려고 했던 거야. 하지만 우리가 놈들이 예상했던 것보다 훨씬 빨리 도착한 거고."

"아직 본대는 성안에서 공격 준비에 한창일 겁니다."

라이오스 역시 가볍게 고개를 끄덕이며 덧붙여 설명해 주었다.

"곧바로 다음 영지를 향해 갈 예정이었겠지만……. 이곳에 이변이 생겼다는 것을 곧 알아차린다면, 아마 이쪽 진지를 향해 진격해 올 겁니다."

"……그렇다면 이곳에서 맞서 싸웁니까?"

루드원이 얼굴을 굳히자, 라이오스가 차분히 대답했다.

"예. 그럴 겁니다. 저희가 적을 맞이해 싸울 겁니다."

"하지만 단장님이 여기에 있다는 걸 알면, 적들도 몸을 사릴 테죠."

아렌트가 턱짓으로 라이오스를 가리켰다.

"지금 당장 이 사람을 막을 수 있는 존재는, 저쪽 진영엔 없을 테니까요. 그렇다고 준비해 온 호문쿨루스를 전부 다 소진해 버리는 것도 적들에게는 썩 내키지 않는 일일 테고."

"왕자님 앞에서 단장을 턱으로 가리키는 거 아니다, 아렌트."

"보아하니 호문쿨루스도 만드는 데 제법 품이 많이 드는 것 같더라고요."

단장의 지적은 깔끔히 무시해 버린 채, 아렌트가 제 할 말만 이어갔다.

"하지만 놈들이 사방팔방으로 튀어 나가면 우리만 귀찮아지니까……."

"이왕이면 이쪽으로 끌어들이는 게 낫다. 이 말이야?"

르웰린이 아렌트의 말을 받아 말했다.

"아직까지는 지휘관이랄 만 한 놈이 나타나지는 않았지만, 분명히 조만간 지클린이 나타날 테니까……. 그 전에 해결하는 편이 낫긴 해. 이렇게 말하고 싶은 거지?"

"뭐, 절반 정도는 맞췄어."

아렌트가 어깨를 으쓱였다.

"그렇다고 해서 일부러 유인하기도 귀찮고, 굳이 기다리면서 시간 낭비할 필요도 없잖아."

"……해가 뜨기까지는 아직 시간이 좀 남았군."

가만히 듣고 있던 라이오스가 시간을 확인했다. 이미

그는 아렌트가 말하고자 하는 바를 알아차린 거였다.

"루드윈 왕자님. 지금 당장 움직일 수 있는 병력은 어느 정도 됩니까?"

"예? 그것이……. 제가 이쪽으로 오면서 병력을 보충한 데다, 아직 제대로 된 전투에 임하기 전이라 온전하다 보시면 됩니다."

대화를 따라가지 못해 멍하니 있던 루드윈이 얼떨결에 답을 내어 주었다. 그러자 아렌트가 시큰둥하게 고개를 끄덕였다.

"잘됐네요. 그럼 해 뜰 무렵에 움직이죠. 아직 두어 시간 정도 남았으니, 출병 준비하는 데는 그 정도면 충분하지 않습니까?"

아렌트가 루드윈과 라이오스를 번갈아 보았다

"어쩌면 지금이 마지막 기회일지도 모릅니다. 저야 고작 견습 기사일 뿐이니, 결정은 지휘관인 두 분께서 하시는 거지만."

"마지막 기회라니? 아."

저도 모르게 읊조리던 루드윈이 문득 뭔가를 깨닫고 탄성을 터뜨렸다.

"지금이 아니면 내부의 생존자들을 구해 낼 수 없을지도 모릅니다, 형님."

르웰린이 그의 짐작이 맞다는 것을 확인해 주듯, 힘주어 말했다.

결국 처음부터 아렌트와 그들은 내부 생존자들의 구출을 가장 최우선사항으로 염두에 두고서 대화하고 있던 것이다.

셰키나가 한 마디를 얹었다.

"부서진 심장의 검 일원이 합류해 오는 순간, 구출 작전을 시행하기는 다소 어려워질 테니까요."

"그렇군요."

루드윈이 굳은 얼굴로 고개를 끄덕였다. 대화가 그렇게 흘러가자, 세일럼이 조심스럽게 나섰다.

"그, 그럼 제가 루나와 레이를 다시 보내서 성 내부를 다시 훑어보겠습니다. 물론 라이오스 단장님과 루드윈 왕자님께서 허락하신다면요."

"……."

라이오스는 굳이 두 번 말하지 않아도 된다는 듯, 루드윈을 가만히 보고만 있었다.

일이 일사천리로 진행되고 있었다. 단지 루드윈 자신만 고개를 끄덕이면, 이들은 당장 영지민들을 구하기 위한 작전을 시작할 것이다.

"……병사들과 기사들을 준비시키겠습니다."

"2시간 안에 출정해야 합니다. 본대가 움직이기 전, 이쪽에서 먼저 기습하는 겁니다."

라이오스가 힘주어 명령했다.

"셰키나 님과 르웰린 왕자님은 엄호 위주로 함께 움직

여 주십시오. 엘프 궁수들의 배치는 셰키나 님께 맡기겠습니다."

"네. 알겠습니다."

셰키나가 고개를 끄덕이자 라이오스는 아렌트를 향해 지시했다.

"그리고 아렌트. 넌 아서, 리히트와 함께 내부로 돌입해서 사람들을 구해. 내가 기사단을 이끌고 적들을 상대하겠다."

"네엡."

"그리고 왕자께서는 저희들이 내부를 파고드는 동안 병사들을 움직여 성을 포위하고, 도망치는 놈들을 요격해 주십시오."

건성으로 고개를 끄덕이는 아렌트의 목소리의 뒤를 이어, 라이오스가 루드윈에게 당부했다.

"그리고 아렌트가 사람들을 구해 밖으로 빠져나오면, 곧바로 그들을 보호하시는 겁니다. 가능하시겠습니까?"

"……."

루드윈은 잠시 침묵했다.

이쯤 되면 인정할 수밖에 없었다.

이들은 자신과는 비교도 안 되는 천재이며, 분명 영웅의 자격을 가졌다.

그리고 철부지에 망나니라 여겼던 막냇동생은 자연스럽게 그들 사이에 섞여 있었다.

자신은 감히 르웰린에게 물러서라 명령할 수 없다.
"물론입니다, 라이오스 단장."
왕자에게서 다소 경직된 목소리가 흘러나왔다.
정신이 번쩍 드는 기분이었다.
자칫하다간 짐이 될지도 모르는 사람은 르웰린이 아니라, 오히려 자신 쪽이라는 사실을 깨달은 것이다.

* * *

모두가 출격을 준비하며 바쁘게 움직이던 때.
슬그머니 다가온 르웰린이 아렌트의 앞에 우뚝 버티고 섰다.
그러자 단박에 약간의 짜증을 담은 반반한 낯짝이 그를 향했다.
"뭐."
도무지 일국의 왕자를 대하는 태도라고는 말 못 하겠지만, 그래도 르웰린은 마냥 기분 좋은 듯 씨익 웃었다.
"그냥. 편들어 줘서 고맙다고."
"난 네 편든 적 없어."
하지만 늘 그랬듯 무심한 대꾸가 돌아올 뿐이었다.
"고용주가 똘마니 좀 부려먹겠다는데, 뭐 문제라도 있나? 난 늘 그랬듯 사실을 말했을 뿐이야."
"짜식, 부끄러움 타냐?"

르웰린이 히죽 웃자 아렌트가 살짝 인상을 썼다.

"원하신다면 지금이라도 철회하고 왕자님 대접해 드릴 수 있습니다만. 어떻게 생각하십니까, 르웰린 왕자님?"

"……미안하다. 안 나댈게."

바로 꼬리를 내린 르웰린이 슬쩍 아렌트의 눈치를 한번 살폈다.

"그래도 좀 신경 쓰여서. 이유라도 있냐?"

허물없이 대하긴 하지만, 그래도 언제나 서로의 위치는 잊지 않는 아렌트였다.

지난번 루카인 왕국에서도 써먹을 대로 써먹어 놓고는, 정작 큰 싸움이 벌어지기 전에 빠져나가라며 몇 번이나 종용하기도 했으니까.

가끔 르웰린은 그 부분이 서운했다.

항상 신분 때문에 생길 문제에 대해 이야기하면서도, 언제나 아렌트가 진짜 신경 쓰는 건 르웰린의 안위뿐이었다.

'그래서 차마 크게 반발하진 못했지만…….'

그랬던 것치고 아렌트는 황궁에서부터 적극적으로 나서서 그를 변호해 주었다.

르웰린은 그 점이 의아했다.

"몇 번이나 말했잖아. 노는 꼴 볼 바에야 여기에서 같이 고생하는 편이 백번 낫지."

아렌트가 시큰둥하게 대꾸했다.

"그리고 루드윈 왕자님께 했던 말도 진심이야. 황궁에 나 말고 널 막을 수 있는 사람도 없을 테고. 혼자 단독 행동할 바에야 옆에 두는 게 속 편하지. 거꾸로 내가 묻겠는데."

성가셔 죽겠다는 티를 팍팍 내는 황금색 눈동자가 르웰린을 향했다.

"그냥 거기 남으라고 했으면, 가만히 기다리고 있었을 거냐?"

"아니."

"그러니까."

단박에 답이 돌아오자 아렌트가 손을 휘휘 내저었다.

"알았으면 네 자리로 가. 귀찮게 하지 말고."

"차가운 자식 같으니."

르웰린이 입을 댓 발 내밀고 투덜거렸다.

하지만 그는 아렌트를 더 귀찮게 하는 대신 순순히 몸을 돌렸다.

"또 다쳐서 오기만 해 봐라. 가만히 안 있을 거야. 이번에야말로 렉시온 님께 부탁드려서 어디 가둬 버릴 테니까."

"가만히 안 있으면 어쩔 건데? 너야말로 쓸데없이 설치다가 목 날아가지 말고. 괜히 데리고 왔다가 문제 생겼다고 책임지기 싫으니까."

살벌한 인사를 나눈 뒤, 르웰린은 순순히 자리에서 떠

나갔다.

그가 자리를 뜨자마자 아렌트가 짧게 숨을 내쉬었다.

"……저건 감이 좋은 건지, 둔한 건지."

르웰린의 한 가지 문제라면, 사람을 쉽게 믿어 버린다는 거였다.

비단 그에게만 한정되는 이야기는 아니겠지만.

"가자. 여기서 멍하니 있지 말고."

어느새 채비를 마친 리히트가 곁을 스쳐 지나가며 어깨를 툭 치고 지나갔다.

멀어지는 뒷모습을 보는 아렌트의 눈빛이 더욱 뚱해졌다.

'한동안 고장 난 것처럼 굴더니.'

아무래도 리히트 역시 무엇이 우선순위인지 마음을 굳힌 듯했다.

분명 그건 바람직한 일이었지만 마음이 다소 찜찜한 건…….

'내가 저 녀석들한테 뭐라고 할 처지는 아니지.'

쯧 혀를 찬 아렌트는 약간 느슨해진 머리끈을 다시 고쳐 묶었다.

"제가 언제 멍하니 있었다고요."

그리고는 자세를 바꿔, 견습 기사 아렌트다운 걸음걸이로 리히트의 뒤를 따랐다.

자신은 어디까지나 우스꽝스러운 광대여야만 했다.

자신마저도 '아렌트'답지 않은 상념에 사로잡힌다면 이곳은 더 이상 희극일 수 없을 테니까.

조금 앞서가나 싶던 리히트는 어느새 걸음을 멈추고 그를 기다려 주고 있었다.

이쪽을 응시하는 새파란 눈동자에서는 한 치의 의심도 보이지 않았다.

'물러 터진 인간들 같으니.'

저들의 믿음과 신앙, 고뇌는 진짜였다.

하지만 지금 이 상태라면 이 세상은 두 신의 손바닥 위에 놓인 작은 무대에 지나지 않았다.

아렌트는 일부러 천천히 걸으며 속으로 되뇌었다.

'배우는 나 하나면 족해.'

그는 이 세상을 무대로 만드는 좁은 틀을 박살 내 버릴 생각이었다.

감히 이 땅의 생명들을 소유물, 꼭두각시 취급하는 오만한 신들을 끌어내리기 위해서라도.

이 싸움은 분명 그 시발점이 될 것이다.

* * *

모두가 저마다의 임무를 수행하며 바삐 움직이는 성안.

불경한 루체의 신자들이 흐느끼는 소리가 새벽의 침묵을 깼다.

어둠의 신관들이 모두 제 할 바에 몰두하며 바삐 움직이는 와중, 망루에 오른 한 사람만은 차게 가라앉은 눈으로 황야를 가만히 응시하고 있었다.

아니, 그를 사람이라고 할 수 있을까.

온몸을 검은 로브로 휘감았으나 언뜻언뜻 드러난 살결은 온통 흉터투성이였고, 검게 물든 얼굴은 인간의 것이라 칭하기에는 다소 어폐가 있었다.

그러나 사내는 자신의 기이한 외모 따위는 전혀 아랑곳하지 않고, 그저 온 신경을 곤두세우고 자신의 부하들이 향한 곳을 노려볼 뿐이었다.

'어째서지.'

일이 순조롭게 진행되었다면, 이미 보고가 들어오고도 남았을 시간이었다.

하지만 그가 쥔 통신용 수정구는 그저 잠잠하기만 했다.

이번 임무의 지휘관, 전투 신관 4대대의 대장, 에릭은 점점 초조해지고 있었다.

출정한 뒤 이 영지를 차지했을 때까지만 하더라도 자신감과 신을 향한 영광에 가득 차 있었으나, 지금은 그저 불안감만이 그 자리를 대신할 뿐이었다.

에릭은 망루에 서서 지평선 너머를 가만히 노려보았다.

어느새 어둠이 물러나고 서서히 먼동이 터 오고 있었다. 그러나 황량한 들판에서는 아직 아무런 이변도 보이지 않았다.

"설마 당한 건가……."

희박한 가능성이었지만 그럼에도 에릭은 그것을 염두에 둘 수밖에 없었다.

그러나 전투 중 돌발상황이 생겼더라면 벌써 보고가 들어왔을 것이다.

승패의 결과조차도 알 수 없으니, 지금 생각할 수 있는 건 딱 하나뿐이었다.

'쥐도 새도 모르게 처리되었다고?'

하지만 그럴 리 없었다.

에버란 왕국군은 그리 강하지 않았으니까.

만에 히나 드래곤의 힘을 빌린 제국군이 지원을 갔다더라도, 이런 식으로 소리소문없이 싸움이 끝나 버릴 가능성은 희박했다.

'……영웅이 이곳에 직접 오지 않았더라면.'

거기까지 생각이 미친 에릭은 문득 등골이 서늘해지는 것을 느꼈다.

"설마."

그의 입에서 탄식이 터져 나왔다.

어둠 저편에서 아침을 알리는 먼동이 터오고 있었다.

반갑지 않은 새벽의 시작점에는 용맹히 백마를 몰며 이쪽을 향해 돌진해오는 영웅이 있었다.

그가 뽑아 든 성검이 새벽빛을 받아 희게 반짝였다.

마치 루체의 다정한 손길이 라이오스 드 윈프리드의 어깨를 감싸 안듯, 어둠에 잠겨 있던 밤하늘이 점차 여명에 물들어갔다.

이를 으득 악문 에릭이 성벽 아래를 향해 고함을 쳤다.

"적습이다!"

경계를 서던 부하들이 놀라 고개를 들었다.

"진 님께 바로 보고해, 라이오스 드 윈프리드가 이곳에 나타났다고! 절대로 저놈들이 성문을 넘게 두지 마라!"

"예!"

아래쪽에서 우렁찬 대답이 돌아왔.

영웅이 이끄는 군단은 빠르게 거리를 좁혀 오고 있었다. 신관들 역시 곧장 성벽 밖으로 나서 구울들을 소환하기 시작했다.

아직 다 물러가지 않은 어둠 아래에 화려한 소환진이 연달아 몇 개나 피어나고, 이내 체르니온을 수호하는 숱한 괴물들이 적을 향해 사나운 이빨을 드러냈다.

"케에에에엑!"

"크르르륵……."

구울들은 본능적으로 돌격해 오는 기사들을 향해 살기를 드러내기 시작했다.

"대장님, 기적의 병사는……."

"아직이다. 한정된 전력이니, 지클린 님이 오실 때까지 최대한 아껴라."

"알겠습니다."

에릭의 지시에 부하가 물러섰다.

자신 역시 무기를 뽑아 들고 망루 아래로 뛰어내리려던 에릭은, 문득 한 가지를 떠올리고는 다시 지시를 내렸다.

"재료들을 절대로 빼앗겨서는 안 된다."

기껏 루체 신의 더러운 종자들을 살려 둔 이유는, 바로 지클린의 당부 때문이었다.

"한곳에 몰아넣어 버려! 만약 사수할 수 없다면 그냥 죽여 버려도 좋다. 시신이라도 쓸모가 있을 테니까."

"예!"

부하들이 우렁차게 대답했다.

그제야 에릭은 미음 놓고 전장에 나설 수 있었다.

"올 테면 와 봐라."

그의 두 눈동자에 명백한 살기가 드리웠다.

로저조차도 어찌하지 못한 영웅을 자신이 막을 수 있을 거라고는 생각하지 않았다.

하지만 영웅의 추종자들을 그 눈앞에서 죽여 버리는 것은 얼마든지 가능할 터.

특히 지클린과 로저가 눈엣가시로 여기는 그 견습 기사는 기필코 영웅, 라이오스의 앞에서 사지를 찢어 버릴 작정이었다.

콰아아앙!

어디선가 날아든 강력한 화살이 커다란 굉음을 내며 성

벽에 깊이 박혔다.

싸움의 시작을 알리는 소리였다.

* * *

"왕자님, 너무 무리하지는 마십시오."

셰키나의 당부에 르웰린이 고개를 끄덕였다.

"걱정 마세요, 셰키나 님. 주제넘는 짓은 안 합니다. 짐이 되고 싶지는 않으니까요."

그의 손에는 강화 마법이 걸린 활과, 작살과 비슷하게 생긴 강철 화살이 들려 있었다.

아티팩트의 도움을 받으면 발사체의 무게에 연연하지 않아도 된다는 점에서 착안해, 파괴력을 키울 수 있도록 특별히 고안한 거였다.

"진작 이럴걸. 엄청 편하네."

활에 박힌 마정석이 희미하게 빛나며 르웰린의 주변으로 가벼운 미풍이 몰아쳤다.

강철 화살을 활에 건 르웰린은 아티팩트의 힘을 화살에 응집했다.

그를 따라 다른 엘프 궁수들 역시 일제히 적을 향해 화살을 겨누기 시작했다.

"발사!"

셰키나의 호령에 맞춰 그들이 일제히 활시위를 놓았다.

라이오스가 이끄는 기사단을 향해 달려들던 구울들의 머리 위로 숱한 화살 비가 쏟아졌다.

퍽, 퍽!

화살들이 둔탁한 소리를 내며 살점을 깊이 파고들었지만, 구울들은 별 타격을 입지 않은 것 같았다.

쿠우웅!

묵직하게 날아간 르웰린의 화살이 다시 한번 두꺼운 성문에 깊이 처박혔다.

르웰린이 퍽 기분 좋게 외쳤다.

"셰키나 님, 지금이에요!"

"알고 있습니다."

고개를 끄덕인 셰키나가 마력을 운용하기 시작했다. 그녀의 발이 닿은 자리에 붉은빛의 화려한 마법진이 피어났다.

거의 동시에, 성벽과 적의 몸에 박힌 화살들 역시 붉은빛을 띠기 시작했다.

"캬아아아악!"

가장 앞장선 구울이 화살촉이 박힌 머리를 흔들며 라이오스를 향해 달려들었다.

그때를 노려, 셰키나가 손가락을 튕겼다.

그것이 신호가 되어, 적진에 날아든 화살들이 하나둘씩 폭발하기 시작했다.

콰아아앙!

가장 먼저 폭발한 것은 성문에 박힌 르웰린의 화살이었다.

오래된 나무 성벽은 폭발을 이기지 못하고 파편을 튀기며 순식간에 너덜너덜해졌다.

쾅, 콰아앙!

"키에에에엑!"

"케에에엑! 켁, 케에에엑!"

전장은 순식간에 아수라장이 되었다.

폭발에 휩쓸린 구울들의 살덩어리가 사방으로 튀었다.

뼈와 내장을 고스란히 드러내고서도 구울들은 죽지 않았다. 하지만 화살에서 시작된 불길이 그것들의 발목을 붙잡았다.

눈 깜짝할 새 불덩어리가 된 구울들은 날뛰다가 쓰러지기를 반복했다.

그 모습을 지켜보던 르웰린이 탄성을 터뜨렸다.

"이야, 멋진데요?"

"마정석이 풍부하니 가능한 일이지요. 방심하기는 이릅니다. 이제 시작이니까요."

셰키나가 냉정하게 대답했다.

이러는 사이에도 새로운 구울들이 끊임없이 소환되고 있었다.

르웰린이 공격한 성벽 역시 엉망이 되긴 했으나, 완전히 파괴하지는 못한 채였다.

"한 번 더 가겠습니다. 왕자님도 준비해 주세요."
"네엡. 알겠습니다."
씨익 웃은 르웰린이 다시금 화살을 들었다.

　　　　　＊　＊　＊

콰아앙.

멀지 않은 곳에서 묵직한 울림이 들린 데에 뒤이어, 사방에서 폭음이 터져 나왔다.

아렌트와 아서, 그리고 리히트는 어둠 속에서 가만히 몸을 숨기고 있었다.

일렁이는 불꽃과 튀는 살점, 그리고 비명 지르는 구울들을 가만히 지켜보던 아렌트가 입을 열었다.

"난리 났네."

그 특유의 무심한 목소리가 흘러나왔다.

"장송곡으로 아주 적절하지 않아요? 저기 매달려 있는 사람들도 억울하지는 않겠어요."

"……농담인지 진담인지 모를 소리 하지 마라."

리히트가 떨떠름하게 대꾸하자 아렌트가 어둠 속에서 어깨를 으쓱했다.

"농담 아닌데. 자고로 복수라는 건 화려할수록 좋은 겁니다."

"제발 이럴 때는 좀 진지하게 임할 수 없나?"

"제가 늘 말하잖아요. 진지해지면 지는 거라고."

리히트의 타박에도 아렌트는 시큰둥하기만 했다.

"비장하게 목숨 걸고 임하는 것보다야, 낄낄거리면서 비웃어대고 짓밟는 편이 훨씬 낫습니다."

"고인에 대한 예의가……."

"그거야 제 알 바 아니지만."

선배가 다시금 주의를 줬지만, 아렌트는 아예 말허리를 잘라 버렸다.

"장엄하고 우울한 장례식보다는 시끌벅적하고 우스꽝스런 복수극 쪽이 더 보기 좋을 것 같지 않아요? 저 사람들한테도요."

"……."

리히트는 그냥 입을 다물어 버렸다. 성벽에 매달린 목이 폭풍에 휘말려 이따금 맥없이 흔들거렸다.

적들을 태우는 불꽃이 말리 비틀어진 머리 위에 일렁였다.

기이한 형태의 그림자 때문인지, 흔들리는 머리가 웃는 것처럼 보이는 것 같았다.

'나도 미친 건지.'

리히트는 괜히 눈을 한 번 비벼 보았다. 선배와 견습 놈이 입씨름을 하든 말든, 가만히 상황을 지켜보던 아서가 탄성을 터뜨렸다.

"시작됐습니다!"

드디어 라이오스의 검이 첫 번째 구울을 산산조각 내어놓았다.

다른 기사들 역시 말을 몰아 서슴없이 전장에 파고들었다.

구울들과 그것들을 이끄는 신관 병력, 그리고 쳐들어온 기사들이 뒤섞이며 난전이 벌어졌다.

전투신관들의 대장, 에릭이 고함쳤다.

"한 놈도 살려 두지 마라!"

"사악한 악적들을 토벌하라!"

그에 맞서 라이오스의 호령이 전장에 울려 퍼졌다.

아렌트는 제 어깨에 앉은 정령, 루나를 슬쩍 보았다.

"너도 슬슬 움직여."

화려한 꽁지깃을 가진 정령은 일부러 아렌트를 외면하며 고개를 홱 돌려 버렸다.

하지만 아렌트는 가차 없었다.

"딴청부리지 말고. 순순히 협조 안 하면 나중에 네 주인 녀석이 꽤 고생할 텐데. 그래도 상관없나 봐?"

"……."

"내가 좋은 말로 할 때 잘 생각해라, 새대가리."

어쩐지 정령이 잠깐 식은땀을 흘리는 것 같았다.

한동안 고민하던 루나가 이내 아렌트의 어깨를 박차고 날아올랐다.

"넌 하다 하다 정령한테까지 협박을 하나?"

"제깟 게 정령이래 봤자 새대가리죠."

아서가 황당하게 말하자 아렌트가 시큰둥하게 대꾸했다.

콰아앙!

성문 쪽에서 재차 폭음이 들려왔다.

르웰린이 발사한 화살들이 연달아 성문에 깊숙이 박히고, 뒤이어 세키나가 화살에 걸어 둔 마법을 폭발시켰다.

불길이 더욱 세차게 치솟았다. 그리고 잠시 후.

"성문을 파괴하지 못하게 막아라!"

적이 소리 높여 고함을 쳤다. 어느새 어둠이 거의 다 물러가고, 하늘이 푸르스름하게 밝아왔다.

이제 그들 역시 움직일 때였다.

때마침 주변을 돌아보고 온 루나가 돌아와 그들이 몸을 숨기고 있던 나무의 가지에 안착했다.

"정령이 돌아왔어요. 우리도 가죠."

아렌트의 말에 리히트와 아서는 더 말하지 않고 즉각 움직이기 시작했다.

아렌트는 루나의 안내를 따라 조용히, 하지만 신속하게 걸음을 옮겼다. 아서와 리히트는 주변을 경계하면서 그 뒤를 따랐다.

한참 동안이나 앞서가던 루나는 그들을 인기척이 드문 곳까지 이끌었다.

대부분 병력이 성문 쪽으로 몰린 탓에 다른 쪽은 비교적 방비가 허술해진 거였다.

목적지까지 다 왔다는 듯, 허공을 한 바퀴 크게 돈 루나는 이내 높은 성벽 위에 착지했다.

이곳 주변에는 지키는 병력이 없다는 뜻이었다.

성벽 주변을 잠깐 살피던 리히트가 살짝 인상을 찌푸렸다.

"……침입할 수 있는 개구멍 같은 건 안 보인다만."

"쯧. 좀 위험하지만, 성벽을 넘는 수밖에 없겠네요."

혀를 찬 아렌트가 제일 먼저 앞장섰다.

한창 싸움이 벌어지는 곳을 등지고, 세 사람은 가볍게 지면을 박차고 도약했다.

그들이 자신의 옆에 착지하자마자, 루나는 한 치의 망설임도 없이 방향을 잡고 날아가기 시작했다.

숨 돌릴 틈도 없이 훌쩍 성벽 아래로 뛰어내린 아렌트가 투덜거렸다.

"저 새대가리, 일부러 가기 힘든 곳만 골라서 안내하는 것 같은데."

"네가 새대가리라고 불러서 그런 거 아냐?"

옆에서 나란히 달리던 아서가 한 마디 얹는 말에 아렌트가 짜증스레 대꾸했다.

"새대가리한테 새대가리라고 하지, 그럼 뭐라고 해요?"

"정령을 그렇게 부르는 놈이 정상이냐?"

"보이지도 않는 사람이 왜 이래라저래라 해요? 불만 있으면 선배도 정령 보시든가."

"제발 성가시니까 쓸데없이 싸우지 마라."

말싸움이 길어질 기미에 리히트가 질색하며 말허리를 잘랐다.

불행인지 다행인지, 길게 다툴 틈은 없었다. 텅 빈 민가에 들어선 지 얼마 되지 않아, 어딘가로 바삐 향하는 적군들을 마주한 거였다.

"……."

빠르게 눈짓을 주고받은 그들은 곧장 어둠 속에 몸을 숨겼다.

"재료들은 모두 모았나?"

"살아 있는 것들은 한데 가둬 두었습니다. 죽은 건 보존 처리를 해서 따로 보관했습니다."

"젠장, 모두 다 순조로웠는데…… 갑자기 영웅 놈이 쳐들어오다니."

"재료들은 저항하는 기미가 보이면 당장 죽여 버리라는 대장님 명령이다. 죽어도 쓸모가 있으니, 빼앗기는 것보다는 그것이 낫겠지. 어차피 놈들은 살려둔 채로 탈환하려 들 테니까."

전투신관들이 대화를 나누는 목소리가 들려왔다. 주변을 떠돌던 루나가 다시 돌아와 아렌트의 머리 위에 착지했.

적들이 완전히 떠나가자 아렌트가 떨떠름하게 말했다.

"너 이 자식, 지금 어디 앉는 거냐."

그러거나 말거나, 루나는 일부러 강하게 그의 머리를

박차고 다시 날아올랐다.

"아오, 진짜!"

그 충격에 잠깐 휘청거리다가도, 아렌트는 짜증을 쏟아내며 정령의 뒤를 쫓을 수밖에 없었다.

루나는 신관들이 향하던 곳과 반대 방향으로 기사들을 안내했다.

골목길을 지나고 큰길에 접어들자마자, 그들은 한 무리의 신관들과 마주했다.

"뭐, 뭐야?"

"침입자다!"

얼빠진 소리 뒤에 빠르게 상황 판단을 마친 누군가가 외쳤다. 하지만 그때는 이미 세 사람은 전투할 채비를 마친 뒤였다.

신관들이 채 무기를 들기도 전, 아티팩트를 발동한 아렌트가 그들 사이에 파고들었다.

은빛 서리가 아침 햇살 아래에 흩어졌다.

공격 명령을 내리려던 신관이 입을 쩍 벌린 채 순식간에 얼어붙었다.

그리고 잠시 후.

파사삭!

극한의 냉기를 이기지 못한 적은 결국 새하얀 얼음 가루가 되어 허공에 흩어져 버렸다.

"이런 망할!"

발 빠르게 움직인 적들이 아렌트를 향해 달려들었다.

그러나 채 몇 발을 떼기도 전, 등 뒤에서 번뜩인 검이 정확히 그들의 목을 갈라놓았다.

아서와 리히트였다.

"……!"

툭.

주인을 잃은 머리가 순식간에 바닥에 떨어졌다.

그와 동시에, 아직 숨이 끊어지지 않은 구울들의 저주받은 신체가 새하얀 서리에 뒤덮였다.

아렌트는 목을 잃은 채 얼어붙은 적들을 발로 걷어차 넘어뜨렸다.

쨍그랑!

적들은 순식간에 박살 난 얼음 조각이 되어 바닥에 뒹구는 꼴이 되고 말았다.

검을 갈무리하며 리히트가 말했다.

"계속 이런 식이면 사람들을 데리고 탈출하는 것도 쉽지 않을 듯하다만."

"그러게요. 생각보다 성 내부에도 잡것들이 꽤 많은 것 같은데."

심드렁하게 대꾸하며 아렌트는 루나를 보았다.

근처 나무에 앉아 그들이 적들을 정리하기를 기다리던 정령은, 상황이 종료되었다는 걸 인지하자마자 포르르 날아올랐다.

"일단은 다른 정령 녀석이 탈출로를 탐색하고 있을 테니, 믿어 보는 수밖에요."

루나는 영주성을 향해 날아가고 있었다. 포로들이 있는 곳으로 기사들을 안내하는 것이다.

정령을 따라 걸음을 재촉하는 아렌트의 눈동자가 설핏 차가워졌다.

'역시나, 지클린이 온단 말이지.'

그녀가 이곳에 도달하기 전 포로들을 모두 구출해야 했다.

사람들을 구하기 전까지는 최대한 들키지 않고 신속히 움직이는 게 최우선이었다.

* * *

성벽을 포위한 채 대기 중이던 루드윈의 병력들은, 성을 포위한 채 멍하니 라이오스가 싸우는 광경을 바라보기만 했다.

병사 하나가 신음처럼 중얼거렸다.

"저게 성검의 영웅인가……."

먼발치에서 벌어지는 전투에 그들은 완전히 압도되어 있었다.

라이오스는 가히 영웅다운 사람이었다.

백마에 올라 거침없이 적들을 베어 내는 위용은 보는

이로 하여금 마음을 빼앗길 수밖에 없을 모습이었다.

영웅을 따르는 기사들 역시 마찬가지로 용맹하게 전장을 누비고 있었다.

흉악하게 생긴 괴물들과 죽여도 죽지 않는 적들을 상대로, 그들은 전혀 망설임이 없었다.

"……말 그대로 루체 님께서 내리신 축복이구나."

루드윈이 저도 모르게 입술을 달싹였다. 왕자 역시 라이오스에게 시선을 완전히 빼앗긴 채였다.

"글쎄요……."

그때, 조심스러운 목소리가 루드윈의 상념을 파고들었다. 고개를 돌리자, 바로 옆에서 대기 중이던 세일럼이 보였다.

"세일럼 님?"

"물론 라이오스 단장님은 루체 님마저도 마음을 빼앗길 정도로 멋진 분이시지만."

마른침을 삼킨 세일럼이 천천히 말을 이었다.

"저분들은 아마 성검이 없었어도 충분히 강하셨을 거예요."

묘한 말이었다. 잠깐 눈만 깜빡이던 루드윈이 되물었다.

"그건……. 무슨 뜻이십니까?"

"아니요, 그냥."

세일럼은 심란한 눈으로 전장을 바라보고 있었다.

과연 엘프답게, 전장의 불길이 일렁이는 눈동자에서는

앳된 얼굴과 그다지 어울리지 않는 세월이 엿보였다.
"라이오스 단장님은 성검이 아니라 나뭇가지를 들고 계셨어도 분명 가장 앞장서서 싸우셨을 분이에요."
"저 역시 그 점에는 동의합니다."
루드윈이 진지하게 고개를 끄덕였다.
"그러니 루체 님의 선택을 받으신 게 아니겠습니까?"
"……."
하지만 세일럼은 쉽게 대답하지 않았다.
그는 뭐라 더 말하고 싶은 얼굴로 전장을 물끄러미 바라보았다.
하지만 세일럼은 뭐라 덧붙이는 대신, 그냥 입을 다무는 쪽을 선택했다.
병사들로부터 루체를 향해 기도하는 경건한 목소리가 들려온 탓이었다.
부자연스러운 침묵에 루드윈은 다소 의아해졌다. 하지만 그것도 잠시.
콰아아앙!
지금까지와는 사뭇 다른 폭발음에 그는 다시 시선을 황급히 전장으로 옮길 수밖에 없었다.
"성문이……!"
루드윈이 탄성을 터뜨렸다.
연이어진 공격을 버티지 못한 성문의 이음매가 상당히 헐거워져 있었다.

쐐애액!

때마침 또다시 발사된 화살이 공기를 가르고 빠르게 날아들었다.

르웰린이 다시금 성문을 노리고 공격을 감행한 것이다.

그러나 화살은 채 성문에 닿지 못했다.

퍽!

덩치가 거대한 구울이 몸을 날려 화살을 막은 거였다.

강철 화살이 구울의 살을 파고들었다.

그 순간, 폭발 마법이 발동하며 성문 앞을 막아선 구울이 산산조각 났다.

"케에에엑!"

후드득.

구울의 신체는 순식간에 산산조각 나 성문 앞을 붉게 물들였다.

하지만 그게 끝이 아니었다. 또 다른 거대한 구울이 성문 앞을 가로막았다.

"저건 도대체……."

루드윈이 아득히 중얼거리자, 곁을 지키던 세일럼이 다소 굳은 목소리로 대답했다.

"저게 체르니온교의 방식이에요."

세일럼은 주먹을 꾹 쥐고 성벽 너머를 노려보았다.

자신의 몫을 다하기 위해 움직이는 정령들의 존재가 뚜렷하게 느껴졌다.

그들이 보내오는 공명을 통해 성 내부 상황 역시 얼추 파악할 수 있었다.

"……왕자님, 병력 일부를 성벽 뒤쪽으로 보내 주세요. 아렌트 경께서 임무를 완수하시면 그쪽으로 빠져나오실 거예요."

갑작스러운 말에 루드윈이 다시 그를 돌아보았다.

"예?"

"언제든 아렌트 경과 합류할 수 있도록 해야 합니다. 조금이라도 늦으면 돌이킬 수 없는 일이 벌어질 거예요."

어린 엘프의 목소리는 확신에 가득 차 있었다.

"왕자님은 이곳에 계세요. 병력을 내어 주신다면 제가 그들을 안내하겠습니다."

"……알겠습니다."

루드윈은 오래 고민하지 않고 고개를 끄덕였다.

그가 손짓하자 빠르게 그 뜻을 이해한 부관이 병력을 나누기 시작했다.

이 자리의 모든 사람들이 직감하고 있었다.

누구 하나라도 실수하면 포로로 잡힌 사람들의 목숨은 물론, 앞으로의 전황도 장담하지 못하게 될 거라고.

* * *

쿵. 쿠웅.

이따금 들려오는 폭음을 무시하고, 세 사람은 정령을 뒤쫓아가는 데에만 집중했다.

종종 적을 마주칠 때마다 최대한 조용하고 빠르게 처리하며, 그들은 성 내부에 파고들었다.

한때는 번화가였을 길들은 전쟁의 상흔으로 가득했다.

시신은 이미 체르니온교 측에서 활용하기 위해 거둬간 탓에 거의 남아 있지 않았다.

그러나 미처 지워지지 않은 혈흔과 부서진 집기들, 그리고 시체에서 나온 부산물을 태운 흔적 등은 고스란히 그 자리를 지키며 새로운 아침을 맞이하고 있었다.

"살짝 속이 안 좋아지려고 하는데."

아서가 뒤집어쓴 후드를 끌어당기며 짧게 투덜거렸다.

그러나 가장 앞서가는 아렌트는 얼굴 표정 하나 변하지 않고 툭 내뱉을 뿐이었다.

"견뎌요. 녹봉 받아먹는 일이 뭐 쉬운 줄 아나."

집이나 가게 안에 있던 루체 신상 장식품이나 상징물들을 태운 흔적 역시 피비린내 나는 길 위에 고스란히 남아 있었다.

영지를 차지한 놈들이 어떤 식으로 승리를 자축했는지, 굳이 상상해 보지 않아도 눈앞에 선명히 그려지는 것 같았다.

걸음을 재촉하던 리히트는 문득 뭔가가 발에 걸리는 느낌에 시선을 아래로 떨어뜨렸다.

"……."

집안에 두는 작은 루체 신상의 조각이었다.

리히트의 얼굴이 설핏 굳어졌다.

억울하게 희생된 이들의 영혼은, 과연 루체 신이 받아 주었을까.

어둠의 신에게 굴복하지 않고 죽어간 이들은 과연 그 죽음에 달가워했을까.

분명 피해자들 중 상당수는 루체의 이름을 부르며 죽어갔을 것이다.

'그게 원망이든, 아니면 구원을 바라는 외침이었든…….'

과연 루체에게 그 목소리가 닿았을까.

루체는 그들의 영혼을 기쁜 마음으로 거둬 안식을 찾게 해 줬을까.

예전이었으면 믿어 의심치 않았을 사실들이었으나, 지금의 리히트로서는 쉽게 확신할 수 없었다.

'이 죽음들에 의미가 있나.'

그런 의문이 고개를 들 무렵, 아렌트가 버릇처럼 입에 담는 말이 떠올랐다.

의미 있는 희생이라며 스스로 위로해 봤자, 어차피 개죽음일 뿐이라고.

"뭘 그렇게 생각해요?"

그때, 무심한 목소리가 멍한 신경에 파고들었다.

그는 여전히 자신들에게는 보이지 않는 정령들의 위치를 눈으로 좇고 있었다.

퍼뜩 고개를 든 리히트는 짐짓 아무렇지도 않은 척 대꾸했다.

"아무것도."

뭐라 더 구박이라도 날아들까 생각했지만, 의외로 아렌트는 별다른 말은 하지 않았다.

"……방향을 바꿨어요. 영주성 쪽으로 가는 건가?"

"아무래도 포로들을 수용하기에는 거기가 좋겠지."

아서가 대꾸했다.

대부분의 영주성에는 재판 직전의 흉악범들을 투옥하기 위한 지하 감옥이 마련되어 있었다.

그곳이라면 당장 탈출하기도 어려울 테고, 사람들을 몰아넣어 놓기도 편할 것이다.

리히트가 얼굴을 딱딱하게 굳혔다.

"거기에 전부 다 수용 가능할 정도라면……. 사실상 살아남은 사람은 몇 없다 봐도 무방하겠군."

"나머지는 이미 외부로 이동됐을지도 모르고. 아니면 본단에서 교원으로서 거듭나는 교육을 받고 있을지도 모르겠네요."

아렌트의 목소리가 이어졌다.

"생존자들이 적에게 가담하지 않았으리란 보장은 없죠. 살아남기 위해서는 무슨 짓인들 못 하겠어요?"

"……."

뭐라 더 말하려던 리히트가 입을 다물었다. 여기에서 뭐라 반박해 봤자 의미가 없다는 사실을 깨달은 거였다.

바로 그때.

"침입자다!"

막 골목을 꺾어 나오던 적 한 무리가 세 사람을 발견하고 소리쳤다.

더 상념에 잠길 틈도 없이, 세 사람은 검을 뽑아 들었다.

* * *

서걱!

구울이 발톱이 백마의 옆구리를 길게 찢었다.

"히히히힝!"

말이 비명을 지르며 앞으로 쓰러지자 라이오스는 급히 뛰어내려 지면에 착지했다.

내장을 보이며 네 발을 버둥대던 백마는 순식간에 거대한 구울에게 물어 뜯겨 그대로 숨이 끊어지고 말았다.

"미안하다."

목숨을 잃은 말에게 짧게 사과한 뒤, 라이오스는 자신에게 달려드는 구울을 단칼에 베어 버렸다.

"케에에에엑!"

성검에 닿자마자 구울은 심한 화상을 입은 것처럼 녹아

내리기 시작했다.

주변을 한바탕 휩쓴 라이오스는 부하들의 위치를 확인하고는 외쳤다.

"적진에 너무 깊이 파고들지 마라!"

돌아오는 대답은 없었다. 저마다 꾸역꾸역 밀려드는 적을 상대하기에도 벅찬 탓이었다.

하지만 그들은 적들을 견제하며 조금씩 뒤로 물러서기 시작했다.

모두가 라이오스의 명령대로 움직이고 있었다.

'최대한 균형을 맞춰야 한다.'

라이오스는 거의 다 밝은 하늘을 올려다보며 시간을 가늠해 보았다.

최대한 빠르게 치고 빠지는 것이 이번 작전의 핵심이었다.

하지만 과연 뜻대로 될지는 다소 미지수였다.

"……!"

잠깐 상념에 빠졌던 라이오스는 자신을 향해 쇄도하는 기척을 느꼈다.

카아앙!

반사적으로 내지른 검에 거인 구울의 검이 정면으로 맞부딪쳤다.

"크르륵……."

딱 맞물리지 못한 턱 사이에서 목을 긁는 소리가 흘러

나왔다.

쯧 혀를 찬 라이오스는 그대로 적의 검을 쳐냈다.

콰아아앙!

강한 파공음이 전장을 한바탕 휩쓸었다.

한순간에 몸의 균형을 잃은 구울이 잠깐 휘청한 순간을, 라이오스는 놓치지 않았다.

성검이 새하얀 빛을 머금고 번뜩였다.

서걱!

"케에에엑!"

비명을 지르는 구울의 상체가 하체가 완전히 분리되었다.

균형을 잃고 허우적대던 상체가 쿠웅, 육중한 소리를 내며 지면에 쓰러졌다.

구울은 여전히 죽지 않고 검을 꽉 쥔 팔을 허우적대고 있었다.

그러나 라이오스는 미련 없이 몸을 돌려 다음 적을 향해 지면을 박찼다.

거인 구울이 그를 향해 다시금 살기를 드리우려던 그 순간.

쐐애애액!

화살이 파공음을 내며 날아들더니, 퍼억.

구울의 머리를 정확히 관통한 직후, 새빨간 불길에 휩싸여 폭발했다.

시야를 확보하지 못해 우왕좌왕하던 하반신 역시 곧 날아든 화살에 의해 완전히 산산조각 났다.

 '앞으로 3시간 정도인가.'

 정오가 되기 전 구출 작전을 완료하지 못하면, 포로들은 포기할 수밖에 없었다.

 출격 직전 루드윈과 라이오스, 그리고 아렌트가 합의한 사항이었다.

 너무 시간을 오래 끌면 부서진 검의 심장 일원이 나타날지도 몰랐다.

 혹여나 그 전에라도 지클린이나 로저가 나타난다면 일단은 전력을 보존하기 위해 철수하는 것을 최우선사항으로 할 예정이었다.

 '하지만……'

 까칠하고 괴팍할지언정, 언제나 아렌트는 피해를 최소화하기 위해 움직였다.

 아렌트라면, 그들이라면 어떤 돌발상황에서도 방법을 찾아낼 것이다.

 라이오스는 그렇게 믿었다.

* * *

 아렌트가 예상했던 대로, 루나는 곧장 영주성으로 향했다.

영주성 주변에는 잔류한 전투신관들이 제법 많이 보였다.

갇힌 포로들을 지키며, 곧 도착할 지클린을 기다리기 위함이었다.

루나가 영주성의 성벽에 앉는 것을 확인한 그들은 근처에 몸을 숨겼다.

"대충 예상은 했지만, 귀찮게 됐네요."

아렌트가 짜증스레 투덜거렸다.

영주성 근처에는 검은 로브를 뒤집어쓴 전투신관들이 바쁘게 오가고 있었다.

그들 하나하나가 쉽게 볼 만한 전력이 아니라는 건 당연한 일이었다.

게다가 이 근방은 탁 트여 있는 탓에 은밀히 움직이는 데에도 한계가 있었다.

이런 곳에서 전투를 벌였다간 순식간에 소란이 벌어질 게 분명했다.

주변을 한 바퀴 돈 루나가 세 사람의 바로 앞에 내려앉았다.

아렌트가 루나에게 물었다.

"사람들이 저기 있는 건 확실해? 지하 감옥에 갇혀 있어?"

루나가 고개를 끄덕였다.

"저 새끼들 눈에 안 띄고 침투할 만한 경로는?"

이번에는 정령이 고개를 가로저었다. 정면 돌파 이외에는 딱히 방법이 없다는 뜻이었다.

"그렇다면……."

아렌트의 눈동자가 소리 없이 움직여 아서와 리히트에게 닿았다.

견습 기사와 눈을 마주친 두 사람이 움찔했다.

"……뭐냐."

"선배들이 좀 무능하고, 둔해 빠진 인간들이긴 하지만."

리히트가 착잡하게 묻자 아렌트가 태연하게 말을 이었다.

난데없는 매도에 두 사람이 억울해할 틈도 없이, 아렌트가 기습적으로 툭 내뱉었다.

"설마 저딴 새끼들 상대로 시간을 못 끌 정도로 못 써먹을 정도는 아니겠죠?"

"뭐?"

아서와 리히트가 동시에 얼빠진 소리를 냈다.

선배들의 시선을 듬뿍 받으며, 아렌트는 신관들이 어정거리는 쪽을 향해 턱짓했다.

"가서 광대짓 좀 해 봐요. 제가 그 틈에 파고들어 볼 테니까."

"……진심이냐?"

아서가 떨떠름하게 묻는 말에 아렌트가 뻔뻔하게 대꾸했다.

"진심입니다만. 다른 방법 있으면 말씀해 보시죠. 들어는 드릴 테니까."

"아니, 다 좋은데 왜 나랑 선배야?"

목소리를 잔뜩 죽인 아서가 신경질을 터뜨리자 아렌트가 고개를 갸웃했다.

"당연한 거 아니에요? 침투에 제일 적합한 사람이 나니까요."

"……."

"이런 걸 새삼스럽게 묻는다는 것 자체가, 아직 선배는 멀었다는 증거죠."

짜증이 치솟았지만 차마 반박할 수가 없었다.

원래 기사단 내부에서 제일 새빠르고 날렵하나 여겨지는 사람은 아서였지만, 얼마 전부터는 아렌트가 민첩함에서 그를 앞서기 시작했으니까.

"뭐 해요? 안 가고. 때가 됐다 싶으면 적당히 알아서 탈출해요. 아니면 내 쪽으로 합류하던가."

두 사람은 한참 동안 떨떠름하게 후배 놈을 보았다.

그러나 별다른 뾰족한 수가 떠오르지 않아, 결국 리히트는 커다랗게 한숨을 터뜨릴 수밖에 없었다.

"그냥 말을 말지."

"현명한 판단이에요."

아렌트가 만족스럽게 고개를 끄덕였다.

한번 결정한 이상 더 입씨름하는 것은 시간 낭비에 불

과했다.

시선을 교환한 아서와 리히트는 망설이지 않고 검을 뽑았다.

챙!

깔끔한 쇳소리와 함께 햇살 아래에 드러난 검면이 새하얀 빛을 품었다.

두 사람이 지면을 박차고 바깥으로 뛰쳐나가자 단박에 사방이 소란스러워졌다.

"누구냐!"

고함을 지르던 신관의 목이 리히트의 검에 깔끔하게 잘려 나갔다.

툭, 힘없이 떨어진 목을 콰직 짓밟아 버린 리히트는 곧장 적진을 향해 파고들었다.

아직 채 숨이 끊어지지 않은 몸통을 양단하는 것은 아서의 몫이었다.

"침입자다!"

"젠장, 언제 여기까지……!"

그들이 의도했던 대로, 적들의 주의는 완전히 리히트와 아서에게 몰리기 시작했다.

"언제 오기는, 네놈들이 약해 빠졌으니 여기까지 파고드는 것도 눈치 못 챈 거지."

자신들을 향해 달려드는 적들에게 아서가 도발적으로 비웃음을 터뜨렸다.

"죽지도 않는 신관들이라더니, 별 것 없네."

아서의 입에서 흘러나온 지극히 아렌트 같은 대사에 리히트가 어쩐지 속이 쓰리다는 표정을 지었다.

그러나 리히트는 후배에 대한 유감을 눈앞의 적들을 베어내며 해소하기 시작했다.

두 사람이 본격적으로 날뛰기 시작하자, 아렌트는 큰 힘을 들이지 않고 자리를 벗어날 수 있었다.

"……."

"뭐. 이게 어른의 방식이야."

조용히 힐난의 시선을 보내는 정령에게, 아렌트가 담백히 대꾸해 주었다.

다시 날기 시작한 루나는 얼마 지나지 않아 가장 방비가 느슨한 곳을 찾아냈다.

성벽을 지키는 신관 한 명이 있었지만, 아렌트는 어렵지 않게 그를 처리할 수 있었다.

"……!"

갑작스러운 습격에 신관은 눈을 크게 뜬 채 순식간에 얼어붙어 버렸다.

이내 파사삭, 소리와 함께 은빛 가루가 되어 흩어져 버리는 적을 내버려둔 채, 아렌트는 강하게 지면을 박찼다.

파박, 튀어나온 벽돌을 발판 삼아 한 번 더 도약한 아렌트는 성벽을 가볍게 뛰어넘었다.

쿠웅!

아렌트가 사뿐히 착지하자, 그 너머에 있던 신관들이 당황해 뒤로 물러섰다.

"뭐, 뭐야?"

"닥치고 그냥 뒈져 버려. 바빠 죽겠으니까."

신관들이 놀라 소리를 지르려 했지만, 그보다 아렌트가 더욱 빨랐다.

새하얀 서리가 햇살 아래에 몰아쳤다.

쨍그랑!

눈 깜짝할 새 얼어붙어 절명한 신관들은, 그대로 얼음 조각이 되어 소멸해 버렸다.

"가자."

근처 나무 위에 앉아 전투가 끝나기를 기다리던 루나가 다시 날아올랐다.

정령을 따라 달리던 아렌트가 힐끗 하늘을 올려다보았다.

완전히 해가 뜬 하늘은 어느새 새파랗게 물들어 있었다.

'이제 2시간 정도 남았나.'

생각보다 남은 시간이 얼마 없었다.

사람들을 데리고 빠져나가는 시간까지 계산한다면, 서두를 필요가 있었다.

아렌트는 달리는 발걸음을 더욱 재촉했다.

3장. 찬란한 햇살과 함께 찾아온

찬란한 햇살과 함께 찾아온

 이른 새벽. 아직 신관들조차도 모두 잠에서 깨어나지 않은 시간이었다.
 평소처럼 가장 먼저 일과를 시작한 루미엘 대신관은, 홀로 작은 기도실에 앉아 조용히 루체 신상을 마주하고 있었다.
 긴 기도의 끝, 대신관은 눈을 뜨고 고개를 들어 루체의 자애로운 미소를 마주 보았다.
 "……송구합니다, 루체님."
 대신관의 입가에 쓴 미소가 드리웠다.
 "미욱한 저로서는, 넓은 세상을 갈망하는 청년을 막아설 수 없었나이다."
 아렌트가 목숨을 걸고 가져온 증거들은 대신관에게도

충실히 전달되었다.

 황실의 상황은 신전에도 공유되고, 신전에서 벌어지는 일들은 황실까지 전해졌다.

 싸움이 본격화되기 전, 테오도르 전 대신관이 물러나며 황실과 대신전 간의 연계가 활발해진 탓이었다.

 '분명 바람직한 일이지.'

 그러나 지금 현재만 보자면, 아렌트는 스스로의 목을 조인 꼴이 될지도 몰랐다.

 어른이라면 응당 잘못된 길을 가는 아이를 타이르고 바로잡아야만 했다.

 하지만 루미엘은 그러지 못했다.

 심지어는 아렌트를 설득하는 대신, 청년의 앞을 막아설 각오를 먼저 다지고 말았으니…….

 최근 그녀가 루체 앞에 바친 기도는 모두 거기에 대한 속죄였다.

 '신의 안온한 새장을 깨는 것.'

 그것이 바로 제 할 일이라며 아무렇지도 않게 말하는 청년 앞에서, 새장의 지킴이가 된 루미엘은 차마 잘못되었다 말할 수 없었다.

 단순히 치기 어린 반항심이 아니라는 사실을 아는 탓이었다.

 지금도 아렌트와 영웅은 에버란 왕국의 전선에서 싸우고 있었다.

그리고 루체 신전의 병력들 역시 제 할 일에 매달리며, 주기적으로 보고서를 올리고 있었다.

루미엘은 시선을 아래로 떨어뜨렸다.

그녀의 무릎 위에는 아직 뜯기 전의 서신이 올라와 있었다.

"……."

어제 도착한 보고서였다.

최근 전쟁과는 관련 없이 루체 신을 향한 민심이 뒤흔들리는 현상이 벌어졌다.

신전의 병사들은 원흉을 추적하는 중이었고, 이건 그것과 관련된 네 번째 보고서였다.

주름진 손이 흰 봉투를 가만히 쓸어내렸다.

하지만 얼마 지나지 않아, 루미엘은 더 이상 망설이지 않고 봉인을 뜯었다.

* * *

"……쯧."

잠깐 벽에 기대 숨을 돌리던 아렌트가 언짢게 혀를 찼다.

'생각보다 체력 소모가 빠른데.'

적들은 죄다 신체를 개조한 구울들이었다.

그런 놈들을 소리소문없이 처리하려니 슬슬 숨이 턱까

지 차오르고 있었다.

단번에 숨통을 끊기 위해 평소보다 마력을 더욱 몰아쓴 결과였다.

처음에는 구울의 신체를 얻으면서 반쯤 백치가 되거나 이지를 전부 잃어버리는 게 보통이었다.

하지만 거듭된 실험 끝에 진은 모든 신관들을 죽여도 죽지 않는 몸으로 만드는 데에 성공한 모양이었다.

덕분에 서리 어린 손길로 단번에 동사시키지 않으면 몰래 침투하는 것도 불가능했다.

"후우……."

그래도 이제 목적지가 얼마 남지 않았다.

호흡을 가라앉힌 아렌트는 이번 임무의 목적지인 건물을 보았다.

고즈넉하게 꾸며진 성내의 다른 건축물과는 달리, 다소 투박하면서도 거의 멋을 내지 않은 모습이었다.

'지하 감옥의 입구로군.'

당연하게도 앞에는 삼엄한 경비가 서 있었다.

'다섯 명인가.'

감옥 안에 있는 놈들까지 헤아리면 당장 보이는 것보다 몇 배는 될 것이다.

혼자 침투하려면 얼마든지 가능하겠지만, 지금은 민간인들을 데리고 나오는 것까지 고려해야 했다.

'신중하게 굴 시간은 없겠지.'

아렌트는 검을 다잡고, 서리 어린 손길의 힘을 끌어올렸다.

최대한 신속하고 조용히 끝장낼 필요가 있었다.

* * *

"배신자 새끼들."

감옥 바닥에 주저앉은 채 한 남자가 그리 읊조렸다. 영주성 가까이에서 술집 겸 여관을 운영하던 사내였다.

"이…… 개새끼들."

그가 다시금 욕설을 읊조렸지만, 반응하는 사람은 아무도 없었다.

남자가 온전한 정신이 아니라는 것을 이미 아는 탓이었다.

싸움 통에 아내를 잃었다.

그리고 딸, 아들과 함께 사로잡혔으나 제 모친을 죽인 놈들과 함께하겠다며 곁을 떠나가 버렸다.

덕분에 지금 감옥에 갇힌 것은 오로지 그뿐이었다.

"나쁜 새끼……. 감히 아비를 배신해? 나쁜 새끼. 혼자 살겠다고 나를, 평생 얼굴 맞대고 살아온 사람들을……. 루체 님을……."

신의 이름이 나오자 가까이에 있던 중년 여성이 움찔했다. 잠시 후, 그녀가 실소를 터뜨렸다.

"……그 위대한 신 양반이 우리를 구해 주기라도 한다던? 그것도 아니면서 뭘 그렇게 찾아대?"

"곧 왕국군이 우리를 구하러 올 거예요."

그나마 침착을 유지하던 젊은 여자가 위로하듯 말했다.

"그때까지 조금만 참아요. 힘드시겠지만……. 바깥에 싸움이 벌어졌다잖아요. 분명 왕실이 우리를 구출하러 온 걸 거예요."

"……."

감옥 안에 침묵이 흘렀다.

분명 그럴 것이다. 하지만 왕국군이 성공할 거라는 보장은 아무도 못 하는 판국이었다.

그들이 믿었던 영주는 맥없이 당해 성벽에 목이 매달리는 수모를 겪었다.

누군가의 아들, 딸이었던 병사들도 몰살당했다.

가까운 곳의 영주가 구하러 왔다는 소식을 들었을 때는 잠깐 희망을 가지기도 했다.

하지만 포로들을 찾아온 건 패배했다는 허무한 결말이었다.

"이번이라고 크게 다를까."

또 다른 남자가 허탈이 읊조렸다.

"어쩌면 자네 아들딸이 똑똑했을지도 모르겠어."

"뭐라고?"

축 처져 있던 술집 주인이 갑자기 벌떡 상체를 일으켰다.

"감히 제 아비를 버리고 간 게, 루체 님을 저버린 게 옳은 일이라고?"

"살기 위해서는 뭔들 못하겠나. 게다가 그런 선택을 한 건 자네 자식들만이 아니지."

그러나 남자는 시선도 주지 않은 채, 힘 빠진 목소리로 중얼댈 뿐이었다.

"절반은 죽었고, 나머지 반은 저놈들 편에 붙었으니……. 미련한 놈들만 여기 처박혀서 뒈질 날만 기다리는 거지. 한 목숨 초개처럼 내던지기는 무섭고, 그렇다고 비굴하게 목숨 구걸하기에는 자존심이 허락지 않고."

"……."

"결국, 아무것도 선택하지 못한 주제에 이제 와서 뭘 바라겠나. 그저 처단을 기다릴 뿐이지. 루체 님의 벌을 받든, 악신의 손에 뒈지든. 아니면 죽지도 못하는 괴물이 되든."

"아니에요, 아저씨!"

젊은 여성이 언성을 조금 높였다.

"목숨을 구할 수 있다고 하더라도, 우리 가족과 이웃을 죽인 놈들이랑 어떻게 같은 공기를 마시고 살 수 있겠어요?"

"이번에도 실패한다면, 난 그냥 그들이랑 함께 가겠어."

몸을 잔뜩 웅크리고 있던 누군가가 웅얼거렸다.

비쩍 마른 청년이었다.

"난 죽기 싫어. 일단 살아만 있으면 어떻게든 되겠지……. 아저씨도 혹시 알아요? 놈들 편에 붙으면 아드님이랑 따님을 다시 만날 수 있을지."

"개 같은 소리 하지 마. 난 그딴 자식 둔 적 없어!"

"생각해 보세요. 아줌마처럼, 아저씨 눈앞에서 두 사람 다 목숨을 잃어버렸다면 속이 시원했겠어요? 그것도 다 살아 있어서 할 수 있는 불평……."

하지만 청년은 말을 마치지 못했다. 갑자기 달려든 술집 주인이 멱살을 잡아챈 탓이었다.

순식간에 감옥 안이 아수라장이 되었다.

남자를 말리는 사람, 청년의 편을 드는 사람, 그리고 언성을 높이는 사람과 결국 울음을 터뜨리는 사람…….

"미쳤어? 사람을 왜 때려?"

"주둥이 함부로 놀리는 거 아냐, 새끼야!"

"루체 님이 밥이라도 먹여 주냐? 아님 우릴 구해 준대요? 끌려간 사람들도 살려 준대? 지금 와서 무슨 의미가 있어!"

모든 사람이 언성을 높이며 질러대는 목소리들이 쟁쟁 얽혀 좁은 공간을 쩌렁쩌렁 울렸다.

덕분에 그들은 뭔가 이상하다는 사실을 알아차리지 못했다.

이 정도로 소란이 벌어졌다면 이미 누군가가 달려왔어야 정상이었다.

하지만 사람들 간의 싸움이 번져 결국 주먹다짐으로까지 이어질 때까지 아무도 오지 않았다.
 그들의 싸움을 멈춘 것은 한순간 끼쳐 온 이질적인 한기였다.
 "······."
 얼굴을 얻어맞아 코피가 터졌으면서도 욕을 퍼붓던 청년도 어떻게든 한 대라도 더 때려 보려 악을 쓰던 사내도.
 두 사람에게 달라붙어 말리려 애쓰던 다른 이들 모두 한순간 멈칫했다.
 갑작스럽게 찾아든 정적에 누군가의 거친 숨소리가 파고들었다.
 "헉······. 헉······."
 사람들의 시선이 자연스레 소리가 들려온 쪽으로 향했다.
 창살 너머에 어두운 복도가 보였다.
 그리고 거기에는 젊은 기사가 벽을 짚고서 천천히 숨을 몰아쉬고 있었다.
 "······."
 툭. 멱살을 붙잡고 있던 손에서 힘이 빠지고, 청년이 힘없이 바닥에 떨어졌다.
 젊다 못해 어린 기사는 꽤 지쳐 보였다.
 처음 보는 제복에는 피가 덕지덕지 붙어 있었고, 희게 질린 얼굴은 창백히 보일 지경이었다.

이곳까지 다다르기 위해 엄청난 사투를 벌였다는 증거였다.

자신에게 모여든 시선을 알아차린 건지, 기사는 조금 머쓱한 웃음을 짓고는 금세 자세를 고쳤다.

"오래 기다리셨죠? 구하러 왔습니다."

"누구……."

젊은 여성이 가장 먼저 얼떨떨하게 물었다.

낯선 기사를 살피는 눈에 약간의 경계심이 드러났다.

그러자 젊은 은발의 기사가 단정히 대답했다.

"칼리온 제국 황실 제 3기사단 소속 견습, 아렌트 폰 에크하르트입니다. 라이오스 단장님과 에버란 왕국의 루드윈 왕자님의 명을 받고, 여러분을 구출하러 왔습니다."

"……!"

사람들의 눈에 순식간에 생기가 돌아왔다. 술집 주인이 넋이 나가 입술을 달싹였다.

"라이오스라면……. 그 영웅?"

사람들의 불안과 앙금이 눈 녹듯이 사라지는 한 마디였다. 아렌트는 그와 시선을 똑바로 맞추며 힘주어 고개를 끄덕였다.

"그렇습니다. 길게 이야기할 틈이 없으니, 일단 탈출한 뒤에 마저 설명드리겠습니다."

"자, 잠깐만. 내 아들딸이, 저기, 그러니까……!"

황급히 뭐라 말하려던 술집 주인이 급히 제 입을 틀어

막았다. 가족이 배신자라는 게 알려진다면 곤란해질지도 모른다는 생각이 퍼뜩 든 거였다.

그의 생각을 읽어낸 아렌트가 진지하게 답했다.

"괜찮습니다. 모든 상황은 다 이해하고 있습니다. 놈들의 간악한 협박에 못 이겨 강제로 협조하게 된 분들도 곧 구해낼 겁니다. 라이오스 단장님께서 지금 밖에서 그것을 위해 싸우고 계시니까요."

지극히 영웅의 동료다운 대사임과 동시에, 아렌트를 아는 다른 이들이 들었더라면 몸서리쳤을 말이기도 했다.

옆에서 루나가 마음에 안 든다는 듯 연신 뻠이며 머리를 쪼아댔다.

정령의 항의 따위는 익숙하게 무시한 아렌트가 검을 뽑았다.

"그러니 일단은 이곳에서 몸을 빼내는 게 급선무입니다."

서걱!

그토록 단단해 보이던 철창이 싱겁게 박살 났다.

조각난 철창 위에 앉은 새하얀 서리 때문인지, 아니면 갑작스럽게 다가온 구원의 손길 때문인지 어쩐지 이 상황이 비현실적으로 느껴졌다.

그러나 얼떨떨해하면서도 부서진 철창을 딛고 밖으로 나서는 순간, 사람들은 느낄 수 있었다.

두려움에 떨던 시간이 끝났다.

살아남을 수 있다는 한 줄기 희망이 눈앞에 드리웠다.

* * *

사람들을 이끌고 감옥 밖으로 빠져나가며, 아렌트는 속으로 투덜댔다.
'성가셔서 죽겠네.'
적들을 모두 처리하고 나니 포로들이 서로 싸우는 소리가 들려왔다.
루체를 욕해대는 꼴이 함께 가지 않겠다며 뻗대는 사람까지 나올 기세라, 결국 그는 짧게 연기를 펼칠 수밖에 없었다.
'괜히 길게 끌 틈도 없으니.'
일부러 피까지 옷에 묻히고 숨을 몰아쉬며, 이질적인 한기로 존재감을 드러냈다.
거친 사투를 헤치고 힘없는 양민을 구하러 등장한 영웅의 대리인.
그게 오늘의 역할이었다.
에버란 왕국까지 영웅 라이오스의 명성이 자자했기에 가능한 일이었다.
……동행한 정령은 그 배역이 굉장히 마음에 안 드는 듯 했지만.
아예 정수리에 자리 잡고 앉은 루나가 그의 머리카락을

신경질적으로 물어뜯고 있었다.

"제 뒤를 바짝 따라오세요."

루나의 부리를 대충 밀어 버리며 아렌트가 지시했다.

"괴물이 나타나거나, 혹여 바로 옆에 있는 사람이 당해서 쓰러지더라도 절대 저를 놓쳐서는 안 됩니다. 낙오됐다가는 무슨 일이 일어날지 몰라요."

꾀죄죄한 몰골의 사람들이 황급히 고개를 끄덕였다.

초췌한 모습이었지만 그럼에도 눈동자는 생기를 되찾고 있었다.

삶을 거의 포기했던 이들이었으나, 영웅이 바로 코앞에 있다는 사실에 다시금 용기를 얻은 것이다.

* * *

유난히도 하늘이 맑았다.

지하에서 빠져나가자마자 햇살이 눈부시게 쏟아졌다. 오랫동안 갇혀 있던 포로들은 순간 감격에 젖은 것 같았지만, 아렌트는 그들을 재촉했다.

"멈추지 말고 움직여요."

"네, 네!"

다행히도 주변에서 적의 기척은 느껴지지 않았다.

약간 무리해서라도 주변을 싹 다 청소해 둔 것이 정답이었던 듯했다.

찬란한 햇살과 함께 찾아온 〈109〉

'두 사람도 제법 광대 짓을 잘해 주는 모양이고.'

지금쯤이면 리히트와 아서를 상대하던 놈들도 이들의 목적을 알아차렸을 터였다.

당연히 감옥 쪽의 인원에게 포로들을 지키라는 명령을 내렸겠지만, 불행히도 그걸 수행할 자들은 모두 아렌트의 손에 절명한 뒤였다.

그렇다고 아서와 리히트를 무시한 채 이쪽으로 병력을 뺄 수도 없을 테고, 대부분은 성문 앞에 갑자기 나타난 라이오스를 상대하느라 정신이 없을 테니…….

시간을 번 지금이 절호의 기회였다.

"너도 서둘러."

장난칠 때가 아니라는 것을 깨달았는지, 루나 역시 별 불만을 표하지 않고 날아올랐다.

"혹시 못 걷거나, 이동이 힘든 사람은 부축하거나 업어 주세요."

"정말 혼자 괜찮으신지…….."

싸움을 말리던 중년 여성이 걱정스럽게 말했다.

지나치게 젊은 기사가 홀로 그들을 인도하는 것이 불안한 듯했다.

잠깐 고민하던 아렌트는 영웅의 대리인이라는 역할에 맞게 든든한 미소를 지어 주었다.

"그럼요. 문제없습니다. 라이오스 단장님의 이름으로, 제가 반드시 지켜드리겠습니다."

루나가 머리 위에서 난리가 났지만, 아렌트는 모르는 척했다.

어차피 다른 사람들 눈에는 보이지도 않을 테고.

그리고 바깥에서는 또 다른 정령, 레이의 신호를 받은 세일럼이 움직이기 시작했다.

* * *

막 임무를 끝내고 돌아온 레이가 세일럼의 팔에 안착했다.

레이에게서 상황을 전해 받은 세일럼은 곧장 행동을 개시했다.

"이쪽입니다!"

세일럼의 지휘에 따라 병사들과 엘프 전사들이 바쁘게 움직였다.

"최대한 서둘러 주세요, 시간이 없습니다!"

"예!"

땅을 파는 병사들의 손놀림이 더욱 빨라졌다.

레이가 확인한 결과, 성의 모든 출입구는 막혔거나 삼엄한 경비가 서 있었다.

그렇다면 포로들을 빼돌리기 위해서 선택할 수 있는 선택지는 하나뿐이었다.

그들을 위한 새로운 길을 만드는 것.

적들이 눈치채기 전, 그리고 아렌트 일행이 포로들을

데리고 빠져나오기 전 작업을 끝마쳐야만 했다.

"됐습니다, 세일럼 님!"

"다들 떨어지세요!"

세일럼의 신호에 병사들과 전사들이 급히 거리를 벌리고, 도화선에 불을 붙였다.

때마침 날아오른 레이가 마력으로 소리를 차단할 수 있는 금빛 방벽을 펼쳤다.

치지직.

도화선이 빠르게 타들어 간 몇 초 뒤.

쿠우웅.

금빛 방어막 아래에서 짙은 연기가 피어오르며 화약이 폭발했다.

레이는 소음은 물론이고 파편이나 불꽃, 연기조차도 완벽하게 막아 냈다.

"잘했어, 레이!"

세일럼의 칭찬에 레이가 우쭐한 듯 고개를 들며 방어막을 거두어 들었다.

잠깐 검은 연기가 치솟았지만, 레이의 날갯짓 몇 번에 그조차도 순식간에 흩어졌다.

다른 사람들의 눈에는 금빛 마력이 휘몰아치며 방어막을 만들어 냈다가, 연기와 불꽃마저도 순식간에 소멸시킨 것처럼 보일 뿐이었다.

"저게 정령술이구나……."

병사 중 하나가 얼빠진 소리를 냈다.

그러나 곧장 다음 명령이 날아들었다.

"다시 한 번 더요! 아직 부족해요!"

"예, 예!"

오랫동안 넋을 놓고 있을 시간은 없었다.

방금 폭발로 성벽이 다소 흔들리고 금이 가긴 했지만, 아직 틈을 만들기에는 한참 멀었다.

탈출로를 찾을 수 없을 경우에는, 그냥 성벽을 무너뜨려 버린다.

단순하고도 무식하기 짝이 없는 이 작전을 처음 제안한 사람은 바로 르웰린이었다.

"구울들과 싸우면서, 민간인들을 데리고 빙빙 둘러 영지를 탈출하는 건 불가능한 일입니다. 직선으로 길을 만들어서 최대한 빨리 민간인들을 보호해야 해요. 그래야 기사들의 안전도 확보할 수 있습니다."

루드윈을 설득하기 위한 르웰린의 말이었다. 얼핏 무모해 보이는 작전에 루드윈은 난색을 표했다.

하지만 라이오스와 아렌트가 르웰린의 손을 들어준 탓에 그 역시 납득할 수 없었다.

"최대한 빨리 움직여야 합니다! 아렌트 경도 곧 이쪽으로 오실 테니까요!"

세일럼의 호령에 병사들의 손이 더욱 바빠졌다.

찬란한 햇살과 함께 찾아온 〈113〉

* * *

 이제 몇 번째 적을 베어 냈는지도 헤아릴 수 없었다. 마치 끝없는 줄다리기 같았다.

 기사들의 몸에는 상처가 하나둘씩 늘어갔고, 그에 따라 바닥에 뒹구는 구울들의 시신 역시 점점 쌓여만 갔다.

 '아직은 여력이 괜찮군.'

 전황을 살피던 라이오스는 옆에서 달려드는 적을 보지도 않고 검을 휘둘렀다.

 "……!"

 신관은 순식간에 저민 고기 꼴이 되어 버렸다.

 라이오스의 발치에 살점이 쏟아졌다. 제복이 더러워지고 얼굴에도 피가 튀었지만, 라이오스는 대충 닦아내고 다시 전쟁터를 살폈다.

 '대충 1시간 반 정도…….'

 기사들의 상처가 점점 늘어 가고 있었다. 아직 치명상을 입은 자는 없었지만, 그럼에도 라이오스는 점점 초조해졌다.

 꾸역꾸역 밀려드는 적들을 해치우는 검에도 점점 감정이 실리기 시작했다.

 그러나 라이오스는 앞서가는 마음을 억지로 다잡았다.

 '지금 중요한 건 발목을 잡는 거다.'

 적을 많이 해치우는 것만이 능사는 아니었다.

아렌트가 요구한 것은 최대한 시간을 끌며 전선을 유지하는 거였다.

구출 작전이 이뤄지는 곳까지 적들의 시선이 닿지 않도록.

성을 되찾는 건 그다음이었다.

그러나 자꾸만 머리가 뜨거워지는 것은 어쩔 수 없었다.

적들을 상대하는 시간이 길어질수록 부하들의 부상 역시 늘어만 갈 테니까.

"소환입니다!"

그때, 글렌이 쩌렁쩌렁 고함쳤다.

퍼뜩 정신을 차린 라이오스가 고개를 들었다. 신관들의 우두머리처럼 보이는 자가 전선의 가장 뒤쪽에서 소환진을 발동하는 것이 눈에 들어왔다.

자신들만으로 라이오스를 막을 수 없다 판단한 적들이 호문쿨루스를 불러내려는 거였다.

"이런."

라이오스가 얼굴을 굳히는 찰나.

쐐애애액!

후방에서 날아온 강철 화살이 공기를 가르고 그쪽으로 날아들었다. 르웰린이 소환을 저지하기 위해 움직인 거였다.

그러나 화살은 얼마 가지 못해 가로막혔다.

퍽!

괴이한 생김새의 구울이 대신 뛰어들어 화살을 가로막은 거였다.

구울 하나만을 폭사시킨 채, 화살은 그대로 바닥에 떨어져 버렸다.

르웰린과 엘프 전사들이 다시금 화살을 시위에 걸었지만 연이어 같은 결과만이 나타났을 뿐이었다.

"다들 물러서라!"

막을 수 없음을 직감한 라이오스가 명령했다.

기사들이 저마다 상대하던 적들을 베어 내고 성큼 전선을 물린 것과 동시에, 전장에 살벌한 마력 폭풍이 몰아쳤다.

"……!"

잠깐 눈이 멀 정도로 자극적인 붉은 빛이 터져 나왔다. 다시금 기사들이 정면을 확인했을 때, 구울들의 가장 뒤에 거대한 칠흑의 괴물이 천천히 웅크린 몸을 펼치고 있었다.

"……늑대인가?"

라이더가 얼굴을 구겼다.

마치 긴 잠에서 깨어난 듯, 거대한 칠흑의 늑대가 천천히 고개를 들었다.

"크르륵……."

형형히 반짝이는 새빨간 눈동자가 자신의 적을 정확히

포착했다.

거리가 제법 되는 상황에도, 늑대형의 호문쿨루스가 라이오스를 향해 이를 드러내기 시작한 것이다.

라이오스는 무덤덤하게 검을 바로 잡았다.

"다들 물러서라. 눈앞의 적에만 집중해."

싸늘하게 가라앉은 명령에 기사들이 멈칫했다.

부하들의 기색을 읽어낸 라이오스가 짧게 덧붙였다.

"마침 잘 됐군."

새파란 눈동자가 싸늘한 냉기를 드리웠다.

라이오스 역시 복잡해져 가는 머리를 식힐 만한 적이 필요했던 참이었다.

* * *

쿠우웅!

심상찮은 울림에 아렌트가 잠깐 고개를 들었다.

마치 지진처럼 느껴지는 것이, 평범한 폭발이나 싸움 때문에 생긴 폭음은 아닌 듯했다.

'단장 쪽인가?'

아렌트는 어렵잖게 직감할 수 있었다. 라이오스 측의 싸움이 더욱 격해진 것이다.

하지만 그쪽에 오래 신경을 기울일 수는 없었다.

전방에서 기척을 느낀 아렌트가 급히 지시했다.

"저쪽 담장 뒤로 들어가요!"

"……!"

한 무리의 사람들이 그의 지시에 급히 몸을 숨겼다.

가장 마지막으로 그림자 뒤에 들어간 아렌트는 고개만 살짝 내밀어 상황을 확인했다.

"순찰 돌던 놈들은 다 어디 간 거야?"

급히 걸음을 옮기는 신관이 자신의 하급자를 향해 화를 쏟아 내고 있었다.

"제길, 침입자라니! 감옥 쪽은 확인해 봤나?"

"아직 아무런 소식이 없습니다. 근처에서 침투하려던 기사 둘과 교전을 벌이는 중이라고 합니다."

아직까지 아서와 리히트는 발목이 잡혀 있는 듯했다.

숨을 몰아쉬는 이들에게 조용히 하라는 제스처를 한 번 더 보낸 아렌트는 그들의 대화에 집중했다.

어디선가 급히 달려온 다른 신관이 보고했다.

"그 근처를 지키던 놈들이 모두 없어졌습니다!"

"없어졌다고?"

"그 주변에 얼음 조각만이 남아 있는 것을 보니…… 아무래도 당한 것 같습니다."

"뭐야, 얼음이라고? 설마 서리 어린 손길인가?"

욕설을 한바탕 지껄인 그들은 급하게 어디론가 달려갔다. 아마 감옥 내부를 확인하려는 것일 터였다.

"가요."

이 틈에 최대한 빨리 움직여야 했다.

아렌트가 다시 앞장서기 시작하자 잔뜩 긴장한 사람들 역시 그의 뒤를 따랐다.

걷지 못하는 사람들은 서로 업고 부축하며, 어린애를 두 명씩이나 들쳐 안은 사람도 있었다.

이만한 인원이 몰래 빠져나가는 것도 쉬운 일은 아니었지만, 구울화 된 신관들은 시각과 청각 이외의 감각이 둔화된다는 치명적인 약점이 있었다.

덕분에 아렌트는 루나의 도움을 받아 수월하게 사람들을 이끌어 영주성을 빠져나갈 수 있었다.

"이쪽으로 나가요."

영주성을 둘러싼 성벽 사이에는 작은 개구멍이 있었다. 루나가 찾아낸 거였다.

아렌트는 그들이 완전히 밖으로 빠져나가기를 기다린 다음, 가장 마지막에 밖으로 나갔다.

"휴……."

다행히 당장 눈에 띄는 변수는 없었다.

벽에 기대 짧게 숨을 돌린 아렌트는 곧 멀리 떨어진 성벽에서 레이가 바쁘게 오가는 것을 발견했다.

'결국 안전한 탈출로는 발견 못 했다는 거군.'

설마 성벽을 부술 지경까지 가지는 않겠지, 라는 마음이었으나…….

늘 그랬듯, 뭐 하나 도와주는 게 없었다.

"징그러운 새끼들."

"예? 기사님, 방금 뭐라고……."

"다들 여기까지 고생하셨습니다."

저도 모르게 욕설을 입 밖으로 툭 내뱉었던 아렌트가 순식간에 표정을 바꾸고 미소 지었다.

"조금만 더 힘내세요. 곧 왕자님과 합류할 수 있을 겁니다."

"감, 감사합니다."

연신 고개를 숙이는 그들에게서 서로 치고받고 싸우던 모습은 전혀 찾아볼 수 없었다.

눈앞에 드리운 희망이 그만큼 큰 역할을 한다는 거였다.

지금 그 역할은 라이오스와 자신이 수행 중이고.

'거북한데, 좀.'

'아렌트'와는 썩 어울리는 배역은 아니니까.

일단 상념은 집어치운 채, 사람들이 조금 숨을 돌린 것을 확인한 아렌트가 다시 재촉했다.

"다시 움직이죠."

루나가 다시 날아올라 피에 얼룩진 골목길을 가로지르기 시작했다.

따스한 빛을 품은 태양이 어느새 그들의 머리 위까지 드리웠다.

그건 곧, 이곳에 올 채비를 하던 지클린의 귀에도 지금 상황에 대한 소식이 들어가고도 남았을 시간이 되었다는 뜻이었다.

* * *

콰아앙!

호문쿨루스와 라이오스가 한 번 충돌할 때마다, 어마어마한 폭풍이 전장을 휩쓸었다.

싸움을 시작하기 전 거리를 두라 경고한 라이오스는 말 그대로 주변 모든 것들을 초토화시키며 호문쿨루스를 상대하기 시작했다.

미처 피하지 못해 휘말린 구울과 신관들은 두 괴물의 싸움에 눈 깜짝할 새 고깃덩어리가 되어 지면에 흩뿌려졌다.

"살벌하네."

글렌이 저도 모르게 질린 목소리를 냈다.

호문쿨루스도 이전보다 강해진 게 틀림없었지만, 고삐를 풀어헤친 라이오스는 그 이상의 괴물이었다.

다른 생각을 할 틈이 없다는 걸 알면서도 기사들은 마른침을 삼킬 수밖에 없었다.

누구보다도 단정하고 고고하며, 그야말로 기사다움의 표본이라 할 수 있는 단장이었지만…….

이따금 저런 식으로 적을 상대할 때면, 늘 얼굴을 맞대고 지내는 기사들조차 주춤할 정도로 섬뜩한 살기를 흘리곤 했다.

쿠우웅!

늑대의 거대한 앞발과 라이오스의 성검이 정면으로 맞부딪쳤다.

"……."

끽. 끼기긱.

성검과 거대한 발톱이 서로를 밀어내며 힘겨루기를 시작했다.

라이오스는 스산한 눈으로 늑대 호문쿨루스를 가만히 노려보았다.

적의 새빨간 눈동자에서는 분노와 증오 이외의 다른 어떤 것도 읽어 낼 수 없었다.

오로지 체르니온 신만을 위해 창조된 생명체인 만큼, 적을 배제하는 것만이 목적인 것이다.

'나 역시 이것과 다르지 않을지도 모르지.'

기억하기도 싫은 그 날이 뇌리에서 되살아났다.

죽어 가는 견습 기사를 껴안은 채 목격했던 환상이 아직도 눈앞에 선했다.

자신을 향해 원망을 퍼붓던 자신에게 자애로운 미소를 짓던 루체.

반쯤 이성을 잃은 라이오스에게 '정의로운'신은 다정히 속삭였다.

두 번 다시 같은 일이 벌어지지 않도록, 다른 사람들을 지킬 수 있는 힘을 주겠노라고.

제 이기심이라는 것을 알면서도, 라이오스는 거절하지 못했다.

영웅이라는 이름과 함께 성검을 건네준 루체 신은, 마치 칭찬이라도 하듯 선뜻 견습 기사마저 돌려주었다.

'아렌트는 결코 원하지 않았을 테지만.'

신의 역사를 증명하는 존재가 되는 것도, 그런 식으로 살아남는 것도, 더 나아가…….

멍청한 단장을 대신해 목숨을 던지는 일도.

"……."

우득.

단단한 바닥이 갈라지며 라이오스의 발이 흙 아래로 조금씩 가라앉기 시작했다.

그를 지탱하던 바닥이 호문쿨루스의 무게를 견디지 못한 거였다.

힐끗 발아래를 내려다본 라이오스가 검에 더욱 힘을 실으며, 강한 자의 그림자를 강하게 발동했다.

손아귀에 단단히 감긴 성검이 더욱 강한 신성력을 내뿜으며 희게 빛났다.

늑대의 얼굴이 와락 구겨지려는 찰나, 라이오스는 강한 힘으로 적을 뿌리쳤다.

콰아아앙!

한순간 거구의 늑대가 중심을 잃고 뒤로 밀려났다. 라이오스는 그 틈을 놓치지 않고 강하게 지면을 박찼다.

우지끈.

발이 닿은 자리가 더욱 크게 갈라진 순간, 라이오스의 신형이 사라졌다. 전투를 지켜보던 자들도 당황하던 찰나.

마치 하늘에서 뚝 떨어진 것처럼, 라이오스가 호문쿨루스의 코앞에 착지했다.

쿠우우웅.

"……!"

기사들이 한순간 숨을 삼켰다. 신관들 역시 경악하며 그 자리에 얼어붙었다.

모든 이들의 시선을 한몸에 받으며 라이오스는 강하게 검을 휘둘렀다.

서걱!

반사적으로 공격을 막으려던 호문쿨루스의 앞발이 깔끔하게 잘려 나갔다.

치이익.

하얀 연기를 내며 잘려 나간 상처 부위가 타들어 가기 시작했다. 성검의 신성력 때문에 손실된 부위를 재생하지 못하는 거였다.

"케에에에엑!"

늑대가 큰 입을 벌리고 울부짖었다.

괴성이 새파란 하늘을 쩌렁쩌렁하게 울렸다.

라이오스는 뒤로 훌쩍 뛰어 거리를 벌렸다가 다시 지면을 박차고 적에게 달려들었다.

'설령 내가 저 괴물과 다르지 않은 처지라 해도.'

신이 말하는 운명 따위에 조용히 순응하고 싶지는 않았다.

그것이 자신을 믿어 준 이들에게 자신이 보여야 할 최소한의 신의였다.

'내가 은혜를 갚아야 하는 상대는…….'

새파란 눈동자가 얼음 조각처럼 반짝였다.

* * *

적들을 상대로 시간을 끌던 두 기사는, 제법 시간이 뒤에 기다렸던 한마디를 들을 수 있었다.

"재료들이 도망쳤다!"

지하 감옥에서 터져 나온 고함소리였다.

아렌트가 사람들을 데리고 순조롭게 이 근처를 빠져나갔다는 신호이기도 했다.

"뭐라고?"

신관이 당황해 뒤를 돌아보는 사이, 아서와 리히트는 빠르게 시선을 교환했다.

그리고는 자리를 박차고서 재빠르게 그곳에서 벗어나기 시작했다.

"도망칩니다!"

"절반은 놈들을 쫓고, 나머지는 감옥 쪽으로 간다! 절대로 놓치지 마!"

뒤에서 신관들이 버럭버럭 고함을 쳐댔다.

아서는 자신들을 추격해 오는 이들을 힐끗 보며 말했다.

"어떻게 할까요?"

"거리를 좀 벌린 뒤, 뒤쫓아오는 놈들부터 처리하자."

리히트가 담백하게 대꾸했다.

"그 뒤에 아렌트 쪽으로 합류한다. 지금쯤이면 영주성을 빠져나갔을 테니까."

만약 포로들을 데리고 있는 상태로 적을 맞닥뜨리기라도 한다면, 아무리 아렌트라고 하더라도 홀로 감당하기는 쉽지 않을 것이다.

그러니 가능한 한 빠르게 합류하는 게 최선일 터였다.

"이견 있나? 들어는 주지."

"있을 리가요."

망할 후배 놈의 말을 따라 하는 선배의 한마디에, 아서가 킥킥 웃음을 터뜨렸다.

"그렇다고 해서 짐을 달고 가면 욕만 처먹을 테니, 우선은 저놈들부터 어떻게 좀 해 보는 게 좋겠습니다."

"그래야지."

추격자들과 어느 정도 거리를 벌린 시점에, 두 사람이

기습적으로 방향을 틀었다.

"……!"

무기를 들고 추격해 오던 신관들이 멈칫한 찰나.

아서와 리히트는 약간의 틈도 주지 않고 그들에게 달려들었다.

　　　　　　　　＊　＊　＊

마치 병아리들을 이끄는 암탉이라도 된 기분이었다.

'물론 그렇게 여유로운 상황은 아니지만.'

아렌트는 붉은 살얼음이 되어 검에 엉겨 붙은 살점을 털어 냈다.

자신의 뒤에 숨죽이고 숨어 있는 이들의 기척이 선명하게 느껴졌다.

눈앞에서 신관들이 처참하게 당하는 것을 보았을 텐데도, 그들은 두려움은커녕 선망의 시선을 보내고만 있었다.

"이제 괜찮습니다. 계속 이동하죠."

아렌트는 그들의 기대에 부응해 생긋 웃어 주었다.

"네!"

황급히 고개를 끄덕인 포로들이 빠르게 이동하기 시작했다. 인적이 드문 골목을 가로지르기를 한참.

갑자기 일행의 앞에 불쑥 두 사람의 인영이 모습을 드러냈다.

"……!"

아렌트는 자연스럽게 사람들을 뒤로 물리고 걸음을 멈췄다.

포로들이 지레 겁을 먹고 물러서려는 찰나, 아렌트가 먼저 입을 열었다.

"짐 덩어리들은 떼 놓고 왔어요?"

"그래, 이 자식아."

아서가 옷을 툭툭 털며 퉁명스럽게 대답했다. 리히트 역시 뺨에 묻은 피를 대강 닦아 내며 툭 내뱉었다.

"미행도 없다. 걱정하지 마라."

늘 그랬듯 싸가지 없는 대답이 돌아올 거라 기대했다.

그러나 아렌트는 씨익 웃으며 고개를 끄덕여 줄 뿐이었다.

"역시, 선배님들이라면 무사하실 거라 믿었습니다."

"……"

숱한 적들을 상대하는 동안에도 평정심을 잃지 않던 두 기사는, 금방이라도 피를 토할 것처럼 창백해지고 말았다.

"뭐야, 너 싸우다가 머리라도 처맞았, 윽!"

얼빠진 채 지껄이던 아서가 급히 입을 다물었다. 아렌트가 지그시 발을 밟아 온 탓이었다.

선배를 닥치게 만든 아렌트는 제 뒤에 있는 사람들을 슬쩍 눈짓으로 가리켰다.

그것만으로 두 사람은 모든 상황을 이해했다.
리히트가 질렸다는 투로 중얼거렸다.
"여우 같은 놈……."
"빠르게 이동하죠. 지체할 시간이 없습니다."
지극히 견습 기사다운 어조로, 아렌트가 다시 사람들을 향해 자상하게 말했다.
"얼마 남지 않았습니다. 든든한 선배님들도 오셨으니, 조금만 더 힘내세요."
그리고 다시 선배들에게 시선을 던진 아렌트는 언제 그랬냐는 듯, 풍한 낯짝으로 돌아와 있었다.
"뭐해요? 안 움직이고."
아서와 리히트는 동시에 벌레 씹은 표정을 지었다.
그러거나 말거나, 아렌트는 두 사람을 쌩하니 지나쳐 앞장서기 시작했다.
뭐라 투덜거리는 것 같던 두 사람 역시 일행의 뒤를 지키며 합류했다. 레이가 바쁘게 움직이는 것이 멀지 않은 곳에서 보였다.
이제 목적지까지 얼마 남지 않았다는 뜻이었다.
모든 것이 순조로웠다.
아니, 순조로운 듯했다.
한참 동안 앞장서던 루나가 갑자기 멈칫했다.
정령이 급하게 방향을 바꿔 뒤를 돌아보는 것과 동시에, 아렌트는 뭔가가 잘못되었다는 것을 직감했다.

"……!"

우드득.

리히트와 아서가 있는 곳 바로 몇 걸음 뒤 지면이 작게 갈라졌다.

두 사람이 그것을 알아차린 순간.

새카만 덩굴줄기가 지면을 뚫고 치솟았다.

콰드드득!

먼지가 자욱하게 피어오르며 사방으로 파편이 튀자, 혼비백산한 사람들이 비명을 지르기 시작했다.

"꺄아아아악!"

"뭐, 뭐야, 저게!"

"그 자리에서 움직이지 마세요!"

빠르게 검을 뽑은 아렌트가 외쳤다.

"루나!"

정령이 크게 날갯짓하며 순식간에 흙먼지를 흩어 버렸다. 금빛 마력이 한바탕 몰아친 뒤에야 시야가 확보되고, 다시금 새파란 하늘이 모습을 드러냈다.

"……."

잠깐 사라졌다 다시 드리운 햇빛이 유난히도 따스하게 느껴졌다.

하지만 그 아래에 펼쳐진 광경은 하나의 지옥도와도 같았다.

마치 수많은 폭약을 한꺼번에 터뜨린 듯, 지면이 엉망

으로 파헤쳐져 있었다.

 갑작스런 공격에 쓰러진 사람들이 신음을 흘리며 가까스로 상체를 일으켰다.

 다행히도 사람들은 크게 다치지 않은 것 같았지만, 아서와 리히트는 사정이 달랐다.

 "콜록, 콜록!"

 아서가 잔기침을 뱉으며 비틀비틀 몸을 추슬렀다.

 그와 멀지 않은 곳에서 리히트 역시 검을 지지대 삼아 간신히 두 발로 버티고 서 있었다.

 충분히 피할 수도 있었지만, 사람들이 다치지 않도록 정면으로 공격을 막아 낸 탓이었다.

 "……."

 적을 올려다보던 아렌트의 눈빛이 얼어붙었다.

 전장에서 호문쿨루스를 조우하는 것은 이제 꽤 익숙해진 일이었다.

 그러나 눈앞에 있는 놈은 지금껏 나타났던 것들과는 사뭇 다른 생김새였다.

 기괴한 생김새는 지상의 그 어떤 몬스터나 짐승과도 닮지 않았다.

 "……."

 푸른 하늘 아래에서 마치 그곳에만 밤이 찾아든 것 같았다.

 호문쿨루스는 어린애가 제멋대로 찰흙을 주물러 대는

것처럼 제멋대로 꿈틀대고 있었다.

어둠 그 자체를 형상화한 듯한 형체 없는 괴물이, 초점 없이 탁한 눈동자로 아렌트를 가만히 내려다보았다.

악몽 속에서 질릴 정도로 마주하는 놈과 지나치게 닮은 꼴이었다.

인간의 원초적인 두려움을 자극하는 기이한 형태에, 포로들도 도망치는 것조차 잊어버리고 그 자리에 얼어붙어 버렸다.

"……환장하겠네."

아렌트가 저도 모르게 입술을 달싹였다.

그의 의지와는 상관없이 심장이 다소 빠르게 뛰기 시작했다.

손목의 흉터가 어쩐지 간지러워지는 것 같았다.

서리 어린 손길 아래에 드러난 피부에는 아직도 피딱지가 앉아 있었다.

니케포르 때문에 입었던 화상이 채 아물기도 전, 몇 번이고 다시 긁고 상처를 낸 탓이었다.

"하여튼, 쥐새끼처럼 재빠르다니까. 한 번에 몰살시켜 버리려고 했더니."

괴물의 옆에서 요정처럼 사랑스러운 소녀가 쏙 고개를 내밀었다.

리히트가 상처투성이가 된 손으로 검 자루를 꾹 쥐었다.

"지클린……."

그녀의 곁에는 충직한 시종, 리타 역시 함께였다.
찬란한 햇살과 함께 찾아온 악몽이었다.

* * *

"잠깐 눈을 뗀 사이에 이렇게까지 난장판을 쳐 놓을 줄은 몰랐는데."

지클린이 언짢게 투덜대는 소리가 다소 비현실적으로 들려왔다.

텅 빈 눈동자가 마치 자신을 속박하는 것 같았다.

호문쿨루스의 모습에서, 저깟 괴물과는 비교도 할 수 없이 거대한 존재가 비쳐 보였다.

'숨 막혀.'

무심코 올라간 손이 목을 꾸욱 힘주어 긁었다.

어딜 가나 끈덕지게 따라붙는 시선.

네레이스 덕분에 악몽에서는 다소 자유로워졌으나, 이 세상 모든 곳에서 놈들의 눈길이 느껴졌다. 그게 현실이었다.

하지만…….

그렇다고 해서 자신이 무대 위의 배우라는 사실이 달라지는 것은 아니었다.

'그래 봤자 무대 소품일 뿐이지.'

손톱이 여린 살을 파고들자 따끔한 통증이 느껴졌다.

그러자 흐트러졌던 호흡이 천천히 안정을 찾아갔다.

'살짝 고개를 기울이고……'

합판으로 만든 무대 장치처럼 보이던 세상이 다시금 제 색깔을 되찾았다.

손을 내린 아렌트는 어깨에 힘을 풀고 느슨한 자세로 비스듬히 섰다.

입가에는 건방진 미소를 건 다음, 눈빛에는 악역에게나 어울리는 비웃음을 드리운 뒤.

"오랜만에 보네, 허접한 애새끼."

사람 속 긁는 한마디를 던지자 다시 극이 시작되었다.

"싸가지 없는 건 여전하네, 아렌트 폰 에크하르트."

지클린이 낯을 구기며 비틀린 미소를 지었다.

그러는 사이, 퍼뜩 정신을 차린 사람들이 부상자들을 급히 일으켜 세워 아렌트의 뒤로 끌고 들어왔다.

몸을 추스른 리히트와 아서 역시 다시 전투 태세를 취하며 아렌트 곁으로 다가왔다.

지클린이 증오 어린 눈으로 아렌트를 쏘아보았다.

"역시나 너일 줄 알았어. 사람 엿 먹이는 잔머리 굴리는 데에는 너만 한 놈이 없잖아?"

"칭찬 감사."

느긋하게 대답한 아렌트는 천천히 머리를 굴리기 시작했다.

'아마 밖에서도 상황을 파악했겠지.'

성벽이 파괴되면 세일럼이 합류해 사람들을 밖으로 대피시킬 수 있을 것이다.

그때까지 자신들은 저 괴물 놈에게서 사람들을 지켜내야만 했다.

'죽이 되든 밥이 되든, 시체만 안 늘면 그만이지.'

등 뒤에서 불안한 목소리가 들려왔다.

"기, 기사님······."

"저쪽 성벽 보이죠?"

스릉.

검을 뽑은 아렌트가 짧게 지시했다.

"제가 신호하면 저기까지 쉬지 말고 달려요. 사람들 전부 데리고. 할 수 있죠?"

"······."

"성벽이 파괴되면 당장 탈출하세요. 바깥에 있는 병사들이 지켜줄 겁니다. 그때까지 저 괴물 놈을 우리가 막을 테니까요."

혼란스러운 상황에서도 견습 기사의 목소리가 유난히도 또렷이 들려왔다.

공포심에 얼어붙어 있던 사람들이 고개를 끄덕였다.

그러자 지클린이 피식 웃음을 터뜨렸다.

"건방지게 내 소중한 재료들을 빼돌리겠단 말이지?"

안개숲 종족 엘프 특유의 초록빛 눈동자가 소리 없이 움직여 사람들에게 닿았다.

"웬만하면 전부 다 살려 둔 채로 사용하려고 했는데, 굳이 그럴 필요도 없겠네."

앳된 얼굴에 천진난만한 미소가 드리웠다.

"이 고결한 기사님들 앞에서 찢어 죽인 뒤에 써도 나쁠 건 없지. 오히려 그편이 더 재미있을 것 같아."

"아무래도 사춘기가 단단히 잘못 온 것 같은데."

검을 다잡은 아렌트가 무심하게 말했다.

"나중에 돌아보면 분명 후회할걸. 쪽팔리게 왜 입을 털었지? 그냥 닥치고나 있을걸, 하고."

견습 기사의 주변으로 싸늘한 냉기가 몰아치기 시작했다. 검이 새하얗게 얼어붙고, 딛고 선 지면에 흰 서리가 내려앉았다.

"어른으로서 충고하는 거야, 이 허접한 애송아."

"인간 꼬맹이 주제에, 지난번부터 감히 누굴 어린애 취급하는 거야?"

지클린이 얼굴을 와락 일그러뜨렸지만, 아렌트는 늘 그랬듯 시큰둥하기만 했다.

"애새끼를 애새끼 취급해 주는데, 뭐 문제라도 있나? 하긴, 넌 철들 기회도 없을걸. 그러기 전에 내 손에 뒈질 테니까."

"제법 자신만만한가 본데……."

견습 기사를 똑바로 쏘아보며, 지클린이 날카롭게 쏘아붙였다.

"너는 특별히 오래 살려둘게, 아렌트 폰 에크하르트 경. 네 얼굴이 절망으로 일그러지는 꼴을 봐야지 내 기분이 풀릴 것 같으니까."

"그거 듣던 중 반가운 소리네. 그렇잖아도 오래오래 살아남을 계획이니까, 걱정하지 말도록."

무심히 대꾸한 아렌트가 짧게 툭 내뱉었다.

"가요."

제 뒤에 숨은 이들의 등을 떠미는 한 마디였다.

부상자들을 들쳐 업은 사람들이 성벽 쪽으로 달리기 시작했다.

바로 옆에 선 리히트와 아서가 마력을 끌어올리며 전투 태세에 돌입한 것 역시 느껴졌다.

쿵, 쿠우웅.

지면을 울리는 진동이 점차 잦아졌다. 세일럼이 연달아 폭약을 터뜨린 여파였다.

"네놈들이 물고 빠는 멍청한 신이 땅에 파묻히는 꼴을 보기 전까진, 절대로 못 돼지지."

"리타!"

분노를 참지 못한 진이 앙칼지게 외쳤다. 그러자 진의 바로 옆에 서 있던 여성이 살짝 고개를 숙이나 싶더니, 지면을 박차고 도망치는 사람들을 향해 날아들었다.

동시에 그림자 호문쿨루스 역시 움직이기 시작했다.

"아서!"

"예!"

리히트의 외침에 아서가 곧장 리타를 추격했다.

호문쿨루스가 아서를 향해 날카로운 줄기를 뻗어냈지만, 그것은 리히트에게 싱겁게 막혀 버렸다.

카아앙!

날카로운 쇳소리와 함께 리히트의 검에서 불꽃이 튀었다.

전신을 압박하는 어마어마한 힘에 리히트는 속으로 신음을 삼켰다.

'지난번의 개체보다도 훨씬 강하다.'

약간이라도 방심하면 순식간에 가루가 될 거라는 직감이 들었다.

빠르게 움직인 아렌트가 리히트를 압박하는 검은 줄기를 단칼에 잘라 냈다.

검이 닿은 부분이 새하얗게 얼어붙더니, 이내 맑은 소리를 내며 산산조각 났다.

쨍그랑!

은빛 서리 가루가 되어 흩어지는 파편을 본 리히트가 외쳤다.

"마력을 과하게 쓰지 마라!"

"제가 알아서 할 겁니다."

그러나 아렌트에게서는 짜증 가득한 한 마디가 돌아올 뿐이었다.

리히트 역시 더 이상 잔소리하는 대신 낯빛을 굳힐 뿐이었다.

몸을 사리며 여유를 부릴 상황이 아니라는 것은 그 역시 잘 알고 있었으니까.

한편, 리타를 따라잡는 데 성공한 아서는 그녀의 앞을 가로막았다.

"어딜!"

무표정하던 리타가 살짝 낯을 구기더니, 허공에서 손을 한 번 내저었다. 그러자 손끝에서 피어난 것처럼 칠흑색의 검이 나타났다.

익숙하게 검을 쥔 리타가 아서를 향해 검을 휘둘렀다.

카아앙!

거친 쇳소리가 푸른 하늘을 뒤흔들었다.

가냘픈 외견과는 달리, 검 끝에서 느껴지는 그녀의 힘은 상상을 초월했다.

리타는 안색 하나 변하지 않은 채 담담히 말했다.

"진 님의 일을 방해하지 않으셨으면 좋겠습니다."

"그쪽은 정령이랬던가?"

아서가 억지로 입꼬리를 들어 올렸다.

"어린애 시중드느라 고생이 많네. 미친 엘프에 미친 정령이라니, 바람직한 조합이군."

"……."

그의 조롱에도 리타는 아무 반응도 보이지 않았다.

아서를 쳐낸 리타는 급히 거리를 벌리고 물러선 아서를 향해 달려들었다.

그러나 다시금 검을 내지르기도 전, 금빛 마력이 휘몰아쳐 리타를 방해했다.

세일럼의 지시를 받은 루나와 레이가 싸움에 끼어든 거였다.

그제야 리타의 미간이 살며시 구겨졌다.

콰아아앙!

성벽 가까이에서 재차 폭약이 터지는 소리가 들려왔다.

레이가 이쪽에 합류하며, 지금껏 차단되었던 검은 연기와 폭음이 고스란히 드러났다.

사람들은 연기가 피어오르는 쪽을 목표 삼아 필사적으로 도망치고 있었다.

"목적이 뭔지 잊어버리지 마세요."

아렌트가 툭 던진 말에 리히트가 짜증스레 대답했다.

"나도 안다."

사람들이 무사히 도망칠 수 있도록, 방어막이 되어야만 했다.

* * *

"더 빨리! 속도를 내세요!"

다급해진 세일럼이 소리를 질렀다. 굳이 그러지 않아도

병사들과 엘프 전사들의 움직임이 굉장히 다급해져 있었다.

쿠우웅.

안쪽에서 들려온 불길한 울림에 화약을 옮기던 병사가 멈칫했다.

기괴하게 꿈틀대는 그림자가 높은 성벽 너머로 언뜻언뜻 보였다.

그것을 목격한 이들의 안색이 새파랗게 질렸다.

"도대체……."

누군가가 겁에 질린 채 입술을 달싹였다.

"안에서 무슨 일이 벌어지는 겁니까?"

"아렌트 경과 리히트 경, 아서 경이 사력을 다해 싸우고 계실 뿐입니다. 중요한 것은 단지 그것뿐이지, 상대가 어떤 괴물이든 상관없어요. 그러니……."

세일럼이 다급한 목소리로 호령했다.

"떨 시간 있으면 당장 움직여요!"

"예, 예!"

콰아아앙!

연달아 폭약이 터지며 드디어 견고하던 성벽에 조금씩 금이 가기 시작했다.

'조금만 더…….'

초조함을 가라앉히려 세일럼이 주먹을 꽉 쥐었다.

'레이, 루나.'

찬란한 햇살과 함께 찾아온 〈141〉

레이와 루나가 움직일 때마다 마력이 빠르게 소모되는 것이 느껴졌다.

그때, 쿠우웅.

다시 한번 성벽 너머에서 큰 울림이 들려왔다.

"……!"

한순간 눈앞이 아찔해지며 현기증이 일었다. 그러나 세일럼은 주먹을 꽉 쥐며 억지로 스스로를 다잡았다.

'아직은 괜찮아.'

자신의 마력도 아직 여력이 남아 있었고, 혹시 몰라 가지고 온 마정석도 여러 개 있었다.

세일럼은 천천히 호흡을 가다듬으며 속으로 몇 번이고 되뇌었다.

'버틸 수 있어.'

정령들의 힘으로 그들에게 도움이 될 수만 있다면, 자신은 탈진해서 쓰러져도 괜찮았다.

* * *

콰드드득!

검은 줄기가 지면을 뚫고 솟구쳐 올랐다. 방금 전까지 아렌트가 서 있던 자리였다.

가까스로 물러나 전신이 찢기는 것은 피했으나, 거듭되는 공격에 옆구리를 길게 베이는 꼴은 피하지 못했다.

"……!"

뜨거운 피가 튀고 연푸른빛의 제복이 빠른 속도로 붉게 물들어갔다.

얼굴을 구기면서도 아렌트는 미처 호문쿨루스가 거둬들이지 못한 줄기를 크게 베어 냈다.

서걱!

깔끔하게 절단된 줄기가 순식간에 얼음에 뒤덮이더니, 곧 극한의 저온을 견디지 못하고 산산조각이 났다.

은빛 서리가 흩뿌리는 가운데에 착지한 아렌트는 숨 돌릴 틈도 없이 다시 움직여야 했다.

호문쿨루스가 도망치는 사람들을 향해 공격을 감행한 탓이었다.

콰아앙!

맹렬한 기세로 날아들던 공격이 아렌트의 검에 정면으로 충돌했다.

"큭……!"

어마어마한 압력에 아렌트의 얼굴이 자연히 일그러졌다.

호문쿨루스의 힘을 버텨 내지 못한 두 발이 뒤로 미끄러졌다.

"아렌트!"

상황을 알아차린 리히트가 도우러 가려 했지만, 자신을 표적으로 삼고 날아든 공격 탓에 급히 방향을 틀어야만

찬란한 햇살과 함께 찾아온 〈143〉

했다.

콰드득!

리히트가 서 있던 자리에 커다란 구멍이 생겼다. 지면을 박차고 도약한 리히트는 몸을 빙글 돌려 그대로 검을 내려쳤다.

서걱!

검은 줄기가 단칼에 잘려 나갔다.

잠깐 시간을 번 사이, 사람들은 어느새 건물 뒤로 몸을 숨긴 뒤였다.

그들의 안전을 확인하고 난 뒤에야, 아렌트는 자신을 압박하는 공격을 가까스로 흘려 버렸다.

콰아앙!

억지로 방향이 비틀린 검은 줄기는 주변에 있던 빈집 한 채를 완전히 박살 낸 뒤에야 본체로 돌아갔다.

"……."

아렌트는 입가에 흐른 피를 닦아내며 차분히 호문쿨루스를 응시했다.

망가진 신을 흉내 낸 괴물은, 초점 없는 눈동자로 여전히 아렌트를 응시하고 있었다.

'확실히 닮았어.'

보자마자 얼간이처럼 얼어붙을 만큼 체르니온과 흡사한 형태긴 했다.

지클린이 신의 실체를 알 리 없으니, 아마 체르니온의

힘을 많이 부여받은 탓에 저리된 것일 터였다.

그러나 대치하는 시간이 길어질수록, 감히 진짜와 비교도 할 수 없는 존재라는 게 느껴졌다.

"힘만 무식하게 세지……."

말로 다 표현 못 할 존재감을 드러내던 빌어먹을 신과 비교하기에는 다소 민망할 정도였다.

"여전히 어설프기 짝이 없는 졸작이네."

아렌트가 짧게 내뱉자 관전하던 지클린이 미간을 찌푸렸다.

"뭐라고?"

"어라, 엘프 주제에 그것도 못 들었어?"

지클린과 시선을 맞춘 그가 비릿한 미소를 머금었다.

"궁금하다면야, 한 번 더 말해 줘야지."

어린 엘프를 똑바로 바라보며, 아렌트는 한 글자씩 힘주어 새겨 주듯 말했다.

"네 소꿉놀이 장난감은 허접하기 짝이 없다고, 이 새끼야."

"감히 그딴 소리를……."

"그러니까 네가 애새끼라는 거야."

지클린의 말허리를 뚝 자른 아렌트가 실실 웃기 시작했다.

"같은 도발에 몇 번이나 넘어오는지. 이쯤 되면 식상해서라도 그냥 넘길 법한데 말이야."

상처에서 뚝뚝 떨어진 피가 지면에 닿자마자 새빨간 서리가 되어 얼어붙었다.

그가 딛고 선 곳 주변에도 흰 들꽃 같은 서리가 피어났다.

마치 아렌트의 주변에만 혹한이 찾아온 것 같았다.

"진짜 미친 새끼……."

지클린이 저도 모르게 입술을 달싹였다.

애송이 견습 기사는 다른 어떤 존재보다도 이질적이었다. 신에 대한 경외감이나 두려움 따위에 전혀 관심 없다는 듯 구는 태도가 그랬다.

니케포르에게도 어리광을 부려대곤 했지만, 지클린은 저 견습 기사에게서 본능적인 거부감을 느끼고 있었다.

까닭은 정확히 알 수 없었다. 하지만 오래 전에 저버렸다고 생각했던 엘프 고유의 감각이 지클린에게 끊임없이 경고했다.

아렌트 폰 에크하르트는 꺼림칙하기 짝이 없는 존재라고.

이제 포로들이야 어찌 되든 상관없었다.

체르니온의 주적인 영웅이 바로 가까이에 있었지만, 그조차도 중요하게 느껴지지 않았다.

지클린은 눈앞의 저 거슬리는 자를 치워 버리는 데에 집중하기로 했다.

"……죽여 버려."

명령을 받은 호문쿨루스의 공격이 고스란히 아렌트에게 쏟아지기 시작했다.

계산대로였다.

슬쩍 입꼬리를 휜 아렌트는 그에 응대해 마력을 더욱 끌어올렸다.

사방으로 날아드는 공격을 전부 다 방어하기에는 다소 벅찼지만, 표적이 하나로 모인다면 좀 더 움직이기 좀 더 수월해질 터였다.

콰드드득!

아렌트가 몸을 빼자마자 그 자리에 살벌한 공격이 꽂혀 들었다.

초점 없는 눈동자가 아렌트를 향하고, 곧바로 다음 공격이 날아들었지만, 바로 곁에서 대기하던 리히트가 난입해 막아섰다.

쿠우우웅!

새삼 감당하기 어려운 충격이 전신을 훑었다.

"크윽!"

얼굴을 일그러뜨리면서도, 리히트는 두 다리로 단단히 버티고 섰다.

그 틈에 훌쩍 도약한 아렌트는 뻗어 나온 줄기를 발판 삼아 호문쿨루스의 본체를 향해 돌진했다.

다시금 날카로운 줄기가 그를 향해 날아들었지만, 아렌트는 고개를 확 숙이는 것으로 간단히 피해 버렸다.

리히트 역시 공격을 옆으로 흘려 버리고는 아렌트의 뒤를 따라 땅을 박찼다.

콰드드득!

그를 비껴 나간 줄기가 섬뜩한 소리를 내며 딱딱한 지면에 깊숙이 파고들었다.

버거운 상대임은 여전했다.

그러나 슬슬 행동 패턴이 읽히기 시작했으니, 영 못 해 볼 싸움은 아니었다.

* * *

카아앙!

아서와 리타의 검이 정면으로 맞부딪쳤다.

리타는 어렵잖게 공격을 흘려 버린 뒤, 곧장 반격에 나섰다. 상상을 초월하는 속도에 아서는 당황하고 말았다.

'뭐야?'

보고에 따르면, 진을 따르는 리타는 정령이었다.

에버란 왕국에서 르웰린과 대치했을 때도, 리타는 정령의 형상으로 지클린을 보호하는 것으로 제 역할을 다했다고 했다.

이따금 인간 형상의 육체를 입고 활동하더라도, 그 역시 지클린의 시중을 드는 데 그치는 정도인 듯했다.

그러나······.

무감정한 눈으로 검을 휘두르는 리타는 여느 인간 기사와 크게 다를 바 없어 보였다.

"저 괴물 새끼는 도대체 뭘 만든 거야?"

짜증스레 투덜댄 아서가 검을 내질렀다.

콰아앙!

그러나 이번에도 리타는 수월하게 공격을 막아 냈다.

끼기긱.

검이 마찰하며 듣기 싫은 쇳소리가 귓전을 긁었다.

엘프를 닮아 아름다운 얼굴은 아서와 힘겨루기를 하면서도 표정 하나 변치 않았다.

마치 잘 만들어진 인형과 싸우는 것 같았다.

'사실 그거랑 크게 다르지도 않은가.'

아서의 미간이 찌푸려졌다.

정령석 대신 진짜 정령이 깃들었을 뿐이지, 이것은 지클린이 만들어 낸 일종의 호문쿨루스였다.

아서는 전투 현장과 도망치는 사람들의 거리를 가늠했다.

이제 그들의 모습은 건물에 가려 거의 보이지 않았다. 성벽 쪽에서는 연신 폭약이 터지고 있으니, 저들이 합류하는 것도 시간문제일 터였다.

'그게 끝이 아니라는 게 문제인데.'

저들이 완전히 멀어지기 전까지 세 사람이 적들을 막아야만 했다.

찬란한 햇살과 함께 찾아온 〈149〉

성벽 밖의 병력이 호문쿨루스와 조우해 봤자, 발을 묶기는커녕 시체만 늘어날 게 뻔했다.

'원래는 최대한 빨리 도망치는 게 목적이었지만…….'

아렌트가 언제나 입버릇처럼 말하곤 했다.

감당하기 힘들 때는 잽싸게 튄 뒤 다음을 도모해야 한다고.

하지만 그렇게 지껄이는 놈은 언젠가부터 가장 마지막에 남는 쪽이 되었다.

'알고 보면 저 새끼만큼 언행이 불일치 하는 놈도 없지.'

지금도 마찬가지였다.

지클린이 예상보다도 더 빨리 나타난 탓에 몸을 빼는 것도 여의치 않게 되었다.

등 뒤에 지켜내야 할 사람들이 있었으니까.

얼굴을 구긴 아서가 리타를 쳐내고 거리를 벌렸다.

그 틈에 리타는 사람들을 추격하려 했지만, 금빛 돌풍이 거세게 몰아치며 그녀의 앞을 가로막았다.

루나와 레이가 끼어든 거였다.

"……."

그 틈에 아서는 짧게 숨을 돌릴 수 있었다.

하지만 그것도 오래가지는 못했다.

정령들이 적극적으로 개입할수록, 밖에 있을 세일럼이 지게 될 부담이 커진다는 걸 아는 탓이었다.

자세를 다잡은 아서가 금빛 마력 사이로 뛰어들어 다시

리타를 향해 검을 내리쳤다.

"……!"

서걱.

아서의 검이 리타의 뺨을 스치며 상처를 남겼다.

하지만 단지 그뿐이었다.

쩍 갈라졌던 피부는 금세 재생되어 원래 모습을 되찾았다.

"쯧."

아서가 비틀린 미소를 지었다.

"망할 괴물 새끼들 같으니."

그때.

콰아아앙!

등 뒤에서 커다란 폭음이 공기를 뒤흔들었다.

곧이어 병사들이 한꺼번에 터뜨린 환호성이 곧이어 뒤따라 들려왔다.

"해냈다! 드디어 됐습니다!"

드디어 성벽이 무너진 거였다.

* * *

온몸이 상처로 뒤덮이면서도 영웅은 숨 한번 몰아쉬지 않았다.

라이오스는 이제는 원래 형체가 뭐였는지 알 수도 없을

정도로 짓이겨진 호문쿨루스의 잔해를 무심하게 내려다보았다.

거대한 늑대의 머리였던 부분이 혀를 내밀고 헐떡였다.

조금 떨어진 곳에 널브러진 흉곽 안에는 붉은빛을 거의 다 잃어가는 모조 정령석이 있었다.

"……."

찢어진 이마에서 흐르는 피를 대강 닦아 낸 라이오스가 성큼 걸음을 옮겼다.

마지막으로 발악하듯 애처롭게 점멸하던 모조 정령석 위에 성검이 내리꽂혔다

콰드득.

온 전장을 휩쓸며 날뛰던 것이 무색하게도, 호문쿨루스의 심장은 그렇게 가루가 되어 소멸해 버렸다.

"이게 끝인가?"

라이오스의 시선이 전투신관의 대장에게 닿았다.

뒤집어쓴 로브 아래에서, 전투신관들의 대장, 에릭은 믿을 수 없다는 눈으로 영웅을 바라보고 있었다.

체르니온을 위해 쓸데없는 감정은 모두 버렸다 믿었건만…….

새파란 눈동자를 마주한 순간, 에릭은 등골이 서늘해지는 것을 느꼈다.

무심히 이쪽을 응시하는 영웅에게서 정의나 사명감 따위는 찾아볼 수 없었다.

자신의 원수나 적보다, 차라리 벌레를 보는 시선에 더욱 가까웠다.

에릭은 로브 아래에서 주먹을 꽉 쥐었다.

"감히……. 체르니온 님의 병사를……."

모멸감에 손이 바들바들 떨리기 시작했다.

하지만 선뜻 움직일 수도 없었다.

지클린이 고심해 만든 기적의 병사조차도 무력하게 당했다.

그를 질리게 만든 건 라이오스만이 아니었다.

구울을 그렇게 풀어놓았는데도 주변의 기사를 처리하기는커녕, 단 한 명을 제압하는 것조차도 실패했다.

상처투성이가 된 기사들은 자신들의 단장과 비슷한 눈으로 이쪽을 가만히 응시하고 있었다.

'우리들 역시 정상이라 말할 수는 없겠지만.'

저들도 썩 제정신인 것처럼 보이지는 않았다.

그때.

콰아아앙!

성문 뒤쪽에서 난데없는 폭음이 터져 나왔다.

"……!"

에릭은 반사적으로 고개를 돌렸다. 얼마 떨어지지 않은 곳에서 검은 연기가 자욱이 피어나는 것이 눈에 들어왔다.

그 근원지는 성벽의 바로 아래였다.

"……뭐지?"

에릭이 아득하게 입술을 달싹였다.

머리가 새하얗게 탈색되며, 뭔가가 단단히 잘못되었다는 직감이 뒤늦게 고개를 들었다.

당했다.

에릭이 다시 혼란스러운 시선을 옮겨 라이오스를 보았다.

"설마……."

영웅은 그저 미끼에 불과했다.

그가 시선을 끄는 사이, 왕국군과 제국군 연합은 양동 작전을 펼치고 있었던 거였다.

그러나 뭔가가 잘못되어 감을 느낀 것은 기사들 역시 마찬가지였다.

포로들을 데리고 완전히 탈출할 때까지, 은밀하게 움직이도록 약속한 상태였다.

저쪽에서 폭음과 함께 검은 연기가 연이어 피어오른다는 건, 그만큼 다급한 사태가 터졌다는 뜻이었다.

아렌트 일행에게 뭔가 벌어진 게 틀림없었다.

"단장님!"

뭔가를 발견한 라이더가 외쳤다.

연기가 피어오르는 성벽 가까이에서 정체불명의 거대한 그림자가 꿈틀대는 게 눈에 들어왔다.

불길한 마력이 느껴졌다.

예상했던 것보다 빠르게 나타난 지클린이, 호문쿨루스

를 이끌고 아렌트 일행을 습격한 게 분명했다.

빠르게 판단을 마친 라이오스가 외쳤다.

"셰키나 님, 왕자님! 뒤를 부탁합니다!"

"저들을 막아라! 지클린 님을 방해하게 두지 마라!"

에릭 역시 퍼뜩 정신을 차리고 고함쳤다.

황실 기사단이 방향을 틀자 곧장 전투 신관들과 구울이 그 뒤를 추격하려 했다.

하지만 채 몇 걸음 떼기도 전, 비처럼 쏟아진 화살들이 신관들의 앞을 가로막았다.

"……!"

신관들이 급히 검을 휘둘러 화살들을 쳐냈다. 그러나 검과 닿는 순간, 화살이 붉게 물들더니 폭발 마법이 발동되었다.

콰아아앙!

"크아아아악!"

구울이 재생할 수 없을 정도로 산산조각이 나고, 폭발에 휘말린 신관들의 옷이며 몸에 불이 붙었다.

개중에는 살점이 날아가며 얼굴의 뼈가 고스란히 드러난 이들도 있었다.

하지만 그들은 멈추지 않았다.

다리를 잃은 자들은 팔로 기어서라도 기사들을 추격했고, 몇몇은 몸에 불이 붙은 채로도 무기를 놓지 않았다.

얼마 지나지 않아 새카맣게 탄 살점과 박살 난 뼈가 천천히 회복되기 시작했다.

그것을 본 글렌이 라이오스를 향해 외쳤다.

"단장님, 제가 남겠습니다!"

"저도 함께하겠습니다!"

라이더 역시 거기에 합세하자 라이오스의 허락이 떨어졌다.

"부탁한다!"

"예!"

라이더와 글렌이 방향을 바꿔 적들의 앞을 막아섰다. 분노에 휩싸인 에릭이 악을 썼다.

"방해하지 마라!"

그의 검이 라이더의 목을 향해 똑바로 날아들었다.

하지만 라이더는 쳐다보지도 않고, 바로 앞에 있는 다른 구울을 상대하는 데 집중할 뿐이었다.

자신 따위는 아랑곳하지 않는 태도에 에릭은 더욱 눈이 돌아가고 말았다.

감정이 뒤흔들리며 에릭이 품은 검은 신성력이 폭주하기 시작했다.

이성은 완전히 날아가 버리고, 반드시 죽여 버리겠다는 일념만이 그를 잠식했다.

"이 빌어먹을 새끼들……!"

그러나 다음 순간.

퍽.

둔탁한 소리와 함께, 날뛰던 머릿속이 순식간에 차분해졌다.

아수라장이던 세상이 갑자기 멈춰 버린 것 같았다.

멍청히 눈을 몇 차례 깜빡이던 에릭은 강철 화살이 제 미간을 정확히 꿰뚫었다는 사실을 뒤늦게 알아차렸다.

라이더는 밀려드는 적을 처리한 뒤, 서늘한 눈으로 에릭을 슬쩍 곁눈질했다.

하지만 단지 그뿐, 라이더는 금세 다른 적을 향해 시선을 돌려 버렸다.

'아.'

벌레 보는 듯한 시선이, 영웅의 것과 꼭 닮아 있었다.

체르니온을 위해 기꺼이 목숨 바치겠다는 고양감이, 전투 신관으로 선택받아 특별한 신체를 가지게 되었다는 자부심이 덧없는 촛불처럼 순식간에 사그라들었다.

모든 것이 무의미해지고, 최후에 남은 허무함만을 마주했을 때.

콰아아앙!

커다란 폭발과 함께, 그는 한 줌의 핏물만을 남기고 소멸했다.

4장. 네 말은 하나도 못 믿겠다.

네 말은 하나도 못 믿겠다.

뒤돌아보지 말라는 어린 기사의 말대로, 그들은 필사적으로 달렸다. 뒤에서 이따금 건물이 부서지거나 기사들이 뭐라 외치는 소리가 들려왔지만, 애써 무시했다.

콰아아앙!

마지막 폭음이 들리며 이내 성벽에 구멍이 뚫렸다. 성 바깥에서 앳된 엘프가 고개를 내밀었다.

"이쪽으로 오세요!"

"서둘러라!"

병사들 역시 안으로 진입해 포로들을 돕기 위해 내부로 진입했다.

"이쪽으로 오십시오! 서둘러 대피시켜라!"

"살았다……!"

희망을 되찾은 사람들이 탄성을 터뜨렸다. 개중에는 안도감에 눈물을 그렁대는 이들도 있었다.

급히 달려온 병사들이 부상자들을 어린아이, 노인들을 껴안고 다시 성벽 밖으로 향해 내달리기 시작했다.

그러나 아직 기사들의 싸움이 끝난 것은 아니었다.

채애애앵!

아서를 거칠게 쳐낸 리타가 홀연히 모습을 감췄다.

당황한 아서가 주변을 확인하려는 찰나, 그녀는 몇 걸음 떨어진 곳에서 불쑥 나타났다.

텔레포트를 사용한 거였다.

"뭐야?"

아서가 굳어버린 틈에 자리를 박찬 리타가 대피 중인 병사들을 향해 쇄도했다.

퍼뜩 정신을 차린 아서가 급히 그녀의 뒤를 추격했다.

"빌어 처먹을, 진짜!"

카아앙!

두 사람의 검이 정면으로 맞부딪치며 불꽃이 튀었다. 동시에 아서의 귓전에 살벌한 소리가 스쳤다.

우드득.

팔 전체에서 느껴지는 통증에 아서가 눈썹을 일그러뜨렸다.

가까스로 리타를 저지하는 데는 성공했지만, 불안한 자세로 공격을 받아내느라 뼈가 어긋난 거였다.

얼굴을 구긴 것은 리타 역시 마찬가지였다. 아서가 잠깐 틈을 만든 사이 몰려든 병사들이 사람들을 바깥으로 빼돌리고 있었다.

"진 님!"

리타를 향해 지클린이 날카롭게 소리 질렀다.

"살려 보내지 마! 눈에 띄는 것들은 전부 다 죽여 버려!"

"알겠습니다."

아서에게 날아드는 공격이 더욱 맹렬해졌다. 아서는 채 몸을 추스를 틈도 없이 바쁘게 움직여야만 했다.

호문쿨루스 역시 더욱 격하게 움직이기 시작했다.

오직 아렌트만을 노리던 공격이 다시금 사람들과 아서를 향해 날아들기 시작한 거였다.

콰아아앙!

아서를 노리고 날아든 검은 줄기를 밀어낸 아렌트는, 자욱하게 피어난 먼지를 뒤로하고 지면을 박찼다.

아렌트를 노린 공격이 재차 날아든 순간, 그사이에 뛰어든 리히트가 막아섰다.

끼기기긱!

호문쿨루스의 공격과 리히트의 검면이 거칠게 마찰했다. 가시 돋친 줄기가 리히트의 팔을 찢어 놓으며 뜨거운 피가 튀었다.

방향이 비틀린 공격이 병사들과 포로들 바로 근처의 건

물 하나를 박살 내고 나서야 본체로 돌아갔다.

그 틈에 아렌트는 호문쿨루스를 향해 돌진했다.

크게 도약한 아렌트가 검을 치켜들자 포로들 쪽을 응시하던 호문쿨루스가 아렌트를 향해 눈동자를 돌렸다.

"……!"

텅 빈 한 쌍의 눈동자와 시선을 마주치자, 갑자기 위장이 뒤틀리는 것 같았다.

그러나 아렌트는 움직임을 멈추지 않았다.

새하얀 돌풍이 텅 빈 눈동자를 향해 몰아친 것과 동시에, 아렌트에게 반격이 날아들었다.

콰아아앙!

정면으로 공격을 받아 낸 아렌트가 그대로 튕겨 나갔다.

검은 줄기와 아렌트가 함께 건물 외벽에 처박히며 자욱한 먼지가 피어올랐다.

어디선가 불어온 금빛 돌풍이 흙먼지를 몰아낸 뒤에야, 리히트는 건물 파편 속에서 함께 나뒹구는 아렌트를 발견할 수 있었다.

"아렌트!"

"……콜록, 콜록!"

마른기침을 몇 번 뱉은 아렌트가 가까스로 상체를 일으켰다.

척 보아도 성한 몰골은 아니었다. 움직일 때마다 후드득, 소리를 내며 파편들이 쏟아졌다. 기침에 피가 섞여

나오는 꼴이 내상을 적잖게 입은 것 같았다.

당장 기절해도 이상하지 않을 몰골이었으나, 아렌트는 파편 무더기 사이에서 다시 검을 찾아 쥐고 비척비척 몸을 일으켰다.

"꼴좋다……. 동태 눈깔 새끼."

황금색 눈동자가 노골적인 비웃음을 머금고 있었다.

그제야 리히트는 호문쿨루스가 공격을 멈췄다는 사실을 깨달았다.

"……!"

거대한 호문쿨루스가 괴롭다는 듯 몸부림치고 있었다. 그 기괴한 형상을 뒤덮은 새하얀 얼음이 유난히도 도드라지게 보였다.

텅 비어 있던 한 쌍의 눈동자가 크게 베인 채 서리에 완전히 뒤덮여 있었다.

피도 흘리지 않고 고통도 느낄 리 없는 호문쿨루스였지만, 갑자기 시야가 차단당하자 크게 당황한 듯 꿈틀대며 요동치고 있었다.

멍하니 있던 리히트는 바로 옆에서 들려온 퍽 유쾌한 목소리에 정신을 차렸다.

"뭐 해요? 튀어요!"

그제야 리히트가 퍼뜩 정신을 차렸다.

어느새 사람들은 대부분 성벽 밖으로 대피하고, 남은 이들도 병사들의 보호를 받으며 순조롭게 도망치는 중이었다.

 어느새 잔해 사이에서 빠져나온 아렌트 역시 뒤돌아 달리고 있었다.

 잠깐 미련 남는 눈으로 지클린을 보던 리히트 역시 곧 몸을 빙글 돌려 도망치기 시작했다.

 어느새 옆까지 따라붙은 리히트를 보며, 아렌트가 농담처럼 한 마디 던졌다.

 "적을 앞에 두고 도망칠 수 없니, 뭐니 할 줄 알았는데요."

 "다 죽어가는 꼴로 그런 소리가 잘도 나오는군."

 짜증스럽게 으르렁거리던 리히트는, 자신들을 향해 날아드는 공격을 감지하고는 급히 멈춰 섰다.

 콰아아앙!

 검은 줄기를 막아선 리히트가 뒤로 주욱 밀려났다.

 "크윽!"

 전신에 가해진 압박에 리히트의 미간이 일그러졌다.

 최대한 충격을 흘려버렸지만, 한계에 다다른 신체에는 그조차도 버거웠다.

 검은 줄기가 거두어지고 나서도 잠깐 비틀대던 리히트에게, 어렵사리 리타를 떼어 낸 아서가 다가왔다.

 "괜찮으십니까?"

 "괜찮다. 끝까지 방심하지 말고 후방을 지켜!"

 고개를 끄덕인 리히트가 명령했다. 그러는 사이, 아렌

트는 다시금 쇄도해 오는 리타를 상대하고 있었다.

"거 참, 끈질기네."

카아앙!

두 사람의 검이 맞부딪치며 허공에 얼음 조각이 튀었다.

몇 번의 공방 후, 거리를 벌렸다가 다시금 아렌트에게 달려들려던 리타가 멈칫했다. 자신의 검날에 서서히 서리가 엉겨 붙고 있다는 사실을 알아차린 거였다.

서리 어린 손길의 영향이었다.

리타는 자신의 주인이 그 아티팩트를 회수해야 한다고 말했던 것을 기억해냈다.

"그대는 결코 살려 보내지 않겠습니다."

무표정한 눈에서 기계적인 목소리가 흘러나오자 아렌트가 비릿한 웃음을 터뜨렸다.

"네 주인이 하는 말 못 들었냐? 나 오래오래 살려 두겠다잖아. 절망하는 꼴이 보고 싶다면서?"

카아아앙!

다시 두 사람의 검이 강하게 맞부딪쳤다. 섬뜩히 끼쳐오는 냉기에 리타가 반사적으로 물러서자마자, 금빛 돌풍이 그녀의 시야를 가렸다.

"......!"

서리 어린 손길과는 상반되는 마력이 리타의 살갗을 태워 버릴 기세로 몰아쳤다.

리타는 마력이 불어닥치는 곳을 향해 검을 내리쳤지

만, 그곳엔 아무것도 없었다.

당연한 일이었다.

상대는 세일럼의 정령들이었으니, 물리적인 공격은 통하지 않았다.

한참 뒤에야 시야를 확보한 리타는 재차 공격을 이어가려 했다. 하지만 채 몇 걸음 떼기도 전에 멈칫할 수밖에 없었다.

"……!"

정령의 빛을 정면으로 받아 낸 피부가 검게 녹아 흘러내리고 있었다.

뚝. 뚝.

녹아 버린 살점이 검고 끈적한 액체가 되어 바닥에 떨어졌다. 그것을 본 리타가 살며시 얼굴을 구겼다.

덕분에 리타와 거리를 벌릴 수 있었지만, 아렌트의 표정은 개운치 않았다.

주변을 맴도는 두 정령에게 그가 외쳤다.

"너희는 이제 돌아가!"

지금 당장 확인할 수는 없었지만, 방금 정령들의 움직임으로 세일럼에게 상당한 부담이 갔을 게 분명했다.

정령들은 잠깐 주저하는 듯했지만, 이내 고개를 끄덕이며 성벽 바깥으로 날아갔다. 레이와 루나가 보이지 않게 된 것과 동시에, 밖에서 누군가가 쩌렁쩌렁 외쳤다.

"라이오스 단장님이 오십니다!"

지클린의 낯이 일그러지는 순간, 밖에서 신관들의 외침이 들려왔다.

"진 님께 가지 못하게 막아라!"

"진 님, 피하십시오!"

호문쿨루스를 피해 있던 성문 내의 신관들 역시 하나둘씩 달려오기 시작했다. 라이오스가 이곳까지 당도하기 전, 진을 다른 곳으로 대피시키려는 거였다.

"이런 빌어먹을……."

기사들은 마치 그녀를 놀리듯 유유히 멀어져가고 있었다.

라이오스가 이쪽으로 지원을 온 이상, 더 이상 시간을 끄는 것도 무의미했다.

'물러서서 재정비하는 게 낫겠지.'

다른 방법이 없었다. 이 성 자체를 빼앗길지도 모를 일이었으니까.

아렌트를 죽이지 못하고, 포로들도 놓쳐 버린 그녀의 완벽한 패배였다.

그러나 이대로 물러서기에는 자존심이 허락지 않았다.

"건방진 애송이가 감히……!"

걷잡을 수 없이 번지는 분노와 함께, 그녀에게 내재된 체르니온의 신성력이 요동치기 시작했다.

바로 지금, 지클린이 원하는 것은 딱 하나였다.

아렌트 폰 에크하르트를 죽이는 것.

지클린의 감정은 그녀의 피조물인 호문쿨루스에게까지 전해졌다.

주인의 강한 염원을 받은 호문쿨루스는 신성력의 힘을 빌려, 아주 작은 기적을 일으켰다.

서리에 뒤덮여 일시적으로 제 기능을 잃은 두 눈 아래, 세 번째 눈동자가 빼꼼 모습을 드러낸 것이다.

"……!"

가장 먼저 이변을 알아차린 지클린이 눈을 크게 떴다.

우뚝 움직임을 멈춘 호문쿨루스가 표적을 정확히 포착했다. 목표는 도망치는 와중에도 일행의 가장 뒤를 지키는 견습 기사였다.

"역시……."

지클린의 입가에 잔인한 미소가 번지는 것과 동시에, 정확히 한 사람만을 노린 검은 줄기가 발사됐다.

쐐애애액!

직감적으로 느껴졌다.

아무리 빠른 놈이라고 해도, 저 공격을 피하는 건 불가능할 터라고.

이건 체르니온 신이 내린 천벌이니까.

"역시 체르니온 님께서는 날 버리지 않으셨어!"

찢어지는 웃음소리가 터져 나온 것과 동시에, 그제야 이변을 감지한 아렌트가 뒤를 돌아보았다.

시종일관 무심하기만 하던 견습 기사가 당황한 표정을

짓고 있었다.

저 표정이 연기나 가면 따위가 아니라는 사실이, 지클린을 그 여느 때보다 흥분케 했다.

"죽어 버려!"

희열에 찬 외침과 함께, 검은 줄기는 그대로 견습 기사의 머리를 꿰뚫었다.

아니, 분명 꿰뚫었을 것이다. 목적을 이루기 직전, 방해꾼이 나타나지만 않았더라면.

푸욱.

살갗이 관통당하는 끔찍한 소리와 함께 얼굴에 뜨거운 피가 튀었다.

상황 파악에 실패한 아렌트는 한동안 멍청히 눈을 몇 차례 깜빡이기만 했다.

고통에 일그러진 얼굴이 아주 가까이에서 보였다.

자신의 어깨를 강하게 미는 손과 피에 물든 금발, 그리고 칼리온 제국에서 흔히 볼 수 있는 푸르스름한 눈동자가 차례로 시야에 들어왔다.

리히트였다.

'아.'

있는 힘껏 아렌트를 밀친 리히트가 공격을 대신 받아 낸 거였다.

"크윽……."

아렌트를 노리던 검은 줄기는, 방패가 되길 자처한 리

히트의 상체를 관통한 채였다.

"리히……."

뒤늦게 상황을 파악한 아렌트가 입술을 달싹이려 했다. 하지만 그럴 틈도 없이, 중심을 잃어버린 두 사람의 몸이 함께 고꾸라져 흙바닥을 굴렀다.

우당탕!

갑작스러운 소란에 이미 성벽 근처까지 다다른 아서가 놀라 뒤를 돌아보았다.

"선배님! 아렌트!"

뻣뻣하게 굳어버린 아렌트는 그대로 주저앉은 채 자신의 위에 쓰러진 리히트를 멍청히 보았다.

상처에서 울컥울컥 피를 쏟아 내면서도 리히트는 고집스럽게 상체를 일으켰다.

그리고는 자신의 상처 따위에는 전혀 관심을 두지 않고 다급하게 물었다.

"괜찮나?"

'아렌트'라면, 응당 뭐라 한 마디 구박이라도 내뱉어야 하는 상황이었다.

하지만 그답지 않게도, 아렌트는 쉽게 대사를 내뱉지 못했다.

지금까지 한 번도 상정해 보지 못한 상황에 머릿속이 새하얗게 탈색된 탓이었다.

"……."

그대로 얼어붙어 버린 아렌트는 멍청히 리히트를 마주 보기만 했다.

"젠장, 젠장! 빌어 처먹을! 거의 다 되었는데, 감히, 감히 날 방해해?"

"단장님, 이쪽입니다! 선배님! 괜찮으십니까?"

지클린이 악을 쓰는 소리, 그리고 아서가 당황해 외치는 목소리가 어쩐지 다른 세상의 것처럼 들려왔다.

지금 현실감 있게 느껴지는 건 오직 얼굴과 손에 묻은 피의 뜨거운 감촉과 코를 찌르는 비릿한 혈향 뿐이었다.

* * *

"출혈이 심하긴 하지만, 그래도 급소를 피했습니다. 큰 문제는 없을 겁니다. 정말 천운입니다."

치료사의 말에 방 한쪽에서 대기하던 라이오스와 아서가 동시에 안도의 한숨을 푹 내쉬었다.

"하아……."

"심려 끼쳐 드려서 죄송합니다. 정말로 괜찮습니다."

머쓱하게 말한 리히트가 붕대가 단단히 감긴 상체 위로 셔츠를 걸쳤다. 그가 옷을 추스르는 사이 치료사가 말을 이었다.

"자칫하다간 심장이나 폐가 상할 뻔했습니다. 이 정도로 끝난 것을 보아하니, 진정 루체 님이 도우신 것이 틀림없습니다."

"고맙군."

가만히 듣던 리히트가 쓴 미소를 지었다.

몇 가지 약을 건네주며 몸조심하라는 당부를 덧붙인 치료사는 이내 다른 환자를 살피기 위해 방에서 떠났다.

약 냄새가 가득한 방에 어색한 침묵이 흘렀다.

하지만 그것도 잠시, 아서가 정적을 깨고 타박하듯 말했다.

"잘 하십니다. 그놈이 뭐가 예쁘다고 감싸십니까? 진짜 큰일 나는 줄 알았습니다. 피를 너무 많이 흘리셔서."

"어쩔 수 없었다. 검을 뽑을 틈도 없이 덮쳐와서."

리히트가 민망함을 감추려는 듯 슬쩍 시선을 피해 버렸다. 하지만 아서의 잔소리는 끊이지 않았다.

"그렇다고 무식하게 몸으로 막으시면 어쩌십니까? 둔하다고 아렌트한테 욕먹어도 할 말 없습니다."

"……미안하다."

고개를 숙인 리히트가 우물대며 사과하자 아서는 한 번 더 한숨을 푹 내쉬었다.

"선배님도 그놈 얼굴을 보셨어야 합니다. 진짜 식겁했네."

그러자 리히트는 더욱 떨떠름한 낯이 되고 말았다. 얼핏 봤을 때, 아렌트는 평소와 별로 다를 바가 없는 듯했다.

리히트의 생명에 지장이 없다고 판단한 순간, 다시금

철수 작전을 속행하며 고맙다는 말 한마디도 남기지 않았으니까.

그에 대해 잘 모르는 엘프 전사들과 병사들이 냉정하다며 뒤에서 수군댈 정도였으니 말 다 한 셈이었다.

하지만 가장 가까이에 있던 아서와 리히트는 똑똑히 목격하고 말았다.

매사에 무심하게 구는 녀석의 낯이 시체처럼 창백하게 질리는 것을.

한참 동안 망설이던 리히트가 조심스럽게 물었다.

"……지금은 어떻지?"

"일단 겉보기로는 멀쩡합니다. 치료만 대충 받고 르웰린 왕자님이랑 이번 일에 대해서 이야기하러 갔으니까요."

워낙 살기를 풀풀 풍기는 탓에 차마 무리해서 움직이지 말라고 잔소리도 못 할 지경이었다.

아서는 아렌트를 흉내 내듯 어깨를 으쓱였다.

"그놈 속이야, 밖에서 봤을 때는 알 길이 있나요."

"끄응."

사실상 대응할 수 있는 다른 방법은 없었다고 봐도 무방했다. 아무도 예상치 못한 기습이었으니까.

그냥 내버려 뒀다면 아렌트는 높은 확률로 목숨을 잃었거나 크게 다쳤을 것이다.

머리를 긁적이던 리히트가 투덜댔다.

"따지고 보면 난 잘못한 게 없다만. 왜 내가 비난받아야 하는지 잘 모르겠군."

"어쩔 수 없습니다. 지금 다른 선배님들도 전부 다 그 녀석 눈치만 보고 있으니까요."

팔짱을 낀 아서가 불퉁하게 대꾸했다.

전후 사정을 모르는 르웰린이 아렌트를 데려가기 전까지, 3기사단과 세일럼은 마치 살얼음판 한가운데에 놓인 것처럼 잔뜩 긴장하고 있었다.

포로들을 모두 루드윈에게 넘긴 뒤 뒤처리를 할 때도 마찬가지였다.

"어째 하루도 조용할 날이 없군."

라이오스가 고개를 내저으며 탄식을 터뜨렸다. 잠자코 있던 리히트가 슬그머니 끼어들었다.

"딱히 새삼스럽지는 않습니다만. 애초에 지금은 전쟁 중······."

"넌 조용히 해라. 잘 한 것 없으니."

그러자 라이오스에게서 살기까지 느껴지는 대답이 돌아왔다.

단박에 닥친 리히트가 입을 다물고 고개를 숙였다.

"죄송합니다."

달려가자마자 목격한 광경에 심장이 철렁 내려앉은 건 라이오스 역시 마찬가지였다. 돌이켜 보기도 싫은 그때가 자연히 떠오를 수밖에 없었으니까.

다시금 방 안에 침묵이 찾아든 그때.

똑똑.

다소 거친 노크에 뒤이어 성급한 목소리가 들려왔다.

"라이오스 단장님, 혹시 이곳에 계십니까?"

루드윈 왕자의 보좌관이었다.

"쉬시는데 실례합니다, 칼리온 제국에서 급보가 도착했습니다. 루드윈 왕자님께서 그와 관련하여 회의를 청하십니다."

심상찮음을 느낀 아서와 리히트가 서로 시선을 교환했다. 그들을 힐끗 본 라이오스가 짧게 대답했다.

"알겠습니다. 곧 찾아뵙겠습니다."

"실례가 아 된다면, 함께 가도 괜찮겠습니까?"

리히트가 정중히 청하자 아서 역시 같은 생각이라는 듯 라이오스를 물끄러미 응시했다.

원래 중진의 회의에 그들이 참석하는 것은 말도 안 되는 일이었으나, 이제 3기사단 내부에 그런 것을 하나하나 따질 만한 사람은 없었다.

"리히트, 지금 움직여도 괜찮겠나?"

"문제없습니다."

라이오스의 염려에 리히트가 단정히 대답했다.

그러자 라이오스 역시 더 이상 별말 하지 않고 수긍했다.

"그렇다면 두 사람 다 함께 가지."

* * *

막사 중앙에 마련된 회의실은 임시 시설치고는 제법 훌륭했다.

넓은 테이블 가장 상석에 앉은 루드윈은 초조한 얼굴로 라이오스를 맞이했다.

"갑자기 죄송합니다, 라이오스 단장. 워낙 급한 사안이라."

회의실 내부에는 먼저 온 르웰린과 아렌트, 그리고 세일럼과 셰키나가 자리해 있었다.

라이오스는 잠시 르웰린의 곁에 선 아렌트의 안색을 확인했다. 그러나 아렌트는 시선을 휙 피해 버릴 뿐이었다. 평소와 다를 바 없는 모습이었다.

결국 라이오스는 포기하고 왕자를 향해 묵례했다.

"아닙니다. 늦어서 죄송합니다."

"아직 채 싸움의 피로도 회복하지 못하셨을 텐데, 갑작스럽게 죄송합니다."

어쩐지 아까보다 안색이 나빠진 루드윈 왕자가 입을 열었다.

"그 전에……. 포로들을 무사히 구출해 주셔서 정말 감사합니다. 단장님이 아니었다면 그들은 모두 목숨을 잃었을 게 분명합니다. 아니면 적들의 협박에 넘어가서 악신을 위해 일하게 되었을지도 모릅니다. 재차 국왕 전하를 대신해 감사를 표합니다."

"아닙니다. 저는 그저 해야 할 일을……."

라이오스가 묵례하려는 찰나, 퉁명스러운 목소리가 불쑥 끼어들었다.

"쓸데없는 공치사는 일이 다 끝난 뒤에 하고, 본론으로나 들어가시죠."

당연하게도 음성의 주인은 비딱하게 선 아렌트였다.

"굉장히 급한 사안이라고 압니다만. 자꾸 시간 낭비하실 거면 제가 확 말해 버리는 수가 있습니다."

루드윈과 라이오스가 동시에 속이 쓰려 죽겠다는 표정을 지었다.

아서와 리히트는 대놓고 딴청을 피우기 시작했고, 셰키나와 세일럼 역시 허공을 보는 것으로 이 상황에 개입하지 않겠다는 의사를 드러냈다.

속으로 한숨을 삼킨 루드윈이 관자놀이를 꾹꾹 눌렀다.

"정말 고생이 많으십니다, 라이오스 단장."

"……죄송합니다. 제가 버릇을 고쳐놓겠습니다."

라이오스가 죄스럽게 고개를 숙였다. 대화가 또 딴길로 새자 아렌트가 다시 끼어들려고 했지만, 눈치 빠르게 르웰린이 끼어들었다.

"그, 그것보다 우선 본론으로 들어가죠. 라이오스 단장도 빨리 상황을 파악해야 하지 않겠습니까, 형님."

"……그래. 그래야지."

가까스로 편두통을 가라앉힌 루드윈 왕자가 운을 뗐다.

"방금 들어온 급보입니다. 다른 나라에서도 전투가 벌어졌다고 합니다."

라이오스와 리히트, 아서의 얼굴이 동시에 얼어붙었다.

분위기를 바꾼 루드윈 왕자가 진지하게 말을 이었다.

"라이오스 단장께도 통신구로 연락이 갔다고 합니다만, 치료실에 계셨던지라 전달이 되지 않았던 듯합니다. 현재 칼리온 제국, 네펠레 왕국, 루카인 왕국 모두 습격을 받았습니다."

"습격…… 말씀이십니까?"

"그렇습니다. 대응할 틈도 없었던 듯합니다."

라이오스의 물음에 루드윈이 고개를 끄덕였다.

"네펠레 왕국의 영지 하나가 완전히 점령당했고, 현재는 바로 옆의 영지에서 방어전을 펼치는 중이라고 전달받았습니다. 루카인 왕국은 외곽의 영지가 불바다가 되어 아직도 화재가 진압되지 않았다고 합니다."

"……."

"생존자는 없다고, 빅토르 전하께서 그리 전달해 주셨습니다. 그리고 루카인 왕국의 영지를 습격한 로저라는 사내의 행방 역시 묘연한 상태입니다."

이야기가 이어질수록, 라이오스의 낯빛이 차게 식어 갔다. 묵묵히 있던 아렌트가 끼어들었다.

"그리고 칼리온 제국에는 니케포르가 나타났다고 합니다. 황궁과 멀지 않은 도시에서 사람들을 대량으로 학살하고 생존자를 납치해 홀연히 사라졌대요."

"뭐라고?"

"니케포르가 움직였단 걸 알아차린 렉시온 님이 당장 대응에 나섰지만, 도착하셨을 때는 이미 사라진 뒤였다더라고요."

라이오스가 인상을 찌푸리자 아렌트가 어깨를 으쓱였다.

"그래서 스텔이 실종자들의 흔적을 쫓아 니케포르를 추적 중이라고 합니다. 하지만 상대는 드래곤이니 쉽지 않을 거예요."

"……."

생각보다도 더 엄청난 사태에, 기사들은 아무런 말도 꺼내지 못했다.

"네펠레 왕국과 루카인 왕국 측에도 지원군을 파견하셨다고 합니다. 다이아나 단장님과 렉시온 님은 황궁에 남으시고, 1기사단이 루카인 왕국, 그리고 자카르 님과 라그날드 님이 루카인 네펠레 왕국으로 향하셨대요."

침묵이 가라앉은 회의실 안, 아렌트는 상황과 어울리지 않는 느긋함을 드리운 목소리로 천천히 말을 이었다.

"대신관님이 직접 신관들을 파견해서 부상자 치료와 피해 복구를 지시하셨다고 합니다. 그리고 노이만 상단과 이스트 상단도 임시로 연합해서 필요한 구호 물품을 공급 중이고요."

"……그렇군."

한참 만에 라이오스가 굳은 얼굴로 고개를 끄덕였다.

주머니에 손을 푹 찔러 넣은 아렌트가 퉁명스럽게 덧붙였다.

"일단 우리는 이쪽 일에 충실하라는 황태자 전하의 말씀이십니다. 다른 곳도 이미 대응에 나섰으니, 에버란 왕국의 사태를 수습한 뒤에 복귀하라고 하셨어요."

"……이런 와중에 참 소박한 의문이다만."

잠깐 침묵하던 루드윈이 결국 호기심을 이기지 못하고 다시 입을 열었다.

"아렌트 경은 어째서 나보다도 더 빠르게 소식을 접할 수 있었던 거지?"

"노이만 상단주님께 전해 들었습니다. 제가 노이만 상단에 가진 지분이 좀 많거든요. 간략하게 상황을 전달받은 다음에는 황태자 전하께 직접 연락드렸고요. 뭐 문제 있습니까?"

문제야 차고도 넘칠 정도로 많았다. 일단 고작 견습 기사 주제에 황태자에게 함부로 마구 연락을 걸어 댄다는 점부터.

"……아니. 됐다."

하지만 루드윈은 사사로운 건 따지지 않기로 했다. 말

을 길게 해 봤자 좋을 것 없다는 사실을 이미 파악한 탓이었다.

"그렇다고 우리가 여기에 천년만년 뭉개고 있을 수는 없는 일이고."

건방지게 고개를 까닥인 아렌트가 덧붙였다.

"일단은 최대한 빠르게 수습하고 돌아가죠. 단장님이 이곳에 오래 묶여 있는 것도 바람직하지 않은 일이니까."

"그렇지. 하지만 일이 쉽게 마무리될 것 같지는 않은데……."

지금껏 침묵을 지키던 르웰린이 탄식을 터뜨리자 셰키나가 조심스럽게 한 마디를 얹었다.

"이번에는 속전속결로 이뤄진 작전이었던 터라 큰 피해는 없었지만, 적의 전력이 상상 이상이었습니다."

"저도 경험이 많은 건 아닙니다만, 적들이 전보다도 더욱 강해진 것 같습니다."

세일럼이 얼굴을 흐리며 중얼거렸다.

구울을 상대하는 데 익숙한 3기사단과 원거리 공격이 가능한 엘프들이 나선 덕에 이 정도로 끝난 거지, 앞선 원정대와 영주의 병력이 전멸해 버린 것도 충분히 이해가 될 정도였다.

고개를 끄덕인 르웰린도 지적했다.

"맞습니다. 게다가 소환할 수 있는 개체 수에 제약도 없어진 것 같아요."

"그것도 망할 기적의 병사인지 뭔지 하는 호문쿨루스 때문이겠지."

아렌트가 시큰둥하게 대답했다.

지클린이 만들어 낸 호문쿨루스 중에는 체내에서 구울들을 끊임없이 만들어 내는 놈도 있었다.

아마 그것이 완성되면서 구울들이 끝도 없이 쏟아지는 것 같았다.

"말씀하신 대로 쉽지는 않겠지만, 그래도 간단한 방법은 하나 있잖아요."

고개를 비스듬히 기울인 아렌트가 짧게 말했다.

"우두머리부터 없애는 거."

순간 회의실 안의 공기가 차게 식었다.

아렌트의 목소리에 노골적인 살기가 드리워 있었다.

심지어는 아렌트에게 익숙지 못한 루드원마저도 한순간 얼어버릴 정도였다.

"그 미친 엘프 애새끼부터 잡아 죽여 버리죠. 잡놈들을 쓸어버리는 건 그다음에 해도 충분합니다."

아렌트가 좀처럼 제 감정을 드러내지 않는다는 걸 생각하면 상당히 드문 일이었다.

멀쩡한 듯 보였지만, 아무래도 아까 있었던 일 때문에 심사가 단단히 뒤틀린 했다.

'저거, 어쩌실 겁니까?'

'…….'

리히트는 소리 없이 비난하는 아서의 눈빛을 슬그머니 피해 버렸다.

솔직히, 많이 억울했다.

* * *

늦은 밤.

사위는 조용한 정적에 잠겨 있었다.

부상자들의 앓는 소리와 누군가의 코골이, 그리고 순찰하는 병사들의 기척만이 이따금 막사의 정적을 깰 뿐이었다.

거기에서 조금 더 귀를 기울여 보면 밤벌레가 찌르륵 울기도 했고, 나뭇가지에 바람이 스쳐 가는 소리 역시 들려왔다.

주변을 둘러싼 모든 것들이, 이곳이 하나의 세상이라는 것을 지나칠 정도로 생생히 알려 주고 있었다.

'서늘하네.'

아렌트는 막사 바깥을 걷다 발견한 나무 둥치에 걸터앉아 있었다.

거친 싸움이 가져오는 피로감에 더불어 상처까지 욱신대는 바람에 몸이 천근만근이었다.

그럼에도 쉽게 눈이 감기지 않아, 결국 아렌트는 배정받은 숙소에서 몰래 빠져나와 터덜터덜 밤 산책에 나온

네 말은 하나도 못 믿겠다. 〈185〉

것이다.

주머니에는 네레이스의 성물, 작은 진주알이 고스란히 들어 있었지만, 그조차도 오늘은 별로 도움이 되지 않았다.

이건 지극히 개인적인 문제였으니까.

"……돌겠네."

검은 하늘을 아득하게 올려보던 아렌트가 결국 탄식처럼 중얼거렸다.

괜히 머리를 한 번 쓸어올려 보고, 마른세수도 해봤지만 심란함은 좀처럼 가라앉지 않았다.

'연기해야 하는데…….'

좀처럼 집중할 수가 없었다.

오늘 맞닥뜨린 장면은 지금껏 단 한 번도 상상해 보지 못한 시나리오였다.

타인이 자신을 감싸다 대신 당한다는 건 이 무대 위에서는 결코 있을 리 없고, 있어서도 안 되는 상황이었다.

'아니지.'

한 사람의 인간으로서 살아오며, 그런 상황을 마주할 거라고 생각한 적은 단 한 번도 없었다.

그랬기에 한순간 연기 중이라는 것조차 잊어버리고 말았다.

만약 가까이에 있었던 게 리히트가 아니라 아서나 라이오스, 혹은 다른 기사들이었다더라도 결과는 달라지지

앉았을 터였다.

그 사실을 누구보다도 더 잘기에, 아렌트는 더욱 심경이 복잡해지고 말았다.

"하아, 진짜."

표정을 숨기듯 이마를 파묻은 아렌트가 한숨을 토해냈다.

속이 울렁거렸다.

습격당하는 순간 느낀 체르니온의 악의와, 당황한 리히트의 표정이 머릿속에서 어지럽게 뒤섞였다.

무대 너머, 관객이 숨죽여 비웃는 소리가 들리는 것 같았다.

환한 조명이 비치는 무대 위에서 중대한 실수를 저지른 초보 배우에게, 어둠 속에 숨은 무례한 관객이 보내는 야유처럼.

"……."

속을 진정시키는 데 집중한 지 얼마나 지났을까.

"왜 여기서 졸고 있는 거냐. 감기 걸린다."

옆에서 불현듯 익숙한 목소리가 들려왔다. 잠깐 침묵하던 아렌트가 고개도 들지 않고 퉁명스레 대꾸했다.

"감기 같은 거 안 걸립니다. 저는 누구처럼 약골이 아니라. 구멍 뚫린 데는 막고 돌아다니시는 겁니까?"

"온몸이 너덜너덜한 주제에 말 한번 예쁘게 하는군. 구멍은 신관님이 잘 막아 주셨으니 걱정 마라. 적어도 한

번쯤은 고맙다고 말해야 하는 것 아닌가?"

짜증이 묻어나는 답이 돌아오자 아렌트는 그제야 고개를 들었다.

언제 다가온 건지, 리히트가 밤하늘을 등지고서 그의 앞에 서 있었다.

"원하신다면 못할 것도 없긴 한데, 감당 가능하십니까?"

"……실언했다."

떨떠름하게 대답한 리히트는 허락도 구하지 않고 아렌트의 곁에 털썩 주저앉았다.

고른 자리가 하필 흙바닥인 탓에 바지가 더러워졌지만, 그런 것은 전혀 신경 쓰지 않는 눈치였다.

그러자 아렌트가 언짢게 물었다.

"왜 여기 앉으십니까? 제 자린데요. 산책 중이셨으면 가던 길이나 마저 가시죠."

"산책 아니다. 너 찾으러 나온 거지."

곧이곧대로 돌아온 대답에 아렌트가 짜증스레 쯧 혀를 찼다.

"귀찮게, 진짜."

"잠자리에 들지 않은 듯해서 기껏 여기까지 찾으러 나왔다만, 선배한테 그 불손한 태도는 뭐냐."

"제가 불손한 게 하루 이틀이 아니잖아요."

"그건 그렇지."

리히트가 쉽게 수긍했다. 나란히 앉은 그를 슬쩍 흘겨

본 아렌트가 퉁하니 물었다.

"한동안 피해 다니시는 것 같더니, 왜 갑자기 친한 척이십니까? 아서 선배한테 이것저것 주워 들으셨다면서요?"

"그렇게까지 대놓고 물어 올 줄은 몰랐는데."

짧게 한숨을 내쉰 리히트가 자세를 편하게 고쳐 앉았다.

"한동안 심경이 복잡했던 건 사실이긴 하지. 그래도 이것저것 다 의미 없는 것 같아서. 이 정도면 답이 되었나?"

"전혀요. 선배가 둔해 빠지고 물러 터진 인간이라는 것밖에는 모르겠습니다."

정면을 응시하며, 아렌트가 퉁하니 내뱉었다.

그것을 마지막으로 한동안 침묵이 흘렀다. 밤에 어울리는 정적이 고요히 가라앉으려는 찰나, 리히트가 불쑥 말했다.

"다 알아들었으면서 모르는 척하지 마라. 성가시니까."

아렌트는 눈동자만을 굴려 리히트를 보았다.

"네 말은 하나도 못 믿겠다, 이제."

퉁명스레 내뱉는 말과는 달리, 기분이 꽤 좋아 보이는 모습에 아렌트가 눈썹을 휘었다.

"살면서 너만큼 언행이 불일치한 놈은 본 적이 없어. 아마 앞으로도 그럴 테지."

리히트가 천천히 말을 이었다.

"앞에서 뻔뻔하게 굴 거면 뒤에서도 그렇게 해라. 괜히 심란해져서 잠도 못 자고 배회할 거면 겉으로라도 고마운 척하던지."

"……."

아렌트가 뭐라 대꾸하기도 전, 리히트가 선수를 쳤다.

"딱히 고마워할 놈 아니라는 거 안다. 하지만 이건 나도 좀 억울하군."

"뭐가요?"

"멋대로 단장님 앞에 뛰어들어서 사람 마음 졸이게 만든 게 누구였더라."

뚱한 대꾸에 리히트가 피식 웃음을 터뜨렸다.

"본인 일이 되니 말도 제대로 안 나왔던 모양이지? 꼴 좋군."

"……이상하다. 사람이 왜 이렇게 삐뚤어졌어요? 원래 안 이랬던 것 같습니다만."

아렌트가 황당하게 묻자 리히트는 그를 잠시 흘겨보았다.

"비슷하게 어울리지 않으면 감당하기 힘든 건방진 후배 때문이지."

"사람이 그리 줏대가 없어서야."

"네 말대로 물러 터져서 그런다."

결국 모든 화제가 다 자신을 향하고 있었다. 아렌트는 그 사실이 별로 마음에 들지 않았다.

그가 뚱하니 뭐라 내뱉으려는 찰나, 이번에도 리히트가

먼저 운을 뗐다.

"말 나온 김에 부탁한다만, 쓸데없이 거리 두려고 하지 마라. 따라다니기 성가시니까."

"굳이 안 따라다니셔도 됩니다만. 성가신 건 오히려 이쪽입니다."

"네가 그리 원하는 것 같아서 노력은 해 봤는데, 도저히 불안해서 안 되겠더군."

리히트가 곱지 않은 눈으로 그를 흘겨보았다.

"그리고 무엇보다, 내 마음이다."

견습 기사는 이번에도 대꾸하지 않았다. 굳이 답을 기다리지 않고, 리히트는 가벼운 어조로 말을 이었다.

"아까 말한 대로 네 말은 못 믿겠으니, 나도 그냥 마음대로 굴 수밖에."

"……."

"억울하면 그날, 뒤돌아서서 바로 도망쳤어야지. 목숨 바쳐서 단장님을 구하는 게 아니라."

그렇게 말하는 리히트는 묘하게 기분이 좋아 보였다. 아렌트는 짧게 한숨을 내쉬며 투덜거렸다.

"그러게나 말입니다. 괜히 답지 않게 개고생이나 해선."

"아니. 같은 상황이 닥친다면 넌 또 똑같이 행동할 거다. 내가 장담하지."

그러나 아렌트는 다시 입을 다물 수밖에 없었다.

리히트의 차분한 목소리가 이어졌다.

"슬슬 인정하는 게 좋을 텐데. 어린애처럼 그러지 말고. 넌 네가 생각하는 것보다도 훨씬 주변 사람을 아낀다. 어떤 부분에서는 나보다도 더 물러 터진 게 너지."

본인은 영역을 지키겠다며 신에게도 으르렁거리는 주제에, 혹시나 다른 사람들도 자신이 서 있는 빌어먹을 무대 위로 올라올까 봐 두려운 거였다.

"다가오는 사람이 성가신 게 아니라, 어깨를 나란히 해야 한다는 게 불안한 거다, 넌. 그래서 네가 제일 잘난 척하면서 단장님마저도 네 등 뒤로 숨기려고 안달 난 거고."

그게 리히트가 지금껏 봐 온 아렌트라는 인간이었다.

"개죽음당하기 싫은 게 아니라, 개죽음당하는 꼴을 보기 싫은 걸 테고. 그래서 오늘도 벌벌 떤 거 아닌가?"

"벌벌 떤 적 없습니다만."

"충분히 그렇게 보였다."

불만 가득한 목소리에 리히트가 단호히 대꾸했다.

다시 고개를 든 리히트는 곁의 후배를 슬쩍 보았다. 아렌트의 무표정한 얼굴에 복잡한 빛이 고스란히 드러나 있었다.

아주 오랜만에 보는 그의 민낯이었다.

"멋대로 잘도 떠드시네요."

"정곡을 찔렸다는 말이군."

피식 웃음을 터뜨린 리히트가 자세를 편히 고쳐 앉았다.

"낯간지러우니 이만해 두지. 너야말로 아서에게 이런저런 말을 들은 것 같은데……."

고민이 너무 길었다.

이건 진즉 아렌트에게 직접 전했어야 할 말이었다.

"나름대로 생각해 준다고 자리를 피해 준 모양이다만. 그럴 필요까진 없었다. 난 그 전에 이미 마음을 정했으니까."

"보아하니 무슨 말씀을 하실 건진 대충 알겠네요. 귀찮으시면 생략하셔도 됩니다."

아렌트가 한탄하듯 중얼거렸다.

약간의 망설임이라도 남았다면, 오늘처럼 선뜻 앞을 막고 서지는 않았을 테니까.

"네가 단장님을, 그리고 우리를 생각하는 만큼, 우리도 널 중요하게 생각한다. 네가 이 싸움에서 꼭 필요한 존재이기 때문이 아냐. 인간 대 인간으로서 걱정하는 거다."

"……."

"그리고 난 루체 님의 정의도 믿지만, 동시에 너 역시 신뢰한다. 네 행보가 옳다면 결국 끝에는 루체 님의 정의를 볼 수 있겠지. 만일 내 생각과 달리 흘러간대도."

잠깐 뜸을 들인 리히트가 덧붙였다.

"후회할 생각은 없어. 루체 님을 배반하는 길이라면,

그때 너랑 같이 벌을 받고 참회하면 된다. 만약 정말로 네가 다 옳았다면…….”

무릎 위에 걸친 리히트의 손이 망설이듯 움직이다, 이내 꾹 힘주어 깍지를 꼈다.

"그때는 정말 세상이 바뀔 때가 온 거겠지.”

이 말을 확신을 담아 꺼내기까지 얼마나 오랜 시간이 걸렸는지.

두 사람 사이에 진득한 침묵이 흘렀다. 아렌트는 더 이상 리히트를 보고 있지 않았다.

황금색 눈동자가 밤하늘 저편을 응시하고 있었다. 심란한 생각에 빠진 나머지, 옆에 리히트가 있다는 것도 잊어버린 것 같았다.

'무슨 생각을 하는지 도통 모르겠군.'

리히트는 속으로 한숨을 삼켰다.

제 목숨과 라이오스 단장의 목숨이 동등한 가치를 지닌다는 것부터 쉽사리 납득하지 못해, 마음속으로 저울질해보고 있는지도 몰랐다.

뺀질뺀질한 낯짝을 벗겨낸 다음에 드러난 것이 제 나이답지 않은 심란한 얼굴이라니.

하지만 리히트는 더 캐묻는 대신 조용히 자리를 지키는 쪽을 선택했다.

여기까지 접근한 것만 해도 기적 같은 일이었다. 성급히 손을 더 내밀었다가는 자칫 다시 철면피 같은 가면을 뒤집어써 버릴지도 모르니까.

한참의 정적 끝에서 아렌트가 다시 입을 열었다.

"조만간 지금까지 알아낸 걸 전부 공유해 드릴게요."

"뭐?"

뜬금없는 말에 의아하게 되묻자, 아렌트가 그를 향해 시큰둥한 시선을 보냈다.

"황태자 전하랑 단장님, 그리고 아서 선배, 르웰린 녀석이랑만 공유하는 온전한 정보를 공유해 드리겠다고요. 그걸로 오늘 빚은 퉁치죠."

"……"

잠깐 멍하니 있던 리히트가 피식 웃음을 터뜨렸다.

"아주 고마워 죽겠군."

"그다음은…… 하아."

뭐라 덧붙이려던 아렌트가 다시 턱을 괴며 한숨을 터뜨렸다.

"나도 이제 모르겠습니다. 알아서 하십쇼."

좀처럼 보기 힘든, 진심이 우러나는 한탄이었다.

저놈의 속내에 무슨 생각이 있는지는 알 수 없었지만 일단 리히트는 이 정도로 만족하기로 했다.

"물론, 알아서 할 예정이다."

적어도 자신의 진심을 곡해해서 들을 녀석이 아니라는 건 잘 아는 탓이었다.

대화는 거기에서 끊어졌다.

네 말은 하나도 못 믿겠다. 〈195〉

하지만 나란히 앉은 두 사람은 새벽이 찾아올 때까지 자리를 뜨지 않고 오랫동안 각자의 상념에 잠겨 시간을 보냈다.

*　*　*

"잘들 하는 짓입니다."

아서가 어처구니없이 툭 내뱉는 말에, 리히트는 이번에도 슬그머니 시선을 피해 버렸다.

"부상이 제일 심한 사람 둘이서, 밤이슬을 고스란히 맞았다고요? 죽고 싶어서 환장들 하셨나."

"……미안하게 됐군."

후배가 잔소리를 이어 갈수록 리히트의 고개가 점점 더 수그러졌다.

한밤중, 불현듯 깨어난 아서는 자신과 같은 방에 있어야 할 아렌트가 아직 돌아오지 않았다는 걸 깨달았다.

괜히 신경 쓰이는 마음에 어두운 막사를 돌아보던 그는 얼마 지나지 않아 리히트 역시 자리에 없다는 사실을 알게 되었다.

둘이 나란히 사라졌다는 깨닫자마자, 온몸의 털이 쭈뼛 서는 기분이었다.

그렇잖아도 이번 일이 있기 전부터 서로 슬슬 피해 다니는 상황이었으니 더욱 그럴 수밖에 없었다.

"댁들 찾는다고 새벽부터 온 막사를 뒤질 뻔했다고요. 알기나 아십니까? 아렌트야 원래 그런 놈이라지만, 선배님까지 왜 그러십니까?"

하지만 아서의 속을 알 리 없는, 그리고 알아도 전혀 개의치 않을 아렌트는 여전히 뻔뻔하기만 했다.

"주인 잃어버린 똥개도 아니고. 찾긴 왜 찾아요? 그런 쓸데없는 짓을 할 시간에 잠이나 더 자지."

"너 때문이잖아, 이 새끼야!"

결국 아서는 복장을 터뜨리고 말았다.

"나갈 거면 말이라도 하던가! 당장 언제 싸움이 다시 터질지 모르는데, 너덜너덜해져선 갑자기 사라지니 당연히 식겁하지!"

"시끄러워 죽겠네. 어디서 선배가 짖나."

버럭버럭 고함을 질러대는 아서 앞에서 귀를 후벼대는 아렌트까지, 갈수록 태산이었다.

"선배가 말하면 좀 귀담아들어, 이 새끼야! 제발, 제발, 밤에는 수면초라도 처먹고 좀 자라고!"

"싫습니다. 남이사 뭘 하든. 애초에 전 선배처럼 둔탱이 약골이 아니라 며칠 밤쯤 새도 상관없는데요."

"상관없기는 지랄. 둔탱이 약골한테 처맞고 싶냐?"

"할 수 있으면 해 보던가요."

잠깐 두 후배를 착잡하게 지켜보던 리히트는 결심했다.

이 틈에 자리를 벗어나자고.

네 말은 하나도 못 믿겠다. 〈197〉

그가 막 실행을 옮기려 슬그머니 한 발을 뒤로 뺐을 때.
똑똑.
갑작스러운 노크가 소리에 소란이 뚝 멎었다.
"아렌트 있냐?"
뒤이어 르웰린의 목소리가 들려오더니, 문이 달칵 열렸다.
"……"
방 안의 광경을 목도한 르웰린은 잠깐 할 말을 잃어버리고 말았다.
금방이라도 도망칠 기세로 슬쩍 몸을 뒤로 뺀 리히트와 아렌트의 멱살을 잡은 아서, 그리고 아서에게 붙잡힌 채로도 귀찮아 죽겠다는 듯 귀만 후비는 아렌트까지.
한동안 뜸을 들이던 르웰린이 간단하게 평했다.
"가관이네."
머쓱해진 아서가 슬그머니 멱살을 놓자 아렌트가 뭐라 투덜대며 옷매무새를 가다듬기 시작했다.
그 꼴에 르웰린은 더욱 어처구니가 없어지고 말았다.
"왜 다들 갈수록 고장 나는 것 같지? 리히트 경까지 이럴 거야?"
"……못난 모습을 보여 드려서 죄송합니다. 왕자님, 어쩐 일이십니까?"
리히트가 자포자기하고 화제를 돌려 버렸다.
"탐험가 연합 쪽에서 소식이 들어와서 전해 주러 왔는

데. 조금 이따가 다시 올까? 마저 할래?"

"마저 하긴 개뿔. 말해."

단 몇 번의 손짓으로 아렌트는 순식간에 말끔한 모습으로 돌아왔다.

기사들을 향해 한심하다는 눈빛을 보내던 르웰린이 말했다.

"네펠레 왕국 쪽 말이다만. 미들턴 공작이 전장에 나서게 되어서, 루이스 왕자와 리에타 왕녀는 왕궁으로 돌아간대."

적지 않은 나이에도, 공작은 왕국과 조카들을 지키기 위해 직접 최전선에 나선 것이다.

"일단 거기 있던 탐험가 녀석들한테는 왕궁으로 안전히 돌아갈 때까지만 지켜본 뒤에 철수하라고 했는데. 워렌은 어쩔까?"

"왕궁으로 돌아간다면 빅토르 전하께서 알아서 하시겠지. 워렌도 제국으로 돌아가라고 해."

거기까지 말한 아렌트가 잠깐 생각하다 덧붙였다.

"노이만 상단으로 가서 상단주님이나 좀 도와드리라고 해."

"상단주는 왜? 아."

무심코 되묻던 르웰린이 고개를 끄덕였다.

"표적이 될 수도 있겠네. 황궁이랑 연계에서 활발하게 활동 중이니까. 무엇보다 너랑도 가깝게 지내시고."

"만에 하나라는 게 있으니. 상단에 문제가 생기면 이쪽도 이래저래 골치 아파질 테니까."

물자 공급과 정보 수급 등, 노이만 상단은 이 전쟁에서 큰 역할을 맡고 있었다.

이미 적들에게도 상단의 위상은 충분히 알려졌을 테니, 조심해서 나쁠 것은 없었다.

"적진 쪽은 어떤데?"

천연덕스럽게 묻는 아렌트에게 르웰린이 어처구니없이 말했다.

"말해 줄 수는 있다만······. 이걸 내가 너한테 보고하는 게 맞아? 보통은 반대 아냐?"

"억울하면 네가 나보다 더 잘나던가."

"진짜 짜증 나네."

한마디 짧게 투덜거린 르웰린이 말을 이었다.

"별다른 이변은 없다만, 밤사이 성 주변의 시체들이 사라졌어."

"······구울들의 파편 말씀이십니까?"

가만히 듣고만 있던 리히트가 끼어들자 그가 고개를 끄덕였다.

"너희들이 완전 박살을 내놔서 사실 시체라고 할 수도 없긴 하지만. 여튼, 밤사이에 성벽 주변이 말끔해졌더라. 형님도 그것 때문에 라이오스 단장이랑 이야기 중이더라고."

"대부분 심하게 훼손되어서 재사용할 수도 없을 텐데요. 왜지?"

아서가 인상을 찌푸렸다. 곰곰이 생각하던 아렌트가 입을 열었다.

"다시 병사로 부릴 수는 없겠지만. 아직 살아 있는 놈들의 먹이 정도론 쓸 수 있지 않을까요?"

"……."

듣고 있던 세 사람이 순식간에 떨떠름한 표정이 되었다.

자신에게 힐난의 시선이 돌아오자 아렌트가 눈썹을 구겼다.

"왜. 뭐."

"아무렇지도 않게 그런 끔찍한 소리 하지 마, 제발. 속 안 좋아지려고 하니까."

"한 나라의 왕자라는 놈이 나약하긴."

꺼림칙하게 말하는 르웰린을 무시한 아렌트가 다시 어깨를 으쓱였다.

"그렇다면 지클린이 아직 그 성에 있을 가능성이 크네. 그새 도망치지나 않았을까 생각했는데."

태평하던 목소리에 서서히 살기가 드리우기 시작했다.

"잘됐네요. 그쪽도 이를 박박 갈고 있을 테니, 쉽게 몸을 빼지는 않을걸요."

"……."

아서가 다시 힐난하는 눈으로 리히트를 보았고, 리히트는 그냥 눈을 아래로 내리깔았다.

대강 일이 어떻게 됐는지 전해 들은 르웰린은 그저 어색한 미소를 지을 뿐이었다.

아렌트가 짧게 내뱉었다.

"오늘 회의 주제는 이걸로 하죠."

그녀가 이 무대 위에서 제멋대로 활개를 치도록 두고 싶지 않았다.

"여기가 그놈의 무덤이 될 겁니다."

황금색 눈동자에서 서리 어린 손길보다도 더한 냉기가 흐르는 것 같았다.

기세가 워낙 흉흉한 탓에, 차마 아무도 다른 말을 할 수 없었다.

* * *

그리고 얼마 뒤 회의 시간, 아렌트는 자신이 예고한 대로 주장을 펼쳤다.

"지클린이 아직 여기 있을 때가 기회에요. 성을 탈환할 때 반드시 죽여야 합니다."

견습 기사의 유난히도 선명한 목소리가 회의실 내부를 가득 채웠다.

"지클린은 직접 나서 싸우는 녀석이 아니니, 자신의 목적을 이룬다면 한동안 전장에 직접 모습을 드러내지 않을 겁니다. 예전이라면 모를까, 지금은 제 수족처럼 부리는 리타가 있으니까요."

지금껏 지클린이 현장에서 직접 처리해야 했던 일들은 리타가 대신할 것이다.

라이오스 역시 고개를 끄덕이며 한 마디 얹었다.

"저 역시 아렌트의 말에 동의합니다. 지금 그녀를 놓친다면, 또다시 기괴한 병사들을 만들어 아군에게 큰 피해를 입힐 것입니다."

그녀의 연구에 힘입어, 체르니온의 병사들은 날이 갈수록 강해지고 있었다. 더 큰 피해를 막으려면 지금 지클린을 저지해야만 했다.

가만히 듣던 루드윈이 입을 열었다.

"그러나 전투 중에 지클린이 도주할 가능성도 있지 않습니까. 체르니온 교 중진들은 드래곤의 힘 덕분에 자유자재로 텔레포트를 할 수 있다고 압니다만."

게다가 지클린은 자신의 목숨을 걸면서까지 전장에 남아 있을 위인도 아니니, 위험에 처했다고 인지한 순간 도망쳐버릴 게 분명했다.

"그녀를 죽이는 것을 최우선 목표로 삼는 것은 다소 무모한 것 같습니다. 자칫 그녀를 추격하려다 혼란에 빠질 수도 있습니다. 감수하기에는 너무 큰 위험이 아닐까요?"

네 말은 하나도 못 믿겠다. 〈203〉

"옳으신 말씀이십니다. 그러나……."

라이오스는 말끝을 흐리며 자신의 뒤에 선 아렌트를 보았다.

무심한 낯에서는 언제나 그랬듯 어떤 감정도 읽을 수 없었지만, 라이오스는 알 수 있었다.

이미 저 녀석은 입을 놀릴 준비를 마친 상태였다.

'셋, 둘.'

하나.

"혼란이라……."

속으로 숫자를 다 세자마자, 재앙의 주둥아리가 열렸다.

"혼란 좀 피하자고, 성검의 영웅을 데려다가 시체 조각 기워 만든 허수아비들만 썰겠다면야……. 그렇게 하시죠."

한순간 루드윈은 헛것을 들었다는 것처럼 멀뚱히 눈만 깜빡였다.

하지만 아렌트는 그가 이해할 때까지 기다려 줄 만큼 상냥한 사람이 아니었다.

"사자는 토끼를 잡을 때도 최선을 다한다고 하잖습니까. 토끼만 쫓는다면야, 우리도 편하고 좋죠. 단장님은 낮잠 자면서도 적을 다발로 쓸어버리실 테고."

"……."

"조금만 불리해지면 지클린은 도망쳐 버릴 테니, 여기

에서 더 깽판을 피우지는 못하겠네요. 그렇게 대충 쫓아 내 놓고, 저기 성벽에 매달려 계신 영주님이랑 기사들 머리나 거둬서 성대하게 장례라도 치러 주시죠. 성을 되찾았다고 퍽이나 좋아하겠네요."

"아니, 내 말은······."

루드윈이 뭐라 반박하려 했지만, 아렌트는 그럴 틈도 주지 않았다.

"그러는 사이 빠친 엘프 애새끼는 안전한 곳에 꽁꽁 숨어서, 드래곤이 납치해 온 사람들로 이상한 괴물들을 만들어 내겠죠. 그리고 적들은 하루하루가 갈수록 더더욱 강해지겠지만. 그거야 왕자님이 신경 쓰실 바는 아닙니다. 영웅 라이오스 드 윈프리드가 또 알아서 저리해 줄 테니."

"······언행이 좀 거칠군, 아렌트 경."

얼굴을 딱딱하게 굳힌 루드윈이 경고했다.

그러나 아렌트는 빈정거리는 것을 멈추지 않았다.

"혼란을 피하기 위해서는 신중하게 움직여야 한다고 하셨던가요? 이미 여긴 개판입니다. 견습 기사 주제에 왕자님께 불손하게 이딴 말이나 지껄이고 있다는 것부터가 이미 혼란인데, 뭘 새삼 안전한 길을 찾으십니까? 어처구니가 없네."

"그렇다면 경은, 지클린을 이 자리에서 처리할 수 있다고 자신하는 건가?"

네 말은 하나도 못 믿겠다. 〈205〉

결국 루드윈의 어조가 날카로워졌다.

"물론 누군가는 해야 할 일임을 잘 안다. 어쩌면 지금이 마지막 기회라는 것 역시 동의한다. 그러나 나는 현실적인 부분을 논의하고 싶은 거다, 아렌트 경."

분노를 절제한 목소리에서는 르웰린과는 상당히 다른 냉정함이 드러났다.

"저들이 설득이나 협박조차도 통하지 않는 존재라는 건 나보다 경이 더욱 잘 알 테지. 지클린의 주변은 당연히 가장 강한 구울들이 지키고 있을 테고."

지클린을 공략하려면 우선 그것들부터 배제해야 했다.

"우리가 승기를 잡는 순간, 그 여자는 증발하듯 사라져 버릴 거다. 그대의 검이 향한 순간, 지클린은 텔레포트로 도주할 게 분명한데……. 적은 끝도 없이 소환되는 판국이지."

아렌트는 아무런 반박도 하지 않고 가만히 듣고만 있었다.

그 태도가 더욱 거슬렸는지, 루드윈의 목소리에서 점점 더 노기가 드러났다.

"지클린은 놓치고, 결국 그녀를 표적으로 돌입한 사람들은 함정에 빠져 위험에 처할 게 틀림없다. 내 말이 틀렸나, 아렌트 경?"

"쯧."

아렌트가 짧게 혀를 찼다.

불손하기 짝이 없는 눈이 왕자를 똑바로 향하고, 그와 시선이 마주친 루드윈이 눈살을 찌푸린 순간.

"이래서 곱게 자라신 분들은 안 된다는 겁니다. 왜 그렇게까지 정론에 매달리는 거지?"

지극히 '아렌트'답게 삐딱한 대사가 흘러나왔다.

넋을 놓고 지켜보던 르웰린이 입술을 달싹였다.

"저 새끼 왜 저렇게 심사가 뒤틀렸냐……?"

평소의 몇 배나 더 도발적이었다.

그 피해자는 저 성질머리를 고스란히 감당해야 하는 루드윈이었고.

"여기 있는 게 누군지 아직 제대로 실감을 못 하신 듯합니다만."

아렌트는 턱짓으로 제 앞에 앉은 라이오스를 가리켰다.

"이 사람은 제국제일검에, 빌어 처먹게도 위대하신 신새끼한테 선택을 받은 사람이고……."

상상을 초월하는 신성모독에 루드윈이 얼어붙은 찰나, 아렌트가 덧붙였다.

"저는 감히 왕자님께 이딴 말을 뻔뻔하게 지껄일 수 있을 정도로 잘난 사람이죠. 제가 아까 말씀드렸을 텐데요. 지클린은 목적을 이루기 전에는 웬만하면 자리를 벗어나려 하지 않을 겁니다. 그래서 지금이 기회라는 거고요."

지클린의 목적은 바로 아렌트에게 복수하는 거였다.

네 말은 하나도 못 믿겠다. ⟨207⟩

몇 번이나 엿을 처먹은 그녀는 그를 죽이지 못해 약이 머리끝까지 오른 상태였으니까.

"이쪽도 참을 만큼 참았습니다. 그 새끼랑 같은 산소를 마신다는 것부터 슬슬 구역질이 나려고 해서."

"……."

"그 새끼 발목 잡는 건 제 역할입니다. 그러니……."

보란 듯이 비릿한 미소를 드리운 아렌트는, 당혹스럽게 자신을 보는 왕자를 향해 또박또박 쐐기를 박아 주었다.

"왕자님이 주제넘게 걱정하실 부분이 아닙니다."

5장. 연극을 위한 연극

연극을 위한 연극

 리타는 흰 살결을 되찾은 팔을 새삼스럽게 바라보았다. 보기 흉하게 녹아내렸던 몸은 언제 그랬냐는 듯 다시 아름다운 모습으로 돌아가 있었다.
 "감사합니다, 진 님."
 옷매무새를 가다듬은 리타가 진을 향해 가볍게 고개를 숙였다. 하지만 그녀는 이미 리타에게 귀를 기울이고 있지 않았다.
 "역시 완벽한 신체를 구현하는 건 불가능한 일인가……."
 혼잣말을 중얼대며 소파에 몸을 던지는 그녀를 본 리타는 그냥 조용히 입을 다물어 버렸다.
 이럴 때 말을 걸어 봤자 제대로 된 대답이 돌아오지 않는단 걸 잘 아는 탓이었다.

"그쪽에도 정령사가 생겼단 건 전해 들어 알고 있었지만, 벌써 그렇게까지 성장할 줄은 몰랐는데. 역시 그쪽에 드래곤이 있어서 그런가. 게다가 체질적으로도 정령사에 적합했다거나……. 그것도 다 그 망할 애새끼 때문인가? 빌어 처먹을, 당연히 그렇겠지."

지클린의 혼잣말이 끊임없이 이어졌다. 초록색 눈동자가 초점을 잃고 허공을 헤맸다.

"도대체 그 애새끼는 뭐야? 분명히 죽었어야 하는 거잖아. 체르니온 님께서 도와주신 거였는데, 망할 방해꾼이 끼어들지만 않았어도……."

꼭 실성한 사람 같았다.

'신성력이 요동치고 있어.'

정령인 리타의 눈에는 지클린의 내부에서 일렁이는 체르니온의 신성력이 선명히 보였다.

아무래도 이리스의 도움을 받아야 할 때가 온 것 같았지만, 굳이 그 말을 꺼내지는 않았다.

지클린은 원래 신앙심이 그리 깊은 자는 아니었다. 금지된 연구를 할 수만 있다면 체르니온이든 루체든 별로 상관하지 않을 성정이었으니까.

그러나 지금, 지클린은 이리스를 제외한 다른 그 누구보다도 더욱 체르니온의 관심을 받고 있었다. 신성력의 영향을 받아 정신이 뒤흔들린 저 모습이야말로, 지클린이 신에게 한 걸음 가까이 다가갔다는 증거였다.

'방해해선 안 되겠지.'

물끄러미 지켜보던 리타는 그냥 침묵을 지키는 쪽을 선택했다.

"이번에야말로 기필코 죽여 버려야지. 감히 나를, 체르니온 님을 방해해? 더 이상 참을 수 없어. 로저도 니케 님도 바보야. 그런 애송이 하나 못 죽이고……."

그들이 아렌트를 죽이지 못한 이유는 그녀 역시 잘 알았다.

하지만 분노가 이성을 앞선 지금, 그런 것쯤은 아무래도 상관없었다.

그때.

똑똑. 정중한 노크 소리가 지클린을 상념에서 깨웠다.

그녀가 드러누운 채 바락 외쳤다.

"꺼져! 방해하지 마!"

"진 님. 새로운 전투 신관 4대대 대장인 듯합니다."

그러나 리타의 말에 진이 멈칫했다. 지클린에게는 부서진 심장의 검 일원으로서 해야 할 의무가 있었다. 신경질적으로 혀를 찬 지클린이 외쳤다.

"……들어와!"

조심스럽게 문이 열리고, 로브를 깊이 눌러쓴 전투 신관이 안으로 들어왔다.

"지클린 님, 인사드립니다. 전임 대장의 유지를 이어

새로이 대장직을 맡은……."

신관이 더욱 허리를 조아리며 말을 이었지만, 지클린이 버럭 소리를 질렀다.

"네 이름 같은 건 관심 없어. 보고나 해!"

"……전 대장은 전투 중 사망했습니다."

그는 체르니온의 품에서 안식을 취할 것이다.

"피해가 막심하나, 그래도 일부분은 수복할 수 있었습니다. 부상자들의 회복 역시 거의 마무리 되었습니다."

지클린이 계산했던 것보다 더욱 빠른 회복력이었다. 지클린이 그제야 인상을 누그러뜨리며 고개를 끄덕였다.

"역시, 그래야지."

적들에게 당한 동지들은, 남은 그 육체 조각마저도 체르니온을 위해 헌신했다.

적들의 눈에 띄지 않게 몰래 회수한 살점들을 섭취한 신관과 구울들은 빠르게 상처를 회복해냈다.

"적진은?"

지클린이 누운 채 눈동자만을 굴려 새로운 대장에게 시선을 주었다.

"아직 별다른 움직임은 보이지 않습니다. 요주의 인물들 역시 여전히 막사에 머무는 듯합니다."

"쯧. 적어도 영웅 정도는 다른 쪽으로 가 주지 않을까 기대했더니."

라이오스 드 윈프리드는 맞서기 부담스러운 존재였다.

야심 차게 만든 호문쿨루스들마저도 그의 앞에서는 맥없이 쓰러져 버리는 게 현실이었으니까.

평소라면 물러서서 상황을 지켜봤겠지만, 지클린은 아직 철수할 생각이 없었다.

"……아니지. 영웅 따위는 상관없어."

자연을 닮은 눈동자에 엘프에게 어울리지 않는 노골적인 살기가 드러났다.

"이 성을 영웅에게 빼앗기는 한이 있더라도, 난 여기에서 아렌트 폰 에크하르트를 죽여야겠어. 반드시."

얼마나 많은 신관들이 죽어 나가든 상관없었다.

사사건건 걸림돌이 되는 그 애새끼만 처리할 수 있다면.

분명 성녀와 체르니온 역시 아렌트의 죽음을 바라 마지않을 것이라, 지금의 지클린은 확신했다.

"알아들었어? 최우선 목표는 아렌트 폰 에크하르트를 죽이는 것. 성을 빼앗기더라도 그 새끼는 기필코 없애."

소녀의 싸늘한 목소리에 신관은 한 치의 반기도 들지 않았다.

"명 따르겠습니다."

신의 선택을 받은 미치광이 앞에서 경의를 표하며, 제 앞에 주어진 명령을 수행하는 것.

그것만이 오로지 자신의 존재 이유였으니까.

* * *

　회의는 한참 동안 이어졌다.

　사실상 작전 회의보다는 비아냥과 신경질이 오간 내전이라고 칭하는 게 더 옳을 듯한 광경이었지만.

　체통을 완전히 잃어버린 루드윈 왕자와 싸가지 없는 견습 기사가 끈덕지게 언쟁을 이어 가는 모습은 제법 장관이었다.

　"어떻게 한 마디를 안 질 수가 있지?"

　"칭찬 감사합니다. 제가 좀 잘나서요."

　탁.

　지치지도 않고 돌아온 헛소리에, 루드윈은 자신의 이마를 내리치듯 짚고 말았다.

　"내가 위험하다고 말하긴 했지만, 그렇다고 해서 경들에게 모두 떠맡기고 싶지는 않아. 본국의 일이고, 나는 에버란의 왕자이며 이 전장의 지휘관이야. 그런데 발을 빼라고?"

　"누가 떠맡는다고 했습니까? 방해되니까 적당히 빠지라는 거지. 저 그렇게 속 좋은 놈 아닙니다. 억울하시면 저만큼 유능한 기사를 데려오십쇼. 그러면 양보하겠습니다."

　그러나 아렌트는 여전히 뻔뻔했다.

　"게다가 누가 편하게 놀고먹으라고 말씀드렸습니까?

후방에서 엄호하시라고요. 아니면 그런 일은 시시해서 못 하시겠다는 말씀이신지? 후방에서 바쁘게 움직이는 병사들을 무시하시는 겁니까?"

쾅!

발끈한 루드윈이 테이블을 내려치며 벌떡 자리에서 일어났다.

"내가 언제 그렇게 말했나!"

두 사람 간의 공방을 꺼림칙하게 보던 르웰린이 테이블 아래에서 라이오스의 다리를 툭툭 쳤다.

'저 녀석 좀 말려 봐.'

하지만 그 의미를 충분히 알아들었을 라이오스 단장은, 그냥 슬그머니 시선을 피해 버릴 뿐이었다.

"……."

르웰린은 배신당한 눈으로 라이오스를 바라보았다.

"단장, 지금 저 녀석을 기분전환 시키겠다고 우리 형님을 갖다 바친 거야?"

"죄송합니다. 하지만 저도 어쩔 수 없습니다."

저건 산불이나 눈사태와 비슷한 자연재해였다.

그래도 한 가지 위안 삼을 점은 있었다.

한바탕 날뛰고 나면 저놈의 불편해졌던 심기도 조금은 가라앉을 테니까.

"이놈의 기사단, 진짜……."

르웰린이 허망하게 입술을 달싹였다.

가끔 칸타레스가 3기사단 전체를 싸잡아 감당하기 힘들다며 한탄을 터뜨리는 게 이해가 되는 순간이었다.
쾅!
결국 루드윈은 테이블에 머리를 처박고 말았다.
"마음대로 해라, 그냥."
사실상 항복 선언이었다.
애초에 평정심을 잃은 순간, 루드윈의 패배는 정해진 것과 다름없었다.
승리를 거머쥔 아렌트가 의기양양하게 어깨를 으쓱였다.
"그러게, 어차피 이리될 거 괜히 힘만 빼서선."
"……."
루드윈의 원망 어린 시선이 르웰린에게 향했다.
지랄 맞기로는 둘째가라면 서럽던 막내가 갑자기 사람이 되어 돌아온 이유를 절절히 깨달은 순간이었다.
저런 성질머리가 옆에 붙어 있었으니 싫어도 철이 들 수밖에.
"죄송합니다, 왕자님. 제가 대신 사죄드리겠습니다."
"……."
사태가 진정되고 나서야 고개 숙여 사과하는 라이오스도 전처럼 멋지게만 보이지는 않았다.
한숨을 푹 내쉰 루드윈이 미간을 꾹꾹 주물렀다. 어쩐지 위장이 심하게 쓰려 오는 것 같았다.

"그래서, 뭘 어쩌겠다는 말입니까? 일단 지클린을 처리하는 건 황실 기사단 측이 전담하겠다는 말씀까지는 이해했습니다."

"설명해 줘도 제대로 이해도 못 하실 것 같은데, 그냥 시키는 것만……."

아렌트가 다시 쫑알거리자, 라이오스가 영웅다운 순발력으로 입을 틀어막았다.

"읍!"

"죄송합니다."

빠르게 사과하는 라이오스를 보는 왕자의 눈이 떨떠름해졌다.

아렌트는 신경질적으로 손을 쳐내 버리고는 입을 옷소매로 박박 닦아 냈다.

"더럽게, 진짜. 별다를 건 없습니다. 기본적으로는 양동 작전의 형태로 병력을 운용할 것을 제안드리는 겁니다. 아까 왕자님이 말씀하셨듯이요."

"그리고 지클린을 처리하는 건 황실 기사단이 전담한다는 거겠지. 맞나?"

루드윈이 지극히 마음에 안 든다는 식으로 되물었다. 지금껏 두 사람이 언쟁을 벌인 이유가 바로 그거였으니까.

"틀린 말씀은 아닙니다."

대강 고개를 끄덕인 아렌트가 말을 이었다.

"좀 더 자세히 말씀드리자면, 각자의 목적에 좀 더 충실하자는 겁니다. 왕자님은 성을 탈환하시는 게 목표고, 우리는 이곳에 지클린을 묶어 둔 김에 제거하는 게 목표니까요."

회의실 안에 루드윈의 복장을 터지게 만든 느긋한 어조가 이어졌다.

"어차피 왕실의 병력만으로 성을 탈환하는 건 무리고, 지클린을 죽이는 쪽에 과한 인원을 배치하면 괜한 경계만 살 테니……. 포로들을 구하러 들어갔을 때처럼, 이쪽은 소수 인원으로 움직이는 편이 나을 겁니다."

"그렇다면, 암살을 하겠다는 건가?"

왕자의 질문에 아렌트가 대놓고 한심하다는 눈빛을 보냈다.

"발상이 그것밖에 안 되십니까?"

"진짜 짜증 나는군."

"아까 왕자님도 말씀하셨잖습니까. 그런 것에 당할 놈이 아닙니다. 무엇보다 그놈 옆에는 정령이 붙어 있으니, 어지간한 위협은 금세 알아차리겠죠."

시각과 청각 이외의 감각이 크게 퇴화한 상태인 구울 신관들은 비교적 쉽게 속일 수 있었다.

하지만 본체가 정령인 리타는 그들과는 달랐다.

게다가 지클린 본인이 감각이 발달한 엘프이기도 하고.

"그러면 뭐 어쩌겠다고?"

"그 애새끼, 지금쯤 이를 박박 갈고 있을걸요. 어디 사는 멍청한 선배가 끼어든 덕분에……."

아렌트가 제 가슴팍을 톡, 쳐 보였다.

"제가 아직 팔팔하게 살아 있으니까요. 그리고 마지막에 얼핏 봤을 때는, 상당히 정신이 뒤흔들린 것 같았습니다. 다른 것보다 저를 죽이는 데에만 온 신경을 집중하려 했으니까요."

마지막 순간 느껴진 비정상적인 악의에서, 익숙하디익숙한 신의 손길이 느껴졌다.

"그걸 이용할 생각입니다. 지금 제가 지클린을 죽여야 한다고 주장하는 만큼, 저쪽도 절 죽이지 못해서 안달이 났을 게 분명하니까요."

"……잠깐, 아렌트 경."

가만히 듣던 루드윈이 제 귀를 의심하며 인상을 찌푸렸다.

"스스로 미끼가 되겠다고?"

"아뇨. 그렇게 기특한 짓은 할 생각 없습니다. 뭐, 놈들 상대로는 제법 잘 먹히는 수법이긴 하지만……. 같은 레파토리만 보여 주면 그놈들도 질릴 테니까요."

아렌트가 어깨를 으쓱였다.

"저 혼자서 그 새끼 죽이러 갈 테니, 선배들한테 알아서 따라오라고 할 예정입니다."

"……뭐라고?"

"귀찮아 죽겠다고 하는데도 아득바득 따라오겠다는 사람들이니, 제 등 뒤야 알아서 지키겠죠. 어떤 개고생을 하든 내 알 바는 아니고."

새삼 아득해져, 루드윈은 그냥 천장만 바라보기 시작했다.

그의 반응을 물끄러미 보던 아렌트가 짧게 덧붙였다.

"일단 그런 설정으로 가 보죠."

상당히 뜬금없는 한 마디였다.

퍼뜩 정신을 차린 루드윈이 다시 그를 보았다.

"저마다 속사정이야 어떻든, 어차피 인생은 한바탕 연극에 불과하다잖아요."

왕자와 시선을 마주친 아렌트가 슬쩍 장난스러운 미소를 드리웠다.

"지금까지의 경험상, 병법도 그것과 크게 다르지 않은 것 같더라고요."

견습 기사의 황금색 눈동자에 미묘한 생기가 드리워 있었다. 덕분에 루드윈 왕자는 완전히 할 말을 잃어버리고 말았다.

* * *

긴장감이 흐르는 새벽.

아침 해가 서서히 떠오르는 것과 함께, 체르니온의 신

관들은 햇살과 함께 다가오는 루체 신 측의 연합군을 목격했다.

놀란 기색도 없이, 새로운 전투신관의 대장이 짧게 읊조렸다.

"적습이다."

선봉은 물론 라이오스 드 윈프리드였다.

거기에 3기사단 일부와 엘프 전사들, 그리고 에버란 왕국의 병력들 역시 함께였다.

영웅을 발견한 신관들이 얼굴을 딱딱하게 굳혔다.

전날의 전투에서 그가 보인 위용을 잊은 사람은 단 한 명도 없었다.

라이오스의 강인함은 두려움을 잊게 하는 체르니온의 가호마저도 압도했다.

빛과 함께 밀려드는 재앙과 같은 그의 존재는, 그간 이 세상을 지배해 온 루체의 강인함을 대변하고 있었다.

"……."

그러나 대장은 영웅이 아니라 다른 존재를 찾아 눈동자를 움직였다.

유달리도 도드라지는 은발에, 주변의 기사들과는 조금 다른 빛깔의 제복.

원래는 우선적으로 보호해야 할 견습이라는 사실을 아군에게 알리기 위한 옷차림이겠지만, 지금 와서는 의미가 다소 달라졌다.

'영웅이 숙적이라면······.'

아렌트 폰 에크하르트는 반드시 없애야만 할 걸림돌이었다.

존재해서는 안 될 이 세상의 이물질.

거룩해야만 하는 싸움을 엉망으로 만드는, 어쩌면 루체신을 따르는 위대한 영웅보다도 더욱 해악인 존재였다.

"지클린 님께 보고해라. 지클린 님이 예상하셨던 대로의 움직임이라고."

적들은 포로를 탈환했을 때와 같은 전법을 골랐다.

라이오스는 정면으로 성을 공략하기 위해, 그리고 아렌트는 지클린을 배제하기 위해 움직이는 거였다.

그러나 같은 수법에 두 번이나 당할 생각은 없었다.

"지클린 님의 명령을 잊지 마라. 죽음을 두려워하지 마. 숨이 끊어지는 한이 있더라도, 우리는 여전히 동료들과 함께 체르니온 님을 위해 싸울 수 있으니."

대장이 조용히 읊조리는 말에 신관들이 점차 침착함을 되찾아 갔다.

두려움이 드러나던 눈동자가 점차 혼탁해졌다. 수모를 겪은 신 앞에서 인간성을 지키는 것이란 사치에 불과했다.

검은 신성력이 일렁이며 그들의 이성을 마비시켰다.

신관들의 머릿속에는 이제 신의 적을 향한 살의만이 남아있을 뿐이었다.

"우리 모두가 죽는 한이 있더라도. 그 견습 기사 놈은 반드시 처리한다."

전투신관 대장의 목소리가 어렴풋이 밝아오는 태양 아래에 음산히 새겨졌다.

"소환을 준비해라. 더러운 빛의 종자들을 성대히 맞이해 주자."

* * *

방심한 틈에 급습한다거나 야습을 감행하는 등, 다른 방법도 얼마든지 있었다.

그리고 아렌트가 선호하는 것 역시 기사도 정신과 정의로는 신의 뜻과는 꽤 거리가 있는, 말하자면 꽤 치사하고 야비한 수법들이었다.

정정당당하지 못하다며 기겁하는 기사들에게 타박을 놓으며 결국에는 제 뜻대로 끌고 가는 것 역시 아렌트였고.

하지만 이번에 아렌트가 제안한 건 그야말로 정석적인 정면 승부였다.

'그래서 더 불안하단 말이지……'

아서는 앞서가는 아렌트를 심란한 눈으로 쳐다보았다.

루드윈 왕자의 속을 실컷 뒤집어 놓은 것치고, 아렌트는 생각 외로 정공법을 선택했다.

덕분에 이후에 이어진 작전 회의는 생각보다도 순조로웠다.

호되게 당한 루드윈은 여전히 긴가민가한 눈치였지만, 예상외로 상식적인 작전에 묵묵히 고개를 끄덕일 수밖에 없었다.

'게다가 단장님도 아무런 말씀도 안 하셨으니까.'

앞서가는 아렌트를 응시하는 아서의 표정이 묘해졌다.

그들의 뒤에는 적지 않은 병력이 함께하고 있었다. 아렌트가 성가시다는 티를 팍팍 냈지만, 단독 행동은 절대 허락할 수 없다며 라이오스가 억지로 붙여 준 거였다.

그것 외에는 라이오스 역시 별다른 이견을 내지 않았다.

'결국 지클린을 어떻게 죽일지에 대해선 아무 말도 못 들은 거나 마찬가지인데······.'

회의는 그럭저럭 끝났지만, 루드윈이 제시한 문제점을 어떻게 해결할 건지는 결국 미지수인 채였다.

'본인이 직접 죽이겠다고 말한 것 이외에는, 딱히 뭘 어떻게 할지 안 알려 줬지.'

아렌트는 고작 심사가 뒤틀렸다는 이유만으로 앞뒤 가리지 않고 뛰어드는 사람이 아니었다.

꼭지가 돌수록 어떻게든 엿을 먹여 주겠다는 일념하에 징그러울 정도로 치밀해지는 게 바로 저 녀석이었으니까.

다른 사람들은 그렇다 쳐도, 라이오스가 그 점을 놓칠 리 없으니…….

라이오스 역시 일부러 묵인했다고 여기는 쪽이 옳을 것이다.

거기까지 생각이 다다랐을 때, 옆에서 문득 리히트의 목소리가 들려왔다.

"무슨 생각을 그리 하지?"

"……다른 건 모르겠지만, 딱 하나는 알겠습니다."

정면을 보며, 아서가 퉁하니 대답했다.

"아렌트 말대로, 선배님이 둔하신 건 확실합니다. 이런 상황에서 저한테 그리 물으시는 것을 보아하니."

"갑자기 왜 시비를 거는지 모르겠다만."

리히트가 미간을 찌푸리자 아서가 그를 보지도 않고 대꾸했다.

"그래서 둔하시다는 겁니다."

"너 아렌트랑 그만 놀아라. 어째 하루가 멀다 하고 닮아 가는 것 같군."

"말씀이 너무 심하신 거 아닙니까? 아무리 그래도 저 싸가지 없는 놈이랑 닮았다는 건 선 넘으시는 겁니다."

"선배에 대한 예우는 어디다가 팔아먹고 선 운운하는지 모르겠군."

아렌트는 몇 걸음 뒤에서 말싸움을 벌이는 두 사람을 힐끗 보았다.

"기사씩이나 되면서 좀스럽게 말싸움입니까? 한판 할 거면 칼이나 뽑으시던가."

"적어도 너한테는 듣고 싶지 않군."

"네가 할 소리냐, 이 자식아!"

단박에 두 사람에게서 짜증 가득한 대꾸가 돌아왔다. 하지만 언제나 그렇듯, 아렌트는 듣는 척도 하지 않았다.

격한 싸움을 앞두고서 긴장감이라고는 하나도 없는 모습들이었다.

뒤따르던 에버란 왕국 소속 병사들이 황당하다는 시선을 보내자, 엘프 전사가 침착하게 대답해 주었다.

"원래 저런 사람들이니 신경 쓰지 마십시오."

"……예에."

병사들이 떨떠름하게 고개를 끄덕였다. 때마침 그때 앞을 살피던 엘프 전사가 목소리 높여 외쳤다.

"전방에 적입니다!"

마치 그들이 우회해 올 것을 예상했다는 듯, 미리 배치되어 있던 적들이 뒷문으로 우르르 쏟아져 나오기 시작했다.

아렌트가 뒤의 병사들을 향해 입을 열었다.

"싸우는 요령은 이미 전해 들었을 테지. 최대한 놈들이랑 직접 접촉하는 건 피하고, 숨통을 끊어 놓을 때만 접근해서 화약을 꽂아 버려."

일전 미들턴 공작의 영지에서 탐험가들이 구울들을 상

대할 때 썼던 방식이었다.

"화약이 동나면 후퇴하도록. 여기에서 죽으면 장례는 커녕 구울이 되거나 그들의 먹이가 될 뿐이니까."

"하, 하지만……. 저희까지 후퇴하면 병력이……."

"말귀를 못 알아듣는군. 아니면 이해력이 딸리는 건가?"

조심스레 반박하려던 병사가 신경질적인 목소리에 입을 다물었다.

"내가 뭐 대단하게 자비로운 사람이라 후퇴하라고 명령하는 줄 알아? 적의 머릿수를 늘리지 말라는 거지."

여기에서 전사하면 장례는커녕, 적들의 손에 넘어가 구울로 재탄생하는 꼴을 면치 못하게 될 터였다.

거기까지 생각이 미친 병사들이 사색이 되었다.

"나는 저 잡것들을 뚫고 먼저 움직일 테니, 따라올 수 있는 사람만 따라붙도록."

아렌트는 검을 뽑으며 달리는 속도에 박차를 가했다.

"어설프게 합류했다가 발목 잡으면 그 사람부터 내 손에 뒈질 테니 그리 알고."

그리 덧붙이는 목소리가 섬뜩한 냉기를 품고 있었다. 병사들이 멈칫하는 순간, 아렌트가 예고 없이 정면으로 돌진했다.

"아오, 진짜! 혼자 가지 말라고, 이 새끼야!"

"뒤는 부탁하지."

아서와 리히트가 속도를 올리며 그의 뒤를 따랐고, 엘프 전사들 역시 익숙하게 지면을 박차고 따라나섰다.

"아니, 잠, 잠깐만……!"

덩달아 병사들 역시 그들과 함께 급히 적과의 거리를 좁힐 수밖에 없었다.

모두가 전투 준비를 마치고 전장에 접근했을 때, 선두의 세 기사들은 이미 적진 깊숙이 파고드는 중이었다.

은빛 서리가 아름답게 흩날리는 가운데에서 무표정한 얼굴로 적들을 난도질하는 모습에 모골이 송연해질 지경이었다.

그렇기에 더욱 빠른 판단을 내릴 수 있었다.

"……무리하게 접근하지 마라! 가능한 정도만 상대해!"

견습 기사의 말은 틀림없었다. 어설프게 저들의 뒤를 따랐다간 개죽음만 당할 거라는 직감이 들었다.

"얼간이는 없어서 다행이네요."

뒤에서 외치는 소리를 들은 아렌트가 심드렁하게 말했다. 그러자 아서가 헛웃음을 터뜨렸다.

"네가 그렇게까지 살벌하게 경고했는데, 안 듣겠냐고."

"그래도 피해를 막겠다는 생각만큼은 기특하군."

짧게 대꾸한 리히트가 얼어붙은 적을 단칼에 산산조각 냈다. 아렌트는 대답하는 대신 앞을 막는 적들을 부지런히 처단해 갔다.

서걱!

구울의 목을 한번에 베어버린 아서는 재차 덤벼오는 몸뚱이를 양단했다.

적이 털썩 쓰러지고 잠시 여유가 생긴 틈에 아서가 물었다.

"그나저나 진짜 맡기고 가도 되냐? 호문쿨루스라도 나타나면 저 사람들만으로는 못 버틸 텐데."

"아마 괜찮을걸요? 저런 허접한 놈들을 쓸어버리겠다고 호문쿨루스를 부리지는 않을 테고……."

퍼억!

심드렁하게 대꾸하는 아렌트 옆으로, 육안으로는 제대로 보이지도 않는 곳에서 날아온 화살이 적을 꿰뚫었다.

셰키나가 지휘하는 엘프 궁수가 발사한 거였다.

"여차하면 세키나 님이 어떻게든 해 주실 테니까요. 저들이 도망칠 때까지 시간은 충분히 벌어 주실 겁니다."

말이 끝나자마자 신관의 머리에 관통한 화살이 폭발했다.

콰아앙!

살점을 사방으로 흩날리며 머리가 터져나간 뒤에도 신관은 검을 휘적였다.

하지만 그것도 잠시, 발악하던 신관은 리히트의 검에 토막 나 허무하게 쓰러졌다.

검에 엉겨 붙은 살점을 털어 내며 아렌트가 어깨를 으쓱했다.

"정 걱정되시면 그냥 여기 계셔도 되는데요."
"거절한다, 이 자식아. 난 단장님한테 죽기 싫어."

아서의 짜증스러운 대답에 뒤이어 리히트 역시 언짢게 내뱉었다.

"이하동문이다."
"그럼 뭐 알아서 하시고."

주변에는 엘프 전사들 몇몇 역시 함께였다. 하지만 아렌트는 그들은 전혀 보이지 않는다는 듯, 더욱 과감하게 앞으로 치고 나갔다.

"쯧. 진짜 뭘 잘못 처먹기라도 했냐고."

아렌트에게 닿지 않게 투덜거리며, 아서는 그 뒤를 부지런하게 따라잡을 수밖에 없었다.

역시 평소와는 기색이 다소 달랐다.

언제나 군더더기 없던 검 끝이 다소 거친 데다가, 늘 적을 사물 대하듯 하는 평소와는 달리 은근한 살기마저도 느껴졌다.

겉보기만으로 알아채기는 힘든 변화였지만, 언제나 가까이에서 그를 지켜본 아서는 확실하게 체감할 수 있었다.

'뭘 어떻게 움직여야 하는지 언질이라도 주던가.'

저게 아렌트가 일부로 의도한 건지, 아니면 진심으로 화가 난 건지 알아볼 수 없다는 게 제일 환장할 노릇이었다.

"키에에에엑!"

곤충 형태의 거대한 구울이 달려들자, 속으로 혀를 한 번 찬 아서가 검을 크게 휘둘렀다.

서걱!

"케엑! 케에에에에엑!"

몸통 중간이 깔끔하게 잘려 나간 구울이 끔찍한 비명을 터뜨리며 다리를 휘적였다.

절단된 부분이 서로를 향해 꿈틀꿈틀 움직였다. 상처를 재생하려는 거였다. 하지만 몇 초가 지나기도 전, 은빛 서리가 몰아쳐 거대한 구울을 휘감았다.

쨍그랑!

한기를 이기지 못한 몸뚱이가 서리가 되어 부서졌다.

아렌트는 제가 처리한 적이 어찌 되었는지도 확인하지 않은 채 앞으로 나아가는 데에만 집중했다.

"진짜 신경 쓰이게 하는 새끼!"

욕을 짓씹으면서도, 아서는 그냥 생각을 포기하기로 했다.

완벽주의의 극치를 달리는 저놈이 어설프게 작전을 세울 리도 없거니와…….

단장도 그냥 넘어간 부분을 자신이 따지고 들어갈 자격 따위는 없으니까.

'단장님은 뭔가 아시겠지.'

아무런 대책 없이 그들을 전장으로 밀어 넣을 라이오스

가 아니었다.

그렇다면 지금 자신들이 수행해야 할 '역할'은, 아렌트가 말한 대로 죽어라 그 뒤를 따라잡는 것뿐이었다.

* * *

연기라는 것은 배우가 세상 밖으로 내보이는 거였다.

완벽한 메소드 연기를 펼친다더라도 몸짓을 내보이며 대사를 읊는 건 배우 자신이었다.

외부에서 모티프를 찾아 연기로 재연한다지만 그 속에는 결국 배우의 개인적 해석과 경험이 녹아들 수밖에 없었다.

아렌트 역시 그런 과정을 거쳐 지금의 '아렌트'라는 존재를 만들어 냈다.

전부 다 꾸며내는 것보다 자신이 보고 느낀 것, 그리고 현재의 감정을 꺼내 적재적소에 활용하면 평소보다 몰입하기에 훨씬 편했다.

'이런 무대는 연기하기 꽤 편하지.'

적을 베어 내며, 아렌트는 생각했다.

연기하느라 꽉꽉 억눌러 뒀던 적대감과 분노, 살의가 딱 그의 의도만큼만 검 끝에서 풀려나오고 있었다.

물론 케케묵은 원한의 대상은 위대한 신 새끼들이었지만, 화풀이 대상을 고르는 것 역시 어려운 일은 아니었다.

"절대로 지클린 님께 다가가도록 두지 마라!"

"체르니온 님의 이름으로, 반드시 저 건방진 놈을 죽여 버려!"

그의 의도는 어렵잖게 먹혀들어 가고 있었다.

신관들이 악을 써대는 소리와 필사적인 얼굴로 따라붙는 아서와 리히트가 증거였다.

"누덕누덕 기워 놓은 시체 꼴을 한 주제에, 잘난 사람은 알아보는군."

피식 웃음을 터뜨린 아렌트는 서리 어린 손길의 힘을 강하게 끌어올렸다.

위기를 직감한 신관들이 급히 방어하려 했지만, 은빛 서리는 모두에게 공평히 손길을 뻗쳤다.

반항할 새도 없이 얼어붙은 신관들은 뒤이어진 아서와 리히트의 공격에 얼음 조각이 되어 후드득 바닥에 쏟아졌다.

세 사람은 뒤도 돌아보지 않고 눈앞의 적들을 베어 내며 앞으로 나아가는 데에만 집중했다.

엘프 전사들은 필사적으로 그들을 따라잡으려 애썼다.

뒤처진 이들은 후방에서 적들을 상대하며, 전장에는 아렌트를 선두로 한 긴 행렬이 이어졌다.

결과적으로는 포위당하지 않고 적진 깊숙한 곳까지 파고드는 데 성공한 셈이었다.

그러나 불안정한 대열이라는 변치 않는 사실이었다.

게다가 선두를 맡은 기사들이 이대로 성안까지 돌입해 버린다면, 많은 낙오자가 생길 게 틀림없었다.

"무리해서 합류하지 않아도 된다! 감당하기 힘든 자는 후방을 맡아라!"

엘프 전사의 명령에 뒤따르던 이들의 걸음이 다소 늦춰졌다.

쾅, 콰아앙!

사방에서 화약이 터질 때마다 구울들이 핏물을 뿌리며 비명을 질렀다.

후방에서는 아군이 쏜 화살이 비처럼 쏟아졌다.

엘프 궁수들의 절묘한 조준으로 적의 급소에 명중한 화살들은, 뒤이어진 셰키나의 마법에 기습적으로 폭발하며 피해를 더욱 키웠다.

"화살을 뽑아라! 맞고서 멍청히 있지 말란 말이다!"

답답함에 신관들이 외쳤지만, 셰키나는 차마 그럴 틈도 주지 않았다.

더군다나 적을 향한 분노 이외에는 대부분 이성을 잃어버린 구울들에게 그럴 만한 지능은 없었다.

"기름병을 던져라!"

"예!"

전장 사이에 충분히 파고들었다 판단한 병사들은, 각자 지니고 있던 작은 기름병을 폭발 지점에 던지기 시작했다.

화르륵!

화약과 폭발 마법의 여파로 남아 있던 불똥이 순식간에 큰불로 번졌다.

붉은 화염이 맹렬하게 타오르며 막 재생해 몸을 일으키려던 구울들을 덮쳤다.

"키에에엑!"

"케에엑, 케에에에엑!"

구울들이 몸을 비틀며 비명을 질렀다.

구울들이 발버둥 칠수록 불이 더욱 옮겨붙는 것은 당연한 일이었다.

심한 화상을 입으면 그 상처는 회복할 수 없다. 그걸 아는 신관들은 최대한 불길을 피하러 했지만, 물러선 그들을 맞이하는 건 빼앗긴 성물이 내뿜는 극한의 냉기였다.

쩌어억.

달려드는 자세 그대로 얼어붙은 적을 내버려둔 채, 아렌트는 성문을 향해 내달렸다.

"문을 닫아라! 놈들이 접근하게 두지 마!"

신관 중 한 명이 고함을 치자, 대기하던 인원들이 급히 성문을 밀었다.

끼이이익.

피에 물든 문이 불쾌한 소리를 내며 서서히 닫히기 시작했다.

아렌트는 더욱 박차를 가해 빠르게 돌진했다.

"못생긴 주제에 성가시게 굴긴."

거의 다 닫힌 문까지 다다른 아렌트가 크게 도약했다.

그가 강하게 박찬 자리에 흰 서리가 내려앉았다. 허공에 몸을 띄운 아렌트를 향해 무수한 공격이 쏟아졌지만, 곧바로 뒤따른 리히트와 아서가 나서 그를 엄호했다.

콰직!

허공에서 몸을 빙글 돌린 아렌트는 가까이에 있는 신관이 머리를 발판삼아 한 번 더 도약했다.

채 대응할 새도 없이 얼어붙어 버린 신관은, 얼음 감옥에서 탈출을 시도하기도 전 번뜩인 리히트의 검에 허무하게 절명했다.

리히트가 외쳤다.

"뒤를 열어라, 아서!"

"예!"

아렌트가 안으로 진입하는 사이, 아서는 몸을 돌려 뒤에서 꾸역꾸역 밀려드는 적들을 상대했다.

왕국의 병사들은 어느새 뒤로 물러나 구울들을 견제하고 있었다. 후방에서는 연이어 화약들이 폭발했고, 바로 뒤에서는 엘프 전사들이 난투를 벌이고 있었다.

'아렌트 녀석은 따라오지 말라고는 하지만.'

전력이 한 명이라도 더 필요했다.

아서가 가세하자 엘프들은 한결 수월하게 기사들을 따

라잡을 수 있었다. 그러는 사이, 리히트와 아렌트는 성문을 막으려는 이들을 처리하고 있었다.

급하게 소환된 거인 구울이 두 사람의 앞을 막아섰다.

거대한 체격에 걸맞게 커다란 철퇴가 아렌트를 향해 똑바로 떨어졌다.

카아아앙!

그러나 철퇴는 리히트에게 가로막히고 말았다. 찰나의 순간 아렌트가 몸을 빼고, 그 자리를 리히트가 대신 차지한 거였다.

"……!"

검기를 끌어올린 리히트가 강한 힘으로 철퇴를 쳐냈다.

쾨이앙!

리히트가 일으킨 강한 검풍과 함께, 중심을 잃은 구울이 비틀대며 뒤로 한 걸음 물러섰다. 리히트는 그 틈을 놓치지 않고 도약해 거인의 목을 절단했다.

쿠웅!

육중한 소리를 내며 머리가 바닥에 떨어졌다. 리히트는 다시 한번 검을 내려쳐 무기를 든 한쪽 어깨 역시 잘라내 버렸다.

"커어어어억!"

절단면에서 검게 죽은 피가 분수처럼 뿜어졌다.

피를 고스란히 뒤집어쓴 채 안정적으로 착지한 리히트는 곧장 아렌트의 뒤를 따라 자리를 떴다.

머리와 한쪽 팔을 잃은 구울이 분노해 남은 팔과 다리를 허공에 휘적였다. 바닥을 뒹구는 머리는 입을 쩍 벌린 채 괴성을 지르고 있었다.

"케에에에엑! 쿠에에에엑!"

그것도 잠시.

퍽.

아서에게 짓밟힌 머리는 짓이겨져 살덩어리로 변했다.

그대로 도약한 그는 다른 적을 노리고 사방을 휘젓는 거인 구울의 나머지 팔을 베어 냈다.

서걱!

깔끔하게 잘려나간 팔이 바닥에 떨어지는 것과 동시에 착지한 아서는, 아까 머리를 부쉈던 것처럼 팔을 완전히 짓이겨 버렸다.

"같이 가자고요, 좀!"

아서가 미련 없이 자리를 뜨자, 뒤에 있던 엘프들이 달려들어 발버둥 치는 거인 구울을 완전히 조각냈다.

그러는 사이 아렌트와 리히트는 성문을 닫던 신관들을 처리하고 벌써 내부로 돌입하고 있었다.

"문을 닫아! 문을 닫아라!"

악을 쓰던 신관이 그 외침을 마지막으로 새하얀 얼음 동상이 되었다.

뒤이어 합류한 아서와 리히트가 얼어붙은 적들을 박살 내며 성안에 진입했다.

그들의 뒤를 바짝 쫓아온 엘프 전사들이 뛰어들며 성문을 잠글 수 없도록 잠금장치를 아예 파괴해 버렸다.

성안에는 당연히 더욱 많고 강한 적들이 도사리고 있었다.

"저희는 이곳에서 견제하겠습니다! 건승을 바랍니다!"

병사들이 몸을 돌리며 외치는 것을 뒤로하고, 기사들과 엘프들은 눈앞의 적들을 향해 돌진했다.

마치 여럿이서 한 몸이라도 된 것처럼 매끄러운 움직임이었다.

"저놈들은 도대체……."

멈출 줄 모르는 기세에 두려움을 모르는 신관들조차 질린 얼굴을 할 수밖에 없었다.

아렌트는 달리는 속도를 늦추지 않으며, 끊임없이 검을 휘둘렀다.

마치 춤이라도 추는 것처럼 가벼운 발걸음을 따라, 피에 물든 전장에 흰 서리가 내려앉았다. 하지만 금세 새로운 피가 점철되며 그 흔적을 지워 버렸다.

장갑 낀 손과 얼굴에도 덕지덕지 피와 살점이 튀었지만, 견습 기사는 아랑곳하지 않았다.

이 전장은 연극을 위한 연극이었다.

영웅 서사 희극이라는 무대를 완성시키기 위해 급히 만들어진 엉성한 무대.

급조한 시나리오가 끝날 무렵엔, 아렌트의 검 끝은 지

클린의 목을 겨누게 될 것이다.

*　*　*

"그렇게 걱정하실 거면 사람을 더 붙여 주시지 그러셨습니까. 아니면 아예 보내시질 말든지."

라이더가 뚱하니 말을 건네고 나서야, 라이오스는 성문 저편에서 시선을 뗄 수 있었다.

"필요한 일이라서 어쩔 수 없었다."

변명처럼 대꾸하는 그의 발치에는, 막 숨이 끊어진 호문쿨루스의 파편이 흩어져 있었다.

거인과 같은 형상을 띠던 그것은 이제 원래의 형체를 알아볼 수도 없을 정도로 산산조각 난 채였다.

그런 상태로도 꿈틀대고 있으니, 지켜보는 사람은 충분히 비위가 상할 만한 광경이었다.

하지만 기사들은 그것들에겐 시선도 주지 않고, 저마다의 적을 찾아 다시 전투에 임할 뿐이었다.

"……"

콰드득!

성검으로 모조 정령석을 파괴해 버린 라이오스는 빠르지도, 그렇다고 느리지도 않은 걸음으로 성문을 향해 다가갔다.

이미 주변 적들은 전멸 상태였다.

성검이 그리는 궤적마다 구울이든 신관이든 모두 속수무책으로 쓸려나갔다.

영웅의 앞을 막을 수 있는 존재는 아무것도 없었다.

"성문 앞을 막아라! 기적의 병사가 당했다!"

"절대로 성문을 넘게 두지 마라!"

신관들은 포기하지 않고 라이오스에게 달려들었지만, 채 몇 걸음 다가오기도 전 다른 기사들에게 가로막히고 말았다.

서걱!

단칼에 신관 둘을 베어 낸 글렌이 바닥을 뒹구는 머리를 짓밟고 재생하지 못하도록 상체를 완전히 찢어버렸다.

"괴물 새끼들 주제에, 어디서 감히 딘장님 앞길을 믹으려고."

언짢게 혀를 찬 글렌이 피가 덕지덕지 붙은 검을 털어냈다.

그러는 사이 이미 라이오스는 텅 빈 성문 앞까지 다다라 있었다.

성벽 위에서 지켜보던 신관들의 눈빛이 겁에 질렸다.

"……"

고작 생채기 정도만 입었을 뿐, 라이오스와 기사들에게 제대로 된 상처를 입히는 것조차도 실패했다.

"괴물 새끼들……"

전투신관 대장이 신음처럼 읊조렸다.

직접 눈으로 보고도 믿기지가 않았다.

동이 틀 무렵 전투가 시작되어, 이제 해가 완전히 떴을 뿐이었다.

그 짧은 시간 동안 성문 밖을 지키러 나간 아군과 기적의 병사 한 체가 괴멸당하고 말았다.

아직 몇몇 신관들이 남긴 했지만, 그들마저도 황실 기사단의 손에 싱겁게 절명했다.

주먹을 꽉 쥔 대장이 명령했다.

"……적을 맞이할 준비를 해라."

지금 이 순간에도 영웅은 그들을 향해 접근해 오고 있었다.

굳게 잠긴 성문 정도야, 라이오스에게는 장애물도 뭣도 되지 않았다.

라이오스는 아무런 감흥 없는 얼굴로 가볍게 성검을 휘둘렀다.

콰아아앙!

단 한 번의 공격으로 두꺼운 성문은 순식간에 박살 나 영웅에게 길을 열어 주었다.

부서진 문 너머에는 적들이 포진해 있었지만, 라이오스는 마치 그들이 전혀 보이지 않는 것처럼 정확한 걸음으로 성안에 진입했다.

"……."

저벅. 저벅.

조용해진 사위에 라이오스의 발자국 소리만이 울려 퍼졌다.

그에게 압도당한 신관들은 공격하는 것조차도 잊어버리고 한동안 얼어붙어 있었다.

체르니온의 축복을 받았으니 그들은 더 이상 두려움이나 생존 본능 따위에 발목 잡히지 않아야 했다.

그런데도 어째선지 선뜻 움직일 수가 없었다. 심지어는 물러서는 것도, 어떠한 명령을 내리는 것도 불가능했다.

신관들의 혼탁한 시선들은 마치 사로잡힌 것처럼 영웅에게서 떨어질 줄을 몰랐다.

라이오스가 우뚝 걸음을 멈추자, 전장과는 그다지 어울리지 않는 침묵이 내려앉았다.

"먼저 움직일 생각이 없는 듯하군."

차분한 목소리가 흘러나왔다.

넋을 놓고 있던 전투신관의 대장은 다음 순간, 옆을 지키던 자의 머리가 터져나가고 난 뒤에야 정신을 차릴 수 있었다.

"……."

철퍽.

동료였던 것의 살점이 튀어 대장의 얼굴에 달라붙었다.

모골이 송연해졌다.

미처 공격을 눈으로 확인할 틈도 없었다.

단 한 번, 영웅이 인사처럼 휘두른 검에 차마 셀 수도

연극을 위한 연극 〈245〉

없는 신관들이 고깃덩어리가 되어 바닥에 널브러져 있었다.

자신이 만들어 낸 참상을 앞에 둔 영웅이 무감한 목소리로 선언했다.

"그렇다면 내가 먼저 가지. 대비하도록."

그곳의 신관들에게는 사형 선고와도 마찬가지인 한 마디였다.

* * *

가만히 상황을 관전하던 지클린이 헛웃음을 터뜨렸다.

"어처구니가 없네."

전장의 상황은 모두 구울들의 시선을 통해 그녀에게 실시간으로 전달되고 있었다.

벌써 두 체의 '기적의 병사'가 토벌되고, 셀 수 없을 정도의 수많은 전투 신관들이 죽어 나갔다.

짜증을 이기지 못한 지클린은 소파에 발라당 드러누워 제 머리를 마구 쥐어뜯기 시작했다.

"젠장, 젠장! 망할 새끼들!"

영웅의 강인함이야 이미 잘 알고 있었지만, 그럼에도 이 꼴을 보고 있자니 당황스럽다 못해 황당할 지경이었다.

과거 체르니온 신을 패망으로 몰아간 영웅 칸이 얼마나

강했는지는 종종 니케포르가 지나가듯 언급해 알고 있었다.

그럴 때마다 단지 옛이야기일 뿐이라며 비웃어 버린 자신이 새삼 멍청하게 느껴졌다.

"기적의 병사 정도면 충분하다며! 저런 걸 인간이라고 불러도 돼? 괴물 새끼가 따로 없잖아!"

애초에 지클린은 라이오스를 견제할 생각 따윈 추호도 없었다.

그냥 적당히 막아 세우면서 그동안 아렌트를 죽여 버릴 생각이었으나…….

상상을 초월하는 기세로 밀고 들어오니, 차마 무시할 수기 없었디.

시간을 끌기는커녕, 이러다가는 아렌트를 처리하기도 전에 영지를 완전히 빼앗길 판이었다.

설상가상으로 아렌트가 선봉에 나선 별동대 역시 무시무시한 속도로 성을 향해 접근하고 있었다.

그의 목적이 뭔지는 굳이 생각해 보지 않아도 짐작할 수 있었다.

"빌어 처먹을 애새끼, 진짜……."

이를 뿌득 갈아붙인 지클린은 이내 커다란 한숨을 터뜨리며 얼굴을 쓸어내렸다.

어둠의 신성력이 그녀의 초록빛 눈동자에 일렁였다.

머리끝까지 치밀었던 당혹감과 분노가 서서히 가라앉

기 시작했고, 이내 지클린은 침착을 되찾을 수 있었다.
"아직 병력은 충분해."
가만히 당하고만 있을 생각은 추호도 없었다.
당장 소환해 운용할 수 있는 구울들도 수없이 많았다.
기적의 병사를 다수 잃은 것은 다소 큰 타격이었지만, 영웅을 직접 상대하기 위해서였으니 감안할 수 있었다.
그리고 또 하나, 이용할 수 있는 것은······.
"······게다가 제 발로 이쪽으로 죽으러 오겠다는 걸 사양할 필요는 없지."
지클린의 눈빛이 차갑게 식었다.
인간의 체력에는 한계가 있었다. 성검을 지닌 라이오스라면 몰라도, 아렌트는 얼마 지나지 않아 한계에 부딪힐 것이다.
'지난번 로저와 겨뤘을 때도 제법 힘겨워 보였다고 하니까.'
신을 따르지도 않는 주제에 성물을 자유자재로 다루는데 부작용이 없다는 건 말도 안 되는 일이었다.
그쪽에 붙은 드래곤이 도와줬다고 하더라도, 인간인 이상 분명 한계는 올 것이다.
"망할 애새끼 쪽엔 신관들을 뒤로 물리고 구울들을 더 내보내. 천방지축으로 날뛰고 싶은 눈치니, 원하는 대로 해 줘야지."
한결 차분해진 목소리로 지클린이 지령을 내렸다.

"기적의 병사는……."

그녀가 말끝을 흐리며 인상을 찌푸렸다.

이미 소멸한 것만 해도 몇 체였다. 기적의 병사는 제작에 오래 걸리니, 더 이상 소모해 버리면 이후 작전에 지장이 생길지도 몰랐다.

"지금 당장 움직일 수 있는 게 네 체지."

그러나 지클린은 망설이지 않기로 했다. 지금이 아니면 아렌트 폰 에크하르트를 죽일 수 있는 기회는 영영 오지 않을 것이다.

'한 번에 쓸어버려야 하나…….'

아니면 최대한 발목을 잡고 늘어지는 게 옳을까.

고민할 수밖에 없었다.

어느 쪽도 다 버거운 상대라는 것은 부정할 수 없는 사실이었다.

심지어 양쪽에서 무시무시한 기세로 밀고 들어오니, 자칫 방심했다가는 이도 저도 이루지 못한 채 속수무책으로 병력만 소모하는 꼴이 될 게 틀림없었다.

손톱을 잘근잘근 깨물던 지클린이 곧 마음을 굳혔다.

"영웅 쪽으로 우선 셋. 순차적으로 내보내서, 어떻게든 최대한 힘을 빼놓으면서 발목을 잡아."

죽여 버리면 그것보다 좋은 일은 없겠지만, 사실상 그건 불가능한 일이었다.

설마 그럴 일은 없겠지만, 최악의 상황에서는 한꺼번에

내보냈다가는 단번에 몰살당할 가능성 역시 고려해야만 했다.

"남은 하나는 아렌트 폰 에크하르트를 막아."

잠시 뜸을 들이던 지클린이 씨익 미소를 지었다.

"……걔가 좋겠다. 체르니온 님의 가호를 받은 그 아이."

아렌트 폰 에크하르트를 저지하기에는 그만한 존재도 없었다.

그와 거의 동시에, 호문쿨루스 두 마리가 세상에 풀려났다.

* * *

아렌트는 손에 닿는 적은 닥치는 대로 베어 내며 전진하는 데에 열중했다.

얼마나 지났을까.

날이 완전히 밝았다는 걸 인지한 것과 동시에, 그는 뭔가가 자신을 향해 날아드는 기척을 감지했다.

카아아앙!

반사적으로 방향을 비튼 검에 호문쿨루스의 검은 줄기가 새하얗게 얼어붙으며 잘려 나갔다.

"하."

아렌트의 입꼬리가 휘어졌다.

언제 접근한 건지, 벌떼처럼 몰려든 구울들 사이에 익숙한 형체의 호문쿨루스가 눈에 들어왔다.

아서와 리히트 역시 같은 것을 발견하고는 얼굴을 딱딱하게 굳혔다.

잘려 나간 줄기를 갈무리한 채 꿈틀대는 놈은, 그들이 기억하는 것보다도 한결 더 기이하게 변해 있었다.

단 두 개뿐이던 탁한 눈동자는, 어느새 꿈틀대는 몸체 전체를 뒤덮을 정도로 증식해 있었다.

"진짜 소름 끼치네."

앞을 막는 구울을 제압한 아서가 꺼림칙하게 중얼거렸다.

함께 싸우던 엘프 전사들 역시 기괴한 모습에 얼굴을 구길 정도였다.

아렌트의 개인적 경험을 빗대 보아도, 망가진 체르니온과 닮은꼴은 확실히 보기에 썩 좋은 모습은 아니었다.

하지만 그런 것 따위, 지금은 별로 중요하지 않았다.

"쫑알댈 시간 있으면 움직여요."

짧게 툭 내뱉은 아렌트는, 꾸역꾸역 몰려드는 구울들을 내치고 곧장 호문쿨루스를 향해 돌진했다.

얼마나 추한 모습이든, 무대 위에 올라온 이상 단순한 소품에 불과했으니까.

"야, 야 이 자식아!"

기함을 터뜨린 아서가 급히 그를 따라가려 했지만, 채

몇 걸음을 떼기도 전 아렌트를 향해 달려드는 구울을 막아서야만 했다.

서걱!

아렌트를 붙잡으려던 구울의 앞다리를 베어 낸 아서가 버럭 외쳤다.

"너 진짜 오늘 왜 그래! 몸 좀 사려, 이 새끼야!"

그러나 아렌트는 늘 그렇듯 듣는 척도 하지 않았다.

눈 깜짝할 새 아렌트는 호문쿨루스에게 근접해 있었다. 위태롭기 짝이 없는 모습에, 결국 아서와 리히트는 앞을 막는 적들을 빠르게 쳐내고 급히 합류할 수밖에 없었다.

기사들이 비운 자리는 함께하던 엘프 전사들이 채웠다.

사방을 향하던 무수한 눈들이 한순간에 아렌트에게 집중되더니, 호문쿨루스의 몸 표면이 꿈틀대기 시작했다.

아렌트의 검이 새하얗게 얼어붙는 것과 동시에, 그를 향해 날카로운 검은 줄기가 무수히 쏟아지기 시작했다.

그 순간, 아렌트는 공격을 감행하는 대신 기습적으로 몸을 확 숙였다.

"……!"

아슬아슬하게 머리 위를 발사된 검은 줄기가 허공으로 뻗어 나갔다.

이대로라면 뒤에 있는 엘프 전사들에게 불똥이 튈지도 모르는 상황이었다.

호문쿨루스를 향해 돌진하던 아서와 리히트는 급하게 방향을 바꿔 공격을 받아 낼 수밖에 없었다.

끼기기긱!

검과 호문쿨루스의 공격이 마찰하며 쇳소리가 귓전을 때렸다.

"크윽……!"

감당하기 힘든 압박에 리히트가 신음을 터뜨렸다. 그러면서도 그는 어떻게든 엘프들을 향해 고함을 쳤다.

"다들 피하십시오!"

"……!"

빠르게 상황을 파악한 엘프들이 저마다 상대하던 구울들을 밀쳐 내고 뒤로 도약했다.

엘프들이 안전하다는 걸 확인한 두 사람은, 그제야 공격을 흘려내 버리고 급히 거리를 벌렸다.

콰지직!

미처 몸을 빼지 못한 구울들을 꿰뚫은 뒤 다시 본체로 회수되기 시작했다.

호문쿨루스는 다시금 아렌트를 노리려 했지만, 견습 기사는 이미 행동을 개시한 뒤였다.

은빛 서리가 무수한 눈동자 위에 흩어졌다. 정면을 크게 베어 낸 아렌트는 그대로 호문쿨루스의 본체에서 뻗어 나온 줄기를 발판 삼아 뛰어올랐다.

콰드드득!

연극을 위한 연극 〈253〉

양손으로 쥔 검이 깊숙이 호문쿨루스의 정수리 부분을 관통했다.

아렌트의 입가에 미소가 맺혔다.

괴물의 검은 표면이 가장 위에서부터 흰 얼음에 뒤덮이기 시작했다.

"무슨 심보로 널 내보냈는지는 알겠다만."

아렌트가 슬쩍 입꼬리를 휘었다.

이미 지난 싸움에서부터 행동 패턴을 대략적으로 파악해낸 그였다.

한 번 뻗어 나간 줄기는 방향을 바꾸지 못한다.

게다가 어디서 날아올지 모를 장거리 공격을 퍼부으며, 표적을 정확히 포착하기 위해 눈에 모든 감각을 의존하는 탓에 반응 속도가 다소 느렸다.

그래서 한 번 공격을 퍼부은 뒤에는 필연적으로 잠깐의 틈이 생겼으며…….

본체 역할을 하는 몸뚱이는 약점이 될 수밖에 없었다.

"허접하기 짝이 없는 걸, 무슨 자신감으로 자꾸 들이미는지 모르겠군."

짧게 비웃음을 터뜨린 아렌트가 검을 회수하고 아래로 뛰어내린 순간.

파아아악!

방금까지 그가 버티고 있던 자리에 날카로운 가시가 치솟았다.

아슬아슬하기 짝이 없는 꼴이었지만, 아렌트는 여유롭게 착지해 다시금 호문쿨루스를 향해 달려들고 있었다.

"저건 또 무슨 곡예지?"

"전들 압니까!"

리히트가 황당하게 중얼거리는 소리에 아서가 신경질적으로 대꾸했다.

엘프들이 거리를 벌리며 주변 구울들을 견제하기 시작하자, 세 사람은 오직 호문쿨루스에게만 집중할 수 있었다.

유유히 두 선배들 곁으로 돌아온 아렌트가 말했다.

"이렇게까지 보여 줬는데, 설마 아직도 모르겠다고 말씀하시진 않을 기죠?"

"진짜 이거 미친놈 아냐? 왜 이렇게 뿌듯해 해?"

아서가 황당하게 쏘아붙였다. 더 이상 반응하기도 귀찮아진 리히트는 그냥 고개를 끄덕여 버렸다.

"대강 알겠으니 싸움에 집중해라. 방심할 만한 상대가 아니다."

"말씀 안 하셔도 그럴 겁니다."

어깨를 으쓱한 아렌트가 덧붙였다.

"마침 새대가리도 제 할 일을 해낸 것 같으니까요."

그의 시선은 호문쿨루스가 아닌, 다소 떨어진 지점을 향해 있었다.

영주성 위로 아름다운 빛을 품은 두 정령이 눈에 들어

왔다.

루나는 영주성 주변을 크게 돌고 있었고, 레이는 보란 듯이 영주성의 한 건물 꼭대기에 앉아 있었다.

레이가 있는 그곳이 바로 지클린이 머무는 장소였다.

"저기로군."

목적지가 확실해진 순간이었다.

레이는 자신의 화려한 꽁지깃을 하나 뽑아, 마치 표식이라도 남기는 것처럼 건물 위에 남겨 두었다.

그것을 마지막으로 루나와 레이는 금세 시야에서 사라져 버렸다. 다른 임무를 수행하기 위해 자리를 뜬 것이다.

정령들에게서 눈을 뗀 아렌트는 자신에게 날아드는 공격을 여유롭게 피해 냈다.

콰드드득!

굉음과 함께 파편이 튀며, 방금까지 아렌트가 서 있던 자리에 검은 줄기가 깊숙이 파고들었다.

"최대한 빨리 정리하죠. 이런 졸작 때문에 시간 낭비하는 것도 썩 내키는 일은 아니고."

아렌트는 바닥에 처박힌 줄기 위에 사뿐히 착지했다.

그리고는 두 사람을 내버려둔 채, 한 발 먼저 몸체를 향해 돌진하기 시작했다.

"하여튼 손 많이 가는 새끼."

"우리도 움직이지."

아서와 리히트 역시 그 뒤를 따랐다.

라이오스처럼 혼자서 호문쿨루스를 가뿐히 상대하는 묘기를 부리는 건 불가능했다.

하지만 지켜야 할 존재가 없는 상황에서, 증오스럽기 짝이 없는 놈에게 공격을 퍼붓는 것 정도야 충분히 가능한 일이었다.

게다가…….

호문쿨루스가 졸작이라는 아렌트의 말도 따지고 보면 맞는 말이었다.

저딴 괴물놈보다야, 자제력을 완전히 놓은 채 날뛰는 지금의 아렌트가 더욱 감당하기 힘들었으니까.

괜한 욕을 먹느니, 그냥 입 다물고 저 뒤를 따라가는 것만이 능사일 것이다.

6장. 원래 인생이라는 건

원래 인생이라는 건

라이오스는 거침없이 앞으로 나아갔다.

전투가 이어질수록 성검에 베여 죽어간 시신들의 수는 늘어만 갔다.

단장의 기세에 뒤따르는 기사들마저도 약간 기가 죽을 지경이었다.

"오늘따라 심기가 영 불편하신 것 같은데……."

글렌이 어색하게 웃음을 흘렸다. 대치하던 신관을 단번에 베어 버린 글렌은 라이오스를 향해 염려스러운 시선을 주었다.

전진할수록 한 발짝씩 나아가기가 더욱 힘들어지고 있었다.

그러나 라이오스는 제 부하들이 조금이라도 상할까, 여

전히 혼자서 최대한 많은 적들을 쓸어버리고 있었다.

'이거 참.'

속으로 혀를 쯧 찬 글렌은 더욱 빠르게 움직이기 시작했다.

콰드득!

뼈가 끊어져 나가는 소리와 함께 구울이 괴성을 질러댔다.

"케에에에엑!"

그러나 글렌은 무표정한 얼굴로 적을 완전히 토막 내버린 뒤 다음 상대를 찾아 앞으로 나아갔다.

라이오스의 열기에 휩쓸리기라도 한 듯, 다른 기사들 역시 평소보다도 더욱 과감하게 움직이고 있었다.

맹렬히 적을 뚫고 나아가는 기사들은 마치 터져나가는 폭탄 같았다.

그들이 전진할수록, 엘프 궁수들과 셰키나 역시 위치를 옮겨 가며 꾸준히 적들을 견제해 주고 있었다.

기사들이 뒤에 남겨두고 온 적들은 루드윈이 이끄는 병사들이 처리하고 있었다.

말 그대로 이 전장의 모두가 적을 쓸어버리는 데에 사력을 다하고 있었다.

그러나 전력을 다하는 것은 적들 역시 마찬가지였다.

"다들 물러서라! 기적의 병사가 나선다!"

누군가의 외침 끝에, 최전선과 다소 떨어진 지점에서

익숙한 붉은 빛이 터져 나왔다.

호문쿨루스가 소환되기 시작한 거였다.

제 앞을 막아선 신관을 급히 베어 낸 라이더가 빛이 터져 나오는 쪽으로 돌아섰다.

"젠장, 저 새끼들이!"

호문쿨루스는 벅찬 상대였다. 어떻게든 소환을 막아야만 아군의 피해를 방지할 수 있을 터였다.

기사들은 거침없이 적을 베어 내며 소환진을 향해 나아가기 시작했다.

그러나.

"신경 쓰지 말고 눈앞의 적들에만 집중해라!"

라이오스의 외침이 기사들의 발을 붙잡았다.

라이더가 멈칫한 찰나, 라이오스가 쏜살같이 그의 곁을 스쳐 지나갔다.

쿠우우웅!

높이 도약한 라이오스가 묵직한 소리를 내며 착지한 것과 동시에, 소환진의 붉은빛도 사그라들었다.

"쿠에에에에엑!"

막 소환된 거대한 호문쿨루스가 하늘을 향해 날카로운 울음을 토해 냈다.

거대한 지네 같은 모습을 한 괴물이었다.

긴 몸통에 날카롭고 무수한 다리가 셀 수 없을 정도로 많이 달려 있었고, 머리 부분에 뚫린 입안에는 날카로운 이빨이 가득 나 있었다.

흉측한 모습이었으나, 영웅은 전혀 위축되지 않았다. 한 치의 망설임도 없이 몸을 날리는 라이오스를 향해 글렌이 소리 질렀다.

"단장님! 무리하지 마십시오! 체력을 아끼셔야 합니다!"

싸움이 얼마나 더 길어질지 알 수 없으니, 벌써부터 힘을 심하게 소모하면 이후에 곤란해질 수도 있었다.

그러나 라이오스는 다시 한번 명령했다.

"신경 쓰지 말고 길을 열어라! 오늘 기필코 이 영지와 성을 탈환한다!"

잠깐 입을 꾹 다물고 있던 글렌이 불만을 터뜨렸다.

"……아오, 진짜! 마음대로 하십쇼!"

다른 기사들 역시 다시 잔챙이들 쪽에 집중할 수밖에 없었다.

"케에에에엑!"

호문쿨루스가 입을 쩍 벌리고 라이오스를 향해 달려들었다.

라이오스는 피하지 않고 검을 치켜들어 정면으로 방어했다.

콰아아앙!

순간 엄청난 무게가 전신을 압박해 왔지만, 라이오스는 두 다리로 단단히 버티고 섰다.

성검에 틀어막혀 채 입을 닫지도, 그렇다고 물러서지도 못하게 된 호문쿨루스가 기다란 몸체를 비틀었다.

"켁……. 케에에에엑!"

괴물의 입에서 나온 끈적한 액체가 그것을 막고 선 라이오스의 손이며 팔에 뚝뚝 떨어졌다.

치이익.

액체에 닿은 제복이 타들어 가며 라이오스의 팔에도 선명한 화상 자국이 새겨지기 시작했다.

그러나 라이오스는 눈조차 깜빡이지 않고 적을 차분히 노려보았다.

"……앞으로 몇 놈이든 상관없다."

힌 치의 흔들림 없는 목소리가 흘러나왔다.

호문쿨루스의 뒤에서 모든 것을 지켜보고 있을 지클린을 향한 말이었다.

"내가 전부 다 처리해 주지."

그 말을 호문쿨루스가 알아들을 리 만무했다. 날카로운 이빨이 가득한 입을 쩍 벌린 채 호문쿨루스가 더더욱 압박을 가해 왔다.

"켁……. 케에에에엑!"

드드득.

라이오스의 두 발이 뒤로 밀리며 땅을 파고들었다. 그런 와중에도 라이오스는 올곧은 눈으로 호문쿨루스를, 정확히는 그 너머의 지클린을 노려보았다.

"네게 저주받은 이것들은, 내가 안식으로 인도하지."

성검이 희게 빛나기 시작했다. 그러자 라이오스의 몸 곳곳에 남은 상처와 방금 팔에 생긴 화상이 은은한 빛을 내며 회복되기 시작했다.

"그러니 너는 이 생명들에게 진 죗값을 받도록. 죽어서도 고통받고 몸부림치며, 후회하길 바란다."

섬뜩한 살기를 느낀 것인지, 호문쿨루스가 멈칫했다.

정의로운 영웅과는 전혀 어울리지 않는 저주였다. 예전의 그였다면 적을 상대로도 결코 입 밖에 내지 않았을 말이기도 했다.

하지만 라이오스는 이제 와서 굳이 점잖은 체하지 않기로 했다.

죽고 죽이는 싸움에서 겉치레가 의미 없는 일이라는 것쯤은 이미 깨달은 지 오래였다.

'그리고……'

적어도 지금만큼은 증오감을 밖으로 표출해 내는 편이 좋을 것이다.

그러는 편이 아렌트에게도 도움이 될 테니까.

검을 쥔 손아귀에 힘을 준 라이오스는 강한 자의 그림자를 발동했다.

주변에 일순간 돌풍이 일 정도로 강한 마력이 그의 신체를 휘감았다.

라이오스는 그대로 몸을 단단히 지탱한 뒤, 제 앞을 가로막은 호문쿨루스를 있는 힘껏 쳐냈다.

콰아아아아앙!

"케에에에에엑!"

한순간 튕겨 나간 머리가 방향을 잃고 헤맸다. 라이오스는 그 틈을 놓치지 않고 다시 한번 검을 휘둘렀다.

서걱!

성검이 번쩍이며 단칼에 지네의 굵은 머리를 잘라냈다.

싸움은 이제부터 시작이었다.

　　　　　　　＊　＊　＊

"……하아."

짧게 숨을 몰아쉬는 아렌트의 입가에 흰 입김이 피어올랐다.

아렌트는 지면에 박아 넣은 검을 지지대 삼아 서서 턱까지 차오른 호흡을 고르려 애썼다.

바닥에 흩어진 얼음 조각들이 햇빛을 받아 반짝이고 있었다.

막 숨이 끊어진 호문쿨루스의 잔해였다.

'얼마나 지났지?'

태양의 위치를 보니, 전투를 시작한 뒤로 시간이 그리 많이 흐른 것 같지는 않았다.

아직 지칠 때가 아니었다.

"후……."

크게 한 번 한숨을 토하는 것으로 호흡을 가라앉힌 아렌트가 자세를 바로 했다.

"설마 벌써 지친 건 아니죠?"

호문쿨루스를 상대로 막 승리한 시점에서, 벌써라고 말하기에는 다소 어폐가 있었다.

하지만 그 한마디는 선배들의 심기를 긁기에 충분했다.

"지치긴 누가 지쳤다고."

짜증스레 대꾸한 아서가 몸을 바로 세웠다. 리히트 역시 턱을 타고 흐르는 피를 대강 닦아내며 답했다.

"이 정도는 문제없다."

별로 설득력 있는 말은 아니었다.

생채기가 가득한 데다 온갖 오물이 묻어 엉망인 모습이었으니까.

몰골이 좋지 못한 것은 아렌트 역시 마찬가지였다.

단시간에 아티팩트를 과하게 사용한 탓인지, 벌써부터 오싹한 한기가 끼쳐 오고 있었다.

체온이 내려간 탓에 장갑 밖에 드러난 손끝도 창백하게 질려 있었다.

"그렇다면 다행이네요. 힘들어 죽겠다는 낯짝들이기에, 난 또 슬슬 나가떨어지려는 줄 알았지."

그러나 아렌트는 가볍게 검을 한 번 털어 내는 것으로

한기를 무시해 버렸다.

 호문쿨루스를 상대하는 사이, 그들은 제법 앞으로 전진해 있었다.

 게다가 엘프 전사들이 주변의 적들을 상대하며 길을 열어 준 덕분에, 목적지인 영주성이 한층 더 가까이 보이고 있었다.

 아렌트는 잠시 숨을 돌리며 주변을 확인했다.

 사방에서 구울들이 꾸역꾸역 밀려들고 있었다. 그에 비해서 신관들의 수는 대폭 줄어든 것 같았다.

 '어떻게든 힘을 빼놓겠다는 거군.'

 한참 싸운 끝에 지친 아렌트를, 구울들보다도 강한 신관이나 호문쿨루스로 죽일 계획인 듯했다.

 앞으로 뚫어야 할 난관이 첩첩산중이었다.

 '솔직히 반쯤 도박이지.'

 작전이랍시고 잘난 척하며 온갖 소릴 지껄여 댔지만, 결국 그들이 적을 직접 뚫어야 한다는 사실은 변함없었다.

 약간이라도 방심했다가는 잔챙이에게 당할 수도 있는 게 전쟁터였으니까.

 그러나 지금, 아렌트는 자신과 함께하는 이들이 고작 구울이나 신관들 따위에 낙오되지 않을 거란 믿음에 모든 것을 걸고 있었다.

 '썩 나답지는 않은 일이지만.'

동시에 '아렌트'라는 배역에도 그다지 안 어울리는 짓이었지만.

 이 무대 위에서, 더 이상 그런 것에 연연하는 건 의미 없는 일일지도 모르겠다는 생각이 들었다.

 '저 바보 같은 기사들은 내가 무슨 짓을 하더라도 사고뭉치 취급이나 할 테니까.'

 이 이야기의 끝에서는, 어떻게 될지 알 수 없었지만.

 한 번 주먹을 꾹 쥐었다 편 것으로 상념을 털어 낸 아렌트는 다시 자신의 배역에 집중했다.

 "뭐 해요, 안 지쳤다면서요. 그럼 움직여요. 엘프 애새끼 목 따러 가야죠."

 자연스레 흘러나온 싸가지 없는 대사에 리히트와 아서가 한숨을 푹푹 내쉬었다.

 그들을 제치고 먼저 움직인 아렌트는 다시 전장을 향해 뛰어들었다.

 아서와 리히트가 뭐라 욕을 구시렁대며 뒤따라오는 기척에, 아렌트의 입가에 아무도 보지 못할 작은 미소가 스쳤다가 사라졌다.

* * *

 아렌트 폰 에크하르트 쪽으로 보낸 호문쿨루스의 숨이 끊어진 순간, 지클린은 이마를 탁 짚을 수밖에 없었다.

"……이 새끼들은 단체로 이상한 거라도 처먹었나?"

라이오스 단장의 손에 호문쿨루스기 당한 것에 뒤이어, 아렌트 쪽으로 내보낸 기적의 병사 역시 허무하게 패배해 버렸다.

"아, 진짜!"

어떻게든 억눌러 보려 했지만, 화를 참지 못한 지클린이 고성을 터뜨렸다.

"체르니온 님이 직접 손대신 아이잖아! 이렇게 허무하게 쓰러지는 게 말이 돼?"

날카로운 목소리에는 약간의 두려움 역시 녹아 있었다.

라이오스 드 윈프리드의 저주를 들은 뒤부터, 지클린은 다시 극심한 분노와 불안감에 사로잡혀 있었다.

"그때, 분명 그분의 의지가 느껴졌단 말이야! 기적의 병사의 힘으로, 아렌트 폰 에크하르트를 죽이려 하셨다고! 방해꾼이 끼어들지만 않았어도!"

그때 개안했던 세 번째 눈은 분명 체르니온이 일으킨 작은 기적이었다.

하룻밤의 시간을 보내는 동안 점점 늘어나는 눈을 보며, 지클린은 희열에 몸을 떨었다.

검은 본체에 빼곡하게 들어찬 눈들은 틀림없이 체르니온의 의지를 대변하고 있었다.

"실패하면 안 되는 거잖아! 체르니온 님이 나선 일인데!"

제 머리칼을 마구 헝클어뜨린 지클린이 발악하듯 외쳤다.

그러자 한구석에서 가만히 지켜보던 리타가 입을 뗐다.

"체르니온 님의 바람을 모두 받아들이기에, 그 아이는 너무 약했던 것일 테지요."

"……."

평소와 다르지 않게 차분한 어조였다. 덕분에 지클린 역시 약간 진정할 수 있었다.

"……내 작품이 부족했다고?"

"진 님의 모든 창조물은 물론 훌륭합니다."

지클린이 짜증스럽게 쏘아낸 말에 리타가 답을 내어 주었다.

"하지만 체르니온 님의 강대함은 감히 넘볼 수 있는 것이 아니니까요. 그 아이는 분명 훌륭한 병사였지만, 체르니온 님의 그릇이 되기에는 다소 버거웠을 겁니다."

천천히 그녀의 곁에 다가간 리타는 잔뜩 흐트러진 머리칼을 손으로 다시 정리해 주기 시작했다.

지클린은 불퉁한 얼굴을 하면서도 그 손길을 얌전히 받아들였다.

"진 님의 목적은 이루어졌습니다. 기적의 병사를 상대하면서, 그들도 제법 지쳤을 테니까요."

"……그렇겠지. 인간인 이상."

리타의 말에 지클린이 퉁하게 대답했다.

"염려하지 마십시오, 진 님. 체르니온 님은 반드시 진 님의 손을 들어 주실 테니까요. 그리고 체르니온 님과 진 님의 바람을 실행할 만한 존재가 없다면……"

능숙한 손길로 지클린의 머리를 곱게 땋아 주며, 리타가 천천히 말을 이었다.

"제가 직접 소망을 이루어 드리겠습니다."

엉망이었던 긴 금발이 금세 한 갈래의 땋은 머리로 정돈되었다.

한참 동안 입을 다물고 있던 지클린이 이내 어린애처럼 뚱하니 고개를 끄덕였다.

* * *

톡. 톡. 톡.

조용한 집무실에, 황태자가 손가락으로 책상을 두드리는 소리만 이따금 들려왔다.

칸타레스의 시선은 손에 쥔 보고서에서 떨어질 줄을 모르고 있었다. 한참 만에 그가 입을 열었다.

"진위 확인은 했나?"

"……네."

마른침을 삼킨 제레온이 차분하게 답을 내어 주었다.

"아무래도 루미엘 대신관께서 직접 진행하신 조사이니, 사실상 조작의 가능성은 희박하다고 생각합니다."

"하아……."

깊은 한숨을 내쉰 칸타레스가 미간을 꾹꾹 눌렀다. 치밀어 오르는 편두통을 가라앉히기 위함이었다. 뭐라 더 말하려던 제레온은 그냥 입을 다물어 버렸다. 황태자의 심기가 굉장히 불편하다는 것을 직감적으로 느낀 것이다.

"왜 지금껏 몰랐던 거지?"

칸타레스가 가라앉은 음성으로 다시 운을 뗐다. 차분한 목소리였지만, 차가운 분노가 고스란히 드러났다.

"젠. 네 생각은 어때? 이게 지금 말이 되는 상황인가?"

저도 모르게 손에 힘이 들어간 탓에 보고서가 구겨졌다. 하지만 칸타레스는 그것을 미처 눈치채지 못한 듯했다.

"내가 그 정도로 무능하다고 생각지는 않는데. 아무래도 내가 스스로를 과대평가한 모양이군."

"……."

칸타레스의 말에는 누군가를 향한 비아냥이 노골적으로 녹아 있었다.

뭐라 대답하려던 보좌관은 다시 입을 다물고 말았다. 제레온 역시 이 상황이 당황스러운 것은 마찬가지였으니까.

보고서의 내용도, 그리고 오랜만에 보는 칸타레스의 이런 모습도.

'이런 분이셨지.'

칸타레스는 결코 무른 사람이 아니었다.

젊은 나이에 벌써부터 제국의 업무 전반을 담당하면서, 전쟁을 온전히 감당해내는 수완만 보아도 알 수 있는 사실이었다.

황태자와 허물없이 지내는 데 익숙해진 바람에 종종 잊어버리고는 하는 사실이었다.

"후."

한 번 더 짧은 한숨을 내쉰 칸타레스가 신경질적인 손으로 머리칼을 쓸어 올렸다.

뒤늦게 자신이 보좌관을 향해 괜한 화풀이를 하고 있다는 사실을 깨달은 거였다.

"……미안, 젠. 너한테 할 소리는 아니었군."

"아닙니다. 신경 쓰지 마세요."

제레온이 고개를 내젓자 칸타레스는 앓는 소리를 내며 등받이에 몸을 푹 파묻었다.

"그래서……. 난 지금 이걸 어떻게 받아들여야 하지? 신전 측에 정보가 먼저 흘러든 이상, 막는 건 불가능해."

"일단은 진위 여부를 재차 확인해 보심이 좋을 듯합니다. 아까 전하께서도 말씀하셨듯이……."

잠깐 뜸을 들이던 제레온이 천천히 말을 이었다.

"지금껏 전하께서 이런 일을 인지하지 못하셨다는 것은, 좌시할 만 한 일이 아니라고 생각합니다."

"……."

보좌관은 황태자의 무능에 대해서 이야기하는 게 아니었다. 칸타레스 역시 제레온의 말에 숨겨진 의미를 어렵잖게 파악해 냈다.

얼굴을 쓸어내린 칸타레스가 탄식을 터뜨렸다.

"내가 알아차리지 못한 원인이 따로 있다는 뜻이군."

누군가가 의도적으로 황태자의 눈과 귀를 막은 것이다.

칼리온 제국에서 감히 그런 짓을 할 수 있는 사람은 한정되어 있었다. 그들 중에서 용의자를 추려내는 것도 별로 어렵지 않았다.

한참 동안 입을 다물고 있던 칸타레스가 운을 뗐다.

"일단은 칸 연합 쪽에 연락해. 연합장한테 최대한 빨리 황궁으로 오라고 전하도록. 아, 부연합장도 함께."

"네. 알겠습니다."

제레온이 단정하게 대답했다.

평소와 다를 바 없는 모습이었지만, 칸타레스는 그의 낯에 드리운 그림자를 알아볼 수 있었다.

"……혹시 무슨 생각하는지 물어봐도 되나?"

의도치는 않았지만 다소 까칠한 질문이 날아갔다.

그 속에는 제레온에게 향할 거라곤 단 한 번도 예상치 못한 불신까지 녹아 있었다. 방금 전달받은 보고서의 여파였다.

제레온은 쓴 미소를 지으며 답을 내어 주었다.

"혹여나 전하께서 배신감을 느끼실까, 그 점을 걱정하고 있습니다."

"배신감이라······."

그의 말을 따라 하듯 읊조린 칸타레스가 허탈한 웃음을 터뜨렸다.

"그런가? 그럴지도 모르겠군."

자신도 채 파악하지 못하던 감정을, 제레온은 이미 꿰뚫어 보고 있었다.

칸타레스의 머릿속을 헤집어 놓은 것은 바로 배신감이었다.

그 대상은, 한때 배신자라 여겼다가 다음으로는 호기심의 대상이, 현재는 황궁에서 제일가는 골칫덩이리임과 동시에 가장 든든한 아군이라 해도 과언이 아닌······.

아렌트 폰 에크하르트였다.

* * *

쿠우우웅.

또 한 체의 호문쿨루스가 쓰러졌다.

라이오스는 검을 내지른 자세 그대로 천천히 호흡을 골랐다.

"헉, 허억······."

점점 체력이 고갈되고 있었다. 아무리 그라고 해도 혼

자서 호문쿨루스를 여럿이나 베어 넘기는 것은 결코 쉬운 일이 아니었으니까.

라이오스는 금세 숨을 가라앉히고 자세를 바로잡으려 했다.

하지만 잠깐 균형을 잃은 탓에 제자리에서 비틀거리고 말았다. 그 모습을 본 글렌이 놀라 외쳤다.

"단장님!"

"괜찮다."

하지만 라이오스는 손을 들어 당장 달려오려는 그를 저지했다.

라이오스는 하늘을 올려다보았다.

슬슬 시간은 낮을 향해 달려가고 있었다.

'아직인가.'

출병하기 전, 홀로 찾아온 아렌트가 조용히 말했다.

모든 게 다 끝나면 라이오스 역시 자연히 알게 될 거라고.

하지만 지금까지 이렇다 할 신호는 들려오지 않았다. 그 뜻은 아직까지 작전이 수행되지 않았다는 의미일 것이다.

짧지 않은 시간이 흘렀다.

어떻게든 피해를 줄여 보려 했지만, 슬슬 루드윈 왕자의 병력 쪽은 하나둘씩 전사자가 생기는 눈치였다.

'조금 더······.'

이쪽에서 싸움을 먼저 끝내면, 아렌트 일행을 도우러 갈 수 있다.

 그런 일념 하에 라이오스는 재차 성검을 다잡았다.

 '과감하게 움직일 필요가 있겠군.'

 검에서 흘러나온 신성한 빛이 그의 체력을 회복해 주었다.

 라이오스는 시선을 돌리지도 않고 검을 휘둘렀다.

 서걱!

 지친 그를 덮치려 조용히 다가오던 신관이 맥없이 베여 쓰러졌다.

 썩은 피가 튀어 그가 단장임을 나타내는 제복을 검게 물들였다.

 소매도, 바짓단도 이미 적들의 살점과 피로 엉망진창이었다.

 하지만 그런 것 따위는 보이지도 않는다는 듯, 라이오스는 한 걸음 앞으로 나아갔다.

 그때, 낯선 목소리가 그의 걸음을 잡아챘다.

 "루체 신의 선택을 받은 영웅이라더니."

 평범한 인간이라기에는 과하게 낮고 갈라지는 음성이었다. 라이오스는 무표정한 얼굴로 고개만 돌려 상대를 확인했다.

 "신성제국의 놈들은 그대 같은 자를 영웅이라 칭송하나?"

검은 로브로 전신을 가린 모습은, 체르니온 교의 다른 전투 신관들과 같았다. 하지만 압도적으로 풍부한 신성력은 그가 평범한 신관이 아니라는 걸 증명하고 있었다.

"지금 그대의 모습은 차라리 광전사라 함이 옳겠군. 전투에 임하는 데에 신에 대한 존중이 전혀 보이지 않아."

"그런가?"

라이오스는 검을 늘어뜨리고 그를 향해 돌아섰다.

"듣던 중 반가운 소리군."

"……."

신관이 입을 다물었다. 로브 때문에 얼굴은 볼 수 없었지만, 그가 인상을 구겼다는 것은 어렵잖게 알 수 있었다.

"그대는 신관들의 지휘관인가?"

검에 달라붙은 살점을 간단히 털어낸 라이오스가 그를 향해 한 걸음 다가갔다.

"쓸데없는 말은 집어치우고, 용건이 있다면 빨리해라. 직접 덤비든, 호문쿨루스를 불러내든."

새파란 눈동자에 노골적인 살의가 깃들었다.

"잡설에 오래 어울려 주기엔, 내 심기가 다소 불편하군."

"……건방진 놈."

낯을 일그러뜨린 구울이 단도를 꺼냈다. 그러니 자신의 팔에 기다란 상처를 냈다.

뚜욱.

검게 썩은 피가 바닥에 쏟아졌다. 그리고 잠시 후.

화아아악!

강한 돌풍이 몰아치며, 신관과 라이오스 사이에 피처럼 새빨간 마법진이 피어났다.

"이것이 끝이다, 라이오스 드 윈프리드."

마력 폭풍에 휘말린 신관이 비릿하게 웃었다.

사정없이 펄럭이는 후드 아래로 거의 다 무너져내린 잇몸과 이빨이 보였다.

"비록 나는 죽는다 한들, 형제들과 영원히 함께 체르니온 님의 품속에서 살아갈 것이다."

뼈까지 드러난 팔의 상처가 부글부글 끓어오르기 시작했다. 동시에 소환진의 가운데에서 검은 형체의 거대한 머리가 뻗어 나왔다.

"크어어어어억!"

끔찍한 괴성이 푸른 하늘에 쩌렁쩌렁 울렸다.

마치 지진이라도 난 것처럼 지면이 미친 듯이 뒤흔들렸다. 이전의 그 어떤 소환보다도 강한 파동이었다.

"단장님!"

"다들 물러나라!"

라이더의 외침에 라이오스가 급히 답했다.

소환진에서 몸을 빼내려 몸부림치는 것은 거대한 인간이었다.

검은 피부에 칠흑 같은 머리칼을 가지고, 고통스럽다는

듯 흰자위를 부릅뜬 인간.

"아아아악! 아아아악!"

쩍 벌린 입에서 인간의 것과 흡사한 비명이 터져 나왔다.

미친 듯이 고개를 돌려대던 호문쿨루스는 얼마 지나지 않아 자신의 곁에 선 신관을 발견했다.

신관은 기다렸다는 듯 양팔을 벌렸다.

"기적의 병사여, 내 몸을 취해라!"

그러자 갑자기 비명이 뚝 멎더니, 소환진 안에서 굵은 팔이 불쑥 솟아 나왔다. 다섯 개의 온전한 손가락을 지닌 손이 솟구쳐 곧장 신관을 낚아챘다.

우드득.

뼈가 부러지며 살이 짓이겨지는 살벌한 소리가 들려왔다. 그러나 신관은 신음조차 흘리지 않았다. 그저 기쁘다는 듯, 환한 웃음을 지을 뿐이었다.

광기 어린 미소는 신관이 호문쿨루스의 입안으로 사라질 때까지 이어졌다.

으적. 으적.

이빨에 사람이 짓이겨지는 끔찍한 소리가 들려왔다.

전장에 익숙한 기사들조차도 한순간 얼어 버릴 수밖에 없는 광경이었다.

"저게 도대체……."

글렌이 넋이 나가 신음처럼 중얼거렸다.

그러는 사이에 호문쿨루스는 하반신까지 완전히 소환되었다.

천천히 몸을 일으키는 놈의 손아귀에 검은 그림자가 뭉치더니, 이내 거인의 몸집에 걸맞게 거대한 검이 생겨났다.

전투신관의 대장을 제물로, 역대급의 괴물이 소환된 것이다.

새로이 나타난 적을 새파랗게 노려보던 라이오스가 입을 열었다.

"……다들 먼저 가라."

"예?"

놀란 기사들이 라이오스를 보았다. 그러나 라이오스는 명령을 철회하지 않았다.

"곧 뒤따라가지. 너희들은 계속해서 성을 공략해."

"아니, 하지만!"

반박하려던 글렌은 자신을 향한 단장의 싸늘한 눈초리에 입을 다물고 말았다.

"대장이 스스로 희생한 것을 보면, 이 호문쿨루스가 당장 사용할 수 있는 마지막 개체라는 거겠지."

부하를 조용히 시킨 라이오스가 다시 거대한 호문쿨루스를 보았다.

"그러니 가라. 무슨 수를 써서라도……."

두 다리로 우뚝 선 호문쿨루스는 영락없는 인간처럼 보

였다.

섬세한 근육과 길게 늘어진 머리칼, 그리고 제대로 모양을 갖춘 이목구비 때문에 더욱 그랬다.

예전에 나타났던, 길게 드리운 그림자처럼 생긴 개체보다 훨씬 강화된 놈이라는 의미였다.

라이오스가 짓씹듯 내뱉었다.

"이 성을 탈환해라."

"……."

기사들이 얼굴을 딱딱하게 굳혔다. 잠깐 입술을 꾹 깨물고 있던 글렌이 단장을 쏘아보았다.

"조금이라도 다치신다면 크게 화낼 겁니다."

슬쩍 미소 지은 라이오스가 짧게 답했다.

"그건 내가 할 소리다."

* * *

"야."

숨을 헐떡이며, 아서가 가까스로 입을 열었다.

"이쯤 되면 슬슬 말해 줘도 괜찮지 않냐?"

그의 시선이 닿은 곳에는, 아렌트가 구울의 시체 조각 위에 주저앉은 채 억지로 호흡을 고르고 있었다.

웬만해서는 흐트러지지 않는 아렌트마저 저런 꼴이라는 것은 정말 체력이 한계에 다다랐다는 뜻이었다.

"뭘요."

아렌트가 짧게 대꾸하자 아서가 신경질을 터뜨렸다.

"뭐냐는 소리가 나오냐, 넌? 여기까지 왔으면 무슨 꿍꿍이인지는 알려 줘야 할 거 아냐?"

"나오는데요. 그리고 따라온 건 선배들이잖습니까. 전 같이 가자고 한 적 없어요."

"하여튼 싸가지 없는 새끼."

아서의 욕설을 뒤로하고 아렌트가 비척비척 몸을 일으켰다.

"진짜 힘들어 죽겠네……. 이 끈덕진 새끼들. 어차피 뒈질 거면 그냥 곱게 죽든가."

주변에는 적의 파편들이 이곳저곳 흩어져 있었다.

햇빛을 받아 반짝이는 얼음 조각과 썩은 살점, 검은 핏덩어리가 뒤엉켜 엉망이었다.

개중에는 형체를 알아볼 수 없을 지경이 되어서도 고집스럽게 꿈틀대는 놈들도 있었다.

여기까지 오는 동안 호문쿨루스는 물론이고 수도 없이 많은 구울과 신관들까지 상대해 왔다.

정신없이 앞으로 돌진하며 싸웠더니 이젠 엘프 전사들도 완전히 보이지 않게 되었다.

'뒤에서 피 터지게 싸우고 있으려나.'

아렌트는 입가에 흐르는 피를 대강 문질러 닦았다.

잠시나마 공격이 끊긴 것을 보아하니, 다른 쪽에서도

제법 선방하고 있는 모양이었다.

잠깐 상념에 빠진 와중, 문득 가까이에 서서 숨을 고르던 리히트가 물어 왔다.

"괜찮나?"

"안 괜찮아요."

익숙해진 대답을 꺼내자마자 아서가 험하게 쏘아붙였다.

"당연히 안 괜찮겠지, 빌어 처먹을. 너 지금 꼴이 어떤지나 알아?"

"잘생겼겠죠. 안 봐도 압니다."

여지없이 돌아온 헛소리에 아서와 리히트가 진심으로 질색하는 표정을 지었다.

그들의 시선을 무시한 채 아렌트는 검을 쥔 자신의 손끝을 확인했다.

피와 서리가 뒤엉켜 달라붙은 탓에 제대로 상태를 볼 수는 없었다. 하지만 정상이 아니라는 것은 충분히 짐작할 수 있었다.

감각이 둔해지고, 손가락 끝에서부터 체온이 뚝뚝 떨어지기 시작한 게 느껴졌다.

서리 어린 손길을 과하게 사용한 대가였다.

거기에다 아까 호문쿨루스와 싸우다 입은 부상은 아직도 지혈이 안 된 상태였다.

다른 두 사람 역시 너덜너덜하기는 마찬가지였다.

몸 여기저기에는 척 보기에도 심각한 부상이 남아 있었고, 지친 낯을 보아하니 체력도 거의 고갈 난 상태인 것 같았다.

'슬슬 한계인가.'

마치 남 일을 가늠하듯, 아렌트는 멍하니 주먹을 몇 차례 쥐었다가 폈다.

바로 그때.

쿠우웅!

갑작스러운 땅 울림에 세 사람이 놀라 고개를 들었다.

"끄어어어억! 케에에에엑!"

꼭 인간 목소리를 흉내 내는 것 같은 끔찍한 비명소리와 무기와 무기가 충돌하는 소리가 연이이 찌렁찌렁 울려 퍼졌다.

리히트가 소리가 들려오는 방향을 확인하며 당혹스럽게 말했다.

"이건……. 호문쿨루스인가?"

다른 호문쿨루스들과는 사뭇 울음소리가 달랐다. 아렌트는 대강 고개를 끄덕였다.

"아마 그렇겠죠."

여기까지 전투 여파가 미치는 것을 보아하니 분명 호락호락한 상대가 아닐 것 같았다.

'라이오스 단장이 상대하고 있겠지.'

아렌트는 고개를 들어 목적지까지의 거리를 확인했다.

이제 얼마 남지 않았다.

정신없이 싸우던 도중 루나가 한 번 더 다녀간 건지, 레이가 처음 놓고 간 깃털 옆에 루나의 꽁지깃 하나도 남아 있었다.

턱을 타고 흘러내리는 피를 대강 닦아 낸 아렌트가 툭 내뱉었다.

"움직이죠."

다리가 후들거릴 지경이었지만 아렌트는 휘청대면서도 어떻게든 중심을 잡았다.

그 꼴을 본 아서가 의심스럽게 물었다.

"너, 더 싸울 수나 있냐?"

"당연하죠."

아렌트가 퉁명스럽게 대답했다. 별로 설득력 없는 말이었지만, 리히트와 아서 역시 더 이상 아무런 말도 하지 않았다.

다시 움직이기 시작한 그들이 채 몇 걸음도 떼기 전이었다.

"더 이상은 못 갑니다."

이제는 꽤 익숙해진 목소리가 세 사람을 잡아챘다.

위기를 감지한 리히트가 반사적으로 검을 내지른 찰나.

카아아앙!

검과 검이 정면으로 충돌하며 날카로운 소리가 허공을 찢었다. 갑작스레 덮쳐 온 엄청난 압박에 리히트가 얼굴을 일그러뜨렸다.

"큭……!"

그러나 리타는 여전히 표정 하나 변하지 않은 채, 검을 옆으로 흘려버린 뒤 훌쩍 물러섰다. 그리고는 마치 춤이라도 추듯 가벼운 몸놀림을 지면을 박차 재차 공격을 감행해 왔다.

엄청난 속도였다.

리타가 퍼붓는 공격을 막아내며 리히트가 외쳤다.

"여긴 내가 막겠다!"

그 말에 아서와 아렌트는 곧장 몸을 돌려 자리를 빠져나가려고 했다. 하지만 그마저도 여의치 않았다.

사방의 그림자 속에서 숨죽이고 있던 구울들이 하나둘씩 소환되기 시작한 거였다.

"크르르륵……."

순식간에 사방을 메운 구울들이 두 사람을 포위했다. 뒤로 주춤 물러난 아서가 비틀린 미소를 지었다.

"아, 젠장. 어쩐지 조용하더라니."

세 사람이 이쪽으로 올 거라 예상한 리타가 미리 함정을 파놓고 기다린 것이다.

캉, 카아앙!

리타는 리히트를 떨쳐 내고 곧장 아렌트 쪽으로 방향을 돌렸다. 하지만 리히트가 발 빠르게 움직이며 다시 그녀의 앞을 가로막았다.

"네 상대는 나다."

"진 님의 전언입니다."

리히트가 싸늘하게 으르렁대자 리타가 딱딱하게 대꾸했다.

"아렌트 폰 에크하르트만 넘겨 준다면, 당장 모든 병력을 거두고 이 성에서 철수하겠습니다."

"거절하지."

한 치의 망설임도 없이 대꾸한 리히트는 다시금 리타를 향해 쇄도했다. 리타는 표정 하나 바꾸지 않은 채 그를 상대하기 시작했다.

한편, 아서와 아렌트 쪽에도 꾸역꾸역 구울들이 밀려들고 있었다.

전투 태세를 취하는 아렌트를 힐끗 본 아서가 툭 내뱉었다.

"먼저 가라."

"네?"

아렌트가 살짝 인상을 찌푸렸다. 아서는 구울들을 노려보며 빠르게 말을 이었다.

"먼저 가라고. 뭔 생각인지는 모르겠지만, 무슨 수를 써서라도 지클린 앞에 도달하는 게 목적 아냐?"

"……뭐어. 그렇긴 합니다만."

아렌트는 굳이 부정하지 않고 고개를 끄덕였다.

"정확히는 제가 직접 그 새끼 앞에 도착하는 게 주목적이긴 한데."
"그럴 것 같았어."
쯧 혀를 찬 아서가 검을 다잡고 말했다.
"길 열어 주면, 뚫을 수 있겠냐?"
"두말하면 잔소리죠."
솔직히 세 사람 다 객기를 부리는 것과 마찬가지였다.
리타는 사지가 멀쩡할 때도 감당하기 버거운 적이었고, 그들을 포위한 구울들은 당장 셀 엄두조차 나지 않을 정도로 많았다.
도무지 낙관할 수 없는 상황에 아서는 눈썹을 찌푸렸다.
'이 머릿수라면……'
엘프 전사들의 발을 더 묶거나, 라이오스의 앞을 가로막는 데 운용할 수도 있었을 터였다.
그걸 세 사람을 기습하기 위해 남겨 놓았다는 것은, 그만큼 지클린 역시 아렌트를 죽이는 데 진심이라는 의미였다.
게다가 이걸 다 뚫고 간다더라도, 앞으로 뭐가 도사리고 있을지 알 수 없는 상황이었다.
하지만 아서는 이런저런 복잡한 계산을 잠시 접어 두기로 했다.
"목 간수 잘 해요."
아렌트가 짧게 던진 말에 아서가 짜증스레 대꾸했다.

"그건 내가 할 소리다, 이 자식아."

간단한 대답을 마지막으로, 아렌트가 지면을 박차고 앞으로 튀어 나갔다.

"크에에에엑!"

구울들이 당장 그에게 이를 드러냈지만, 아렌트는 서슴없이 돌진했다.

카아아앙!

아서가 아렌트에게 달려드는 놈들을 한꺼번에 막아섰다.

"가!"

짧은 외침을 신호로 크게 도약한 아렌트가 포위망 한가운데에 착지했다. 기습적인 움직임에 구울들이 멈칫하는 찰나, 아서와 아렌트가 동시에 행동을 개시했다.

콰드드득!

최선을 다해 마력을 끌어올린 아서가 앞을 막는 구울들을 한꺼번에 베어 냈다.

아렌트는 뒤를 아서에게 완전히 맡겨버린 채, 서리 어린 손길을 강하게 발동했다.

은빛 폭풍이 몰아치며 당장이라도 아렌트를 찢을 기세였던 구울들이 새하얗게 얼어붙었다.

부상을 감수하면서도 앞에 놓인 적들을 처리한 아서가 아렌트를 따라 포위망 안으로 뛰어들었다.

"케에에에엑!"

"방해하지 마, 이 못생긴 것들아!"

콰드드득!

베어내도 베어내도 적은 끝도 없이 밀려들었다.

죽였나 싶으면 다시 재생해 덤벼들었다.

이따금씩 엉뚱한 개체들끼리 합쳐져서 한결 더 기괴한 모습이 되어 공격해 오기도 했다.

곧 아렌트의 모습은 구울들 사이에 가려 보이지 않게 되었다.

그 무렵, 아서는 뭔가가 잘못 돌아간다는 것을 깨달았다.

'……뭐야?'

얼핏 아렌트를 죽이려 드는 것처럼 보이던 구울들은, 그를 추격하는 것보다 아서를 가로막는 데 더욱 집중하는 듯했다.

리타를 상대하던 리히트 역시 부자연스러운 것을 깨달았다.

"설마, 네놈……."

끽, 끼긱.

리타와 리히트의 검이 마찰하며 날카로운 쇳소리를 냈다.

두 사람의 시선이 가까운 거리에서 마주쳤다.

"진 님을 방해하지 마십시오."

냉담한 목소리가 어쩐지 섬뜩하게 들려왔다.

지클린에게 충성하는 리타가, 아무런 방비 없이 그녀를 홀로 내버려두고 왔을 리 없었다.

게다가 지금도 아렌트를 쫓는 것보다는 리히트를 저지하는 데에 더욱 집중하는 것처럼 보였다.

그렇다는 것은······.

"창문 근처에 오가던 정령 둘을 봤습니다."

리히트가 얼굴을 일그러뜨리는 것과 동시에, 리타가 무덤덤이 말을 이었다.

"진 님의 위치를 알리려던 거겠지요. 정령들이 창가에 흔적을 남기기에, 그대들이 이곳으로 오리라 확신했습니다."

"······."

루나와 레이가 동원되었던 건, 아서와 리히트는 몰랐던 사실이었다.

"그렇다면 진 님과 체르니온 님의 소원을 이뤄 드리는 것도 어려운 일은 아닐 거라 생각합니다."

어차피 아렌트는 지클린이 있는 곳으로 향할 것이다.

이미 그는 부상이 깊은 데다 지친 상태였다.

적들이 몰려든 이상, 아서와 리히트 역시 이 자리를 쉽사리 벗어날 수 없을 터였다. 그리고 라이오스 역시 호문쿨루스에게 발이 묶인 데다가, 다른 이들 역시 저마다 적을 상대하느라 정신이 없을 터였다.

"아렌트 폰 에크하르트 경은 결국 진 님 앞에서 그 목숨을 내어놓게 될 것입니다."

리타가 또박또박 덧붙였다.

분명 지클린이 있는 곳에는 아렌트가 감당하기 힘든 강대한 적이 도사리고 있을 것이다.

그리고 지금 당장 아렌트를 도와줄 수 있는 사람은 아무도 없었다.

"분명 아렌트 경께 걸맞은 최후가 되겠지요."

"……."

리히트의 눈동자에 리타를 향한 짙은 살심이 드러나기 시작했다.

검을 너무 세게 쥔 나머지 이미 상처투성이가 된 손바닥이 터지며 피가 배어 나오기 시작했다.

그러나 리히트는 경거망동하는 대신, 당장이라도 튀어나가고 싶은 자신을 다잡았다.

아서 역시 마찬가지였다.

분명 리타와 리히트의 대화를 들었을 텐데도, 아서는 그저 묵묵히 자신의 자리를 지킬 뿐이었다.

"그 녀석에게 어울리는 최후라고?"

리히트가 싸늘하게 대답했다.

끼긱.

리타를 밀어내며, 리히트가 한 걸음 성큼 앞으로 나아갔다.

"그런 게 있을 리가. 그놈한테 어울리는 건 사람을 깔

보는 오만함 뿐이다."

아렌트가 무슨 꿍꿍이인지는 두 사람 다 알 수 없었지만, 그럼에도 확신할 수 있었다.

그 망할 놈은 본인의 뼈를 깎을지언정, 여기까지 동행한 아군의 목숨을 위태롭게 만들 위인은 못 됐다.

'게다가…….'

리히트의 입가에 비릿한 미소가 스쳐 지나갔다.

"네 주인은 결코 소원을 이루지 못할 거다."

뱃속에 능구렁이를 오천 마리쯤 키우고 있는 것 같은 녀석이, 고작 그 정도 함정을 예상치 못했을 리 없었다.

* * *

쿠웅.

굳게 닫혔던 문이 다소 거칠게 열렸다.

암흑만이 짙게 깔려 있던 방 안에 한 줄기 빛이 드리우자, 소파에 길게 드러누워 있던 지클린이 고개를 들었다.

허락도 받지 않고 쳐들어온 방문자가 열린 문에 의지해 간신히 몸을 지탱하고 서 있었다.

"이야……."

지클린은 여전히 드러누운 채 질색하며 탄성을 터뜨렸다.

"진짜 왔네."

어둠 속에서 한 줄기 빛을 받은 견습 기사의 은발이 반짝였다.

언제나 가지런히 정리되어 있던 머리칼은 거친 싸움 탓에 엉망이었고, 붉게 젖은 온몸은 차라리 성한 곳을 찾는 것이 어려울 정도였다.

"……그래. 왔다, 이 새끼야."

한참 동안 숨을 몰아쉬던 견습 기사가 위태롭게 휘청대는 몸을 억지로 바로잡았다.

뚝, 뚝.

시뻘겋게 벌어진 상처에서 쏟아진 피가 바닥에 닿자마자 얼어붙었다.

"기기에서 뭐가 어떻게 돌아가는지 구경도 제법 했을 텐데."

아렌트가 자신의 핏자국을 짓밟고 지클린을 향해 한 걸음 다가갔다.

"어때? 재미있었나? 네 졸작들이 버러지처럼 쓸려나가는 걸 똑똑히 봤을 거 아냐."

"진짜 독한 새끼."

지클린이 얼굴을 구겼다.

영웅과 아렌트 일행은 고작 몇 시간 만에 지클린의 군단에 막대한 피해를 입혔다.

최소한 며칠 정도는 보충 없이도 농성할 수 있는 병력을 준비한 그녀였다.

그러나 신관이고 구울이고 호문쿨루스고 할 것 없이, 고작 반나절 만에 절반 이상이 쓸려나간 것이다.

"독한 새끼라니. 그건 내가 할 소리지."

저벅, 저벅.

아렌트가 움직일 때마다 얼어붙은 핏방울이 바닥에 붉은 길을 그려냈다.

"아무래도 이제 성을 지키는 데는 별로 관심이 없는 것 같고……. 나 하나 죽이겠다고 괴물 새끼들을 얼마나 갈아 넣는 거야?"

"그걸 다 뚫은 그쪽도 괴물 새끼인 건 마찬가지지."

그를 마주 보며 다리를 꼰 지클린이 차갑게 말했다.

"죽이진 못하더라도, 최소한 팔다리 하나쯤은 떨어져 나갔으리라 생각했는데."

남쪽으로 난 창문이 짙은 커튼에 가려진 채라, 한낮임에도 불구하고 그녀가 있는 쪽은 완전히 어둠 속에 잠겨 있었다.

방안을 비추는 것이라곤 아렌트가 열고 들어온 문에서 새어 들어오는 가느다란 빛 한 줄기뿐이었다.

"내가 우리 아이들을 과대평가했나 봐."

냉정하게 가라앉은 음성이, 평소 감정적이던 지클린과는 사뭇 다르게 느껴졌다.

아렌트는 지클린과 얼마간의 거리를 두고 걸음을 멈췄다.

"……그 고물들이 쓰레기나 다름없다는 걸 인정한 건 칭찬해 주겠다만."

살짝 인상을 찌푸린 아렌트가 짧게 내뱉었다.

"아무래도 완전히 맛이 가 버린 모양이군."

엘프 소녀의 눈동자에 기이한 어둠이 일렁이고 있었다. 흔히들 신성력이라고 부르는 것으로, 체르니온이 그녀에게 간섭하고 있다는 의미였다.

'원래 저 녀석도 신앙과는 거리가 멀었지.'

금지된 연구를 지원받는 대가로 체르니온을 위해 일해 주겠다는 식이었다. 하지만 지금의 지클린은 다소 달라 보였다.

아렌트가 비릿한 미소를 지었다.

"결국 미친 신한테 완전히 잡아먹혔구나."

"체르니온 님의 손길이 드디어 내게 닿은 거지."

지클린이 샐쭉 미소 지었다.

"너를 처단해서 체르니온 님 앞에 봉헌하면, 나는 더욱 아름다운 것들을 만들어 낼 수 있지 않을까?"

마치 잘 만들어진 인형처럼 아름다운 모습이었지만, 온갖 감정을 다 드러내 가며 소란스럽게 굴던 모습과 겹쳐 보자니 상당히 이질적이었다.

"……하아. 이건 뭐 대화할 가치도 없군."

짧게 한숨을 내쉰 아렌트가 검을 털어 냈다.

후두둑.

얼어붙은 핏덩어리들이 바닥에 흩어졌다.
"넌 안 되겠다. 그냥 죽어. 농담 따 먹기 할 생각도 안 드네."
서늘한 한기가 견습 기사의 주변을 스산히 감돌았다.
황금색 눈동자가 잘 벼려 낸 칼날 같은 살기를 흘렸다.
"기분이 나빠서 도저히 쳐다보고 있을 수가 없군. 구역질 날 것 같아."
"체르니온 님의 축복이지."
웃음기가 싹 사라진 낯이었다. 가면이 완전히 벗겨진 모습이 제법 마음에 드는 듯, 지클린이 빙그레 미소 지었다.
"루체에게 구걸해 목숨을 부지한 주제에 할 소린가?"
아렌트가 아무런 대꾸도 하지 않자, 방 안에 진득한 정적이 깔렸다.
쿵. 쿠우웅.
바깥에서는 여전히 치열한 싸움이 벌어지는 듯, 이따금 묵직한 울림이 들려왔다.
무기가 부딪치는 쇳소리와 구울의 괴성, 지진을 연상시키는 땅 울림, 누군가의 고함이 마치 다른 세상의 것처럼 느껴졌다.
"구걸한 적 없는데. 그쪽이 멋대로 군 것뿐이지."
성큼. 아렌트가 한 걸음 더 지클린에게 다가갔다.
"언젠가, 날 살려 둔 걸 땅을 치고 후회하게 만들어 줄

예정이야. 꽤 재미있을걸."

두 사람의 거리가 점점 가까워질수록, 지클린 주변의 그림자가 조금씩 요동치기 시작했다.

"넌 그걸 구경하기도 전에 죽겠지만. 별로 안타깝지는 않군."

"그래서 네가 안 되는 거야, 아렌트 폰 에크하르트."

지클린이 가볍게 손가락을 튕겼다. 그러자 사방을 채운 어둠에서 무수한 눈동자들이 일시에 모습을 드러냈다.

순식간에 불어난 눈동자들이 셀 수도 지클린을 호위하듯 방안을 가득 채웠다.

바닥, 천장, 벽을 빼곡히 채운 눈동자들이 한꺼번에 아렌트를 향했다.

"신 앞에서 자신이 얼마나 초라한 존재인지조차 자각하지 못하니."

지클린이 하얀 이를 드러내며 즐거운 웃음을 터뜨렸다.

"그 뻣뻣한 머리를 조아릴 수 없다면, 내가 친히 베어 체르니온 님 앞에 진상할 수밖에."

"……!"

잠시 굳어 있던 아렌트는 자신을 향해 쇄도하는 공격을 감지했다.

콰아아앙!

반사적으로 검을 치켜들어 방어한 것과 동시에, 육중한 충격이 전신을 강타했다.

한순간 눈앞이 아찔해졌지만, 아렌트는 어떻게든 버텨 냈다.

새하얘졌던 시야가 차차 돌아온 뒤에야 아렌트는 적을 제대로 확인할 수 있었다.

자아를 가지고 스스로 움직인 그림자가, 그의 검을 정면으로 가로막고 있었다.

이 성에 남은 마지막 호문쿨루스였다.

"……."

칼날처럼 날카롭게 벼려진 곳마저도 탁한 눈동자가 자리 잡아 아렌트를 가만히 응시하고 있었다.

그것과 눈을 마주하자니 숨이 턱 막힐 것 같았다.

"아름답지 않아? 꼭 밤하늘을 떼어 놓은 것 같잖아."

뭔가에 취하기라도 한 것 같은 목소리가 들려왔다.

"체르니온 님은 모든 곳을 굽어보시지. 어디에나 어둠이 있으니. 새파란 낮의 하늘 아래에서도 마찬가지야."

마치 흥얼거리는 것처럼, 지클린이 기분 좋게 말을 이었다.

"낮이 끝나면 밤이 오는 것, 그게 제대로 된 순리지."

빛은 너무 오래 이 세상을 비추고 있었다. 그러니 이제는 밤의 세상이 찾아올 차례였다.

아렌트는 아무런 대답도 하지 않았다.

아니, 정확히는 할 여유가 없었다는 쪽이 옳았다. 이미 한계에 다다른 몸은 호문쿨루스의 강인한 힘을 버텨내기에는 역부족이었다.

후두둑.

벌어진 상처에서 출혈이 더욱 심해졌다.

다리가 덜덜 떨리고, 손에서는 자꾸 힘이 빠지려 했다.

"……젠장!"

결국 초조한 외침을 터뜨리며, 아렌트가 적을 강하게 쳐냈다.

챙강!

아렌트를 압박하던 어둠이 희게 얼어붙어, 이내 검날에 깨끗하게 베여 버렸다. 하지만 그것으로 끝이 아니었다.

서걱!

바로 다음 순간, 아슬아슬하게 스쳐 지나간 검은 줄기가 아렌트의 뺨을 길게 베어 놓았다.

조금이라도 비껴갔다면 머리를 관통당했을 게 틀림없었다.

"……!"

새로 생긴 상처에서 피가 뚝뚝 떨어졌다.

하지만 차마 부상을 돌보지도 못한 채, 아렌트는 다시 몸을 옆으로 날려야만 했다.

콰아아앙!

천장에서 뻗어 나온 검은 줄기가 바로 옆의 바닥을 깊이 파고들었다.

가까스로 피할 수는 있었지만, 그 충격에 아렌트는 다

시 한번 튕겨 나가고 말았다.

쿠웅.

낙법을 취할 새도 없이, 아렌트는 그대로 벽에 처박히고 말았다.

시야가 뒤흔들리며 머리가 새하얗게 탈색되었다.

"콜록, 콜록!"

견습 기사가 기침을 한 번 뱉을 때마다 울컥울컥 피가 쏟아졌다. 내상을 심하게 입은 탓이었다.

후들대는 팔로 상체를 세우려 했지만, 힘이 부족한 탓에 아렌트는 그대로 고꾸라져버렸다.

머리 위에서 천진한 웃음소리가 들려왔다.

"하하하하! 보기 좋다, 너. 그러고 있으니까 제법 쥐새끼다운데?"

"너 이 새끼……."

억지로 고개를 든 아렌트가 입꼬리를 비틀었다.

그와 시선을 마주친 지클린이 반달 모양으로 눈웃음을 지었다.

"주제 파악을 해야지. 아주 예전에 이렇게 됐어야 하는 걸. 너무 오랫동안 설치게 내버려뒀어. 로저도, 니케 님도 다 바보 같아."

아렌트는 뭐라 대꾸하려 했다. 그러나 그는 다시금 날아든 공격을 피해 급히 몸을 굴렸다.

좁은 방 안에서 쫓고 쫓는 술래잡기가 시작되었다.

쾅, 콰아앙!

빈틈없이 방을 채운 호문쿨루스는 사방에서 쉴 새 없이 공격을 쏟아냈다.

일부러 급소를 피해 쏘아지는 공격들은 꼭 덫에 걸린 쥐를 가지고 노는 것 같았다.

간신히 막아 내면 바로 다음 순간 엉뚱한 곳에서 날아든 공격이 이미 지친 몸에 상흔을 더하는 식이었다.

"커헉!"

결국 어깨를 관통당한 아렌트는 내동댕이쳐지듯 지클린의 발치에 쓰러지고 말았다.

어떻게든 검을 다시 쥐고 일어나려 했지만, 그조차도 무의미한 발악이었다.

챙강!

어느새 소파에서 몸을 일으킨 지클린이 그의 검을 발로 차 멀리 날려 버린 거였다.

"……."

지클린은 아무런 감정도 느껴지지 않는 눈으로 그를 가만히 내려다보았다.

반쯤 정신을 잃은 건지, 황금색 눈동자의 초점이 흔들리고 있었다.

그런 와중에도 생존 본능 때문에 끈질기게 숨을 쉬고 있었지만, 언제 호흡이 끊겨도 이상하지 않을 것 같았다.

지클린이 짜증스레 투덜거렸다.

"……진짜 독한 새끼."

분명 아렌트 자신도 이리될지도 모른다 충분히 예상했을 터였다. 그럼에도 자신이 지클린을 죽일 수 있다는 약간의 가능성에 모든 것을 걸고 여기까지 왔겠지.

그러나 그가 맞이한 건 이런 결말이었다.

이제 견습 기사는 거의 움직이지 않았다.

고개를 절레절레 내저은 지클린은 그를 지나쳐 멀리 날아간 검을 주워들었다.

피와 살점들로 더러워진 검에는 아직 서리 어린 손길의 냉기가 남아 있었다.

"드디어 성물도 회수할 수 있겠어."

지클린은 다시 쓰러진 아렌트를 향해 몸을 빙글 돌렸다.

아렌트를 제압하는 데 성공한 호문쿨루스는 이따금 눈을 깜빡이기만 할 뿐, 얌전히 지클린의 지시를 기다리고 있었다.

"나, 참. 이따위 애송이를 죽이려고 도대체 얼마나 쏟아부은 건지."

이 성은 라이오스 드 윈프리드에게 빼앗길 게 분명했다. 신관들과 구울들을 잃어 생긴 손실은 셀 엄두도 나지 않았고, 호문쿨루스도 모두 소모해 버렸다.

하지만 지클린은 후회하지 않았다.

"네 목을 가져가면 이리스 님도 칭찬해 주시겠지."

그만한 피해를 감수할 만한 의미가 있는 일이었다.

아렌트의 검을 쥔 지클린은 성큼성큼 아렌트를 향해 다가갔다.

"그 예쁘장한 목은 특별히 보관해 줄게. 멋진 작품으로 만들어 내는 것도 괜찮겠는걸. 몸도 생명력이 꽤 질긴 모양이니 꽤 쓸모가 많을 것 같고."

끽, 끼기긱.

그녀에게는 큰 검이 바닥에 질질 끌리며 듣기 싫은 쇳소리를 냈다.

"내 전리품이 되는 걸 영광으로 여기도록 해, 애송아."

앳된 얼굴에 미소가 피어났다.

더 이상 미동조차 없는 아렌트 앞에 멈춰 선 지클린이 검을 높이 쳐들었다.

"네 죽음은 영웅에게도 잘 전해 줄게."

지저분한 검이 아렌트의 목을 향해 똑바로 떨어졌다.

드디어, 아렌트 폰 에크하르트를 죽일 수 있었다.

전에 없던 희열이 그녀를 지배했다.

그를 체르니온에게 제물로 바쳐, 언젠가는 영원한 밤의 세계를 이 땅 위에 가져올 수 있겠지.

지클린은 그리 믿어 의심치 않았다.

그 순간, 완전히 의식을 잃은 듯하던 아렌트가 꿈틀, 움직였다.

"어?"

쓰러진 아렌트가 손을 뻗어 커튼을 있는 힘껏 끌어당길 때까지, 그녀는 무슨 일이 벌어지는지 이해하지 못했다.

두꺼운 커튼이 활짝 열리며 찬란한 햇빛이 쏟아졌다.

갑작스러운 빛에 놀란 지클린이 눈을 조금 크게 뜬 순간.

쨍그랑!

창문을 깨고 날아든 강철 화살이 소녀의 미간을 정확히 꿰뚫었다.

* * *

천천히 활을 내리는 손이 덜덜 떨렸다.

언제나 자신감에 가득 차 있곤 하는 왕자의 얼굴은 긴장감과 두려움 때문에 희게 질린 채였다.

"성공……. 한 거죠?"

르웰린이 겁에 질린 목소리로 더듬더듬 물었다.

어찌나 긴장했는지 이마에도 축축하게 식은땀이 배여 나 있었다.

"빗나간 건 아니죠? 성공한 거 맞죠?"

꽤 멀리 떨어진 곳에 지클린이 있다는 건물이 보였다.

바로 몇 초 전, 르웰린의 손을 떠나간 화살이 창문을 꿰뚫고 시야를 벗어난 참이었다.

세일럼이 그를 안심시키듯 진지한 얼굴로 고개를 끄덕

여 주었다.

"네. 고생하셨습니다, 왕자님."

"……하."

그제야 르웰린의 입에서 억눌린 한숨이 터져 나왔다.

"하아아……."

툭.

미끄러진 활이 맥없이 바닥에 떨어졌다.

르웰린은 믿기지 않는다는 눈으로 제 손을 내려다보았다.

지나치게 긴장한 탓에 희게 질린 양손이 덜덜 떨리고 있었다.

"이 빌어먹을 놈은 진짜……."

욕설과 함께 피식피식 힘 빠진 웃음이 흘러나왔다.

"친구 하자고 들이댄 대가가 너무 혹독한 것 같습니다. 날이 갈수록 감당하기가 힘들어지네."

"동감입니다."

세일럼 역시 쓰게 미소 지으며 고개를 끄덕였다.

아닌 척하고 있었지만, 르웰린과 마찬가지로 잔뜩 긴장하고 있었던 그였다.

작전을 시행하기로 한 뒤에도 두 사람은 성공을 확신할 수 없었다.

르웰린이 가진 드래곤 본 아티팩트와 세일럼의 정령들이 있다고 하더라도, 먼 곳에서 단 하나의 표적을 정확히 맞추는 것은 결코 쉬운 일이 아니었다.

 게다가 단 한 번의 기회를 날려 버리면 모든 것이 다 수포로 돌아가는 것과 마찬가지인 상황이었으니까.

 "그래도 어떻게든 해냈네요. 늘 그랬듯이."

 세일럼의 말에 르웰린이 지친 얼굴로 씨익 웃으며 고개를 끄덕였다.

 임무를 완수한 루나와 레이가 푸른 하늘 아래에서 날갯짓하며 유유히 돌아오고 있었다.

 어쩐지 정령들이 뿌듯해하는 것 같아, 세일럼은 창백해진 얼굴로도 그만 웃음을 터뜨리고 말았다.

* * *

 "……콜록, 콜록."

 몇 번 더 기침을 뱉은 아렌트가 비틀비틀 몸을 일으켰다.

 "뒈지겠네, 진짜……."

 깨진 창문을 통해 쏟아진 햇빛이 눈을 찌르고, 산산조각 난 유리 사이로 바람이 스며들어 찢어진 커튼을 부드럽게 흔들었다.

 갑작스레 주인을 잃은 호문쿨루스는 상황을 미처 파악하지 못했는지, 무수히 많은 눈알을 멍하니 깜빡이기만 했다.

아렌트는 창문을 등지고 바닥에 쓰러진 지클린을 보았다.

"네가 뒈졌다는거야, 뭐……. 이미 성녀는 알고 있을 테니. 굳이 내가 전해 줄 필요도 없겠지."

무슨 일이 일어났는지 이해하지 못한 듯, 지클린은 두 눈을 크게 뜬 채 절명해 있었다.

쇠로 된 화살이 박힌 이마에서는 검붉은 피가 끊임없이 솟아났다.

"그러게 적당히 설쳐야지. 조연 주제에 무대 위에서 지나치게 나대면 그렇게 되는 거야."

시큰둥하게 그녀를 내려다보는 황금색 눈동자에서는 방금 진까지 내보인 당혹감과 질박함, 고통 따위는 씻은 듯 사라지고 없었다.

대신 자리한 것은 서늘할 정도의 무심함 뿐이었다.

"하아……."

그러나 그 역시 오래 서 있을 수는 없었다.

밀려드는 피로감 때문에 당장이라도 정신을 놓아 버릴 것 같았다.

아렌트는 아까까지 지클린이 기대어 있던 소파에 털썩 주저앉았다.

눈앞이 핑핑 돌았다.

'그래도…….'

피투성이가 된 손으로 얼굴을 쓸어 내리자니, 실없는

웃음이 흘러나왔다.

"하······. 하하."

아렌트는 그대로 옆으로 툭 몸을 눕혀 버렸다.

목 안에서 자꾸만 뜨거운 피가 울컥울컥 솟아나는 한편, 몸이 덜덜 떨릴 정도의 한기까지 느껴졌다.

사방을 에워싼 호문쿨루스는 주인을 잃어 잠시 혼란에 빠졌을 뿐, 여전히 살아 있는 상태였다.

저것이 다시 덤벼 오기라도 한다면 속수무책으로 당할 수밖에 없을 터였다.

하지만 지금 당장 그런 것은 눈에 들어오지 않았다.

"꼴 좋다, 미친 애새끼······."

실실 웃음을 흘리는 입술에서 저주가 흘러나왔다.

코를 찌르는 혈향, 온몸의 통증, 지금이라도 당장 호문쿨루스에게 반격당해 죽을지도 모른다는 위기감.

주변의 모든 것에서 지나칠 정도로 현실감이 느껴졌다.

'팔자 좋은 시나리오대로 흘러가는 무대 따위가 아니지.'

이곳은 누가 언제 어떻게 죽을지 모르는 전쟁터였다.

이번에야말로 정말 무모한 싸움이었다.

게다가 자신은 작전에 대해서는 말 한마디 꺼내지 않고 독단적으로 움직였다.

그런데도 누구 하나 그를 의심하는 사람이 없었다.

도대체 무슨 꿍꿍이냐고 신경질적으로 캐물으면서도, 모두가 자신을 믿고 기꺼이 목숨을 걸어 준 것이다.

"……진짜 환장하겠네."

아렌트는 손으로 얼굴을 가려 버렸다.

'아렌트'나 '이수현'이나, 그 정도의 신뢰를 받을 정도의 위인이 못 되었다.

하지만 저곳에 목숨을 잃고 쓰러진 지클린이 증거였다.

그를 고작 배우, 혹은 무대 소품 취급하는 사람은 아무도 없었다.

자신이 더 이상 그들을 무대 위의 꼭두각시로 여기지 않듯이.

"……."

온몸이 아팠다.

두고 온 것, 그리고 이곳에서 얻은 것, 버리려 했던 것이 머릿속에서 마구 뒤엉키다 못해 하나의 돌덩이가 되어 눈꺼풀을 무겁게 짓눌렀다.

아렌트는 한참 동안이나 숨을 고르며, 죽은 듯이 꼼짝하지 않고 누워 있었다.

'연기라…….'

아득해지는 정신 속에서도 아렌트는 생각을 이어 갔다.

자신만만하게 떠들어대던 지클린은 볼품없게 죽어 퇴

장했다. 온갖 괴물들을 부리던 것 치곤 상당히 초라한 최후였으며…… 희극에 등장하는 악역다운 말로였다.

누구 한 명이라도 없었더라면 이런 전개를 만들어 내지 못했을 터였다.

모두가 사력을 다해 가까스로 얻어낸 결과였으니까.

자신을 포함해서.

'안 되겠네, 이거.'

루드윈의 앞에서는 인생은 한바탕 연극이니 뭐니 허세 가득하게 떠들어댔지만, 원래 인생이라는 건 마음대로 되는 게 아니었다.

그 법칙은 자신이 등지고 온 낡아빠진 무대든, 이 피투성이 세상이든 평등하게 통하는 모양이었다.

터진 입술 사이에서 한탄 같은 혼잣말이 흘러나왔다.

"자꾸 이러면 도망칠 구석도 없는데……."

얼마나 그러고 있었을까.

바깥의 전투 소음이 차차 잦아들었다. 얼마 지나지 않아 급하게 이쪽을 향해 달려오는 발소리들이 들려왔다.

허겁지겁 뛰어오는 꼴을 보아하니 분명 아서와 리히트일 것이다.

그 기척을 느끼며 아렌트는 실소를 터뜨렸다.

'하긴.'

도망치는 것도 그다지 '아렌트'다운 짓은 아니었다.

* * *

지휘관을 잃은 군대는 빠르게 괴멸했다.

라이오스와 3기사단이 앞뒤를 가리지 않고 폭주한 덕에, 이미 과반수가 넘는 적들이 유명을 달리한 차였다.

그런 와중에 지클린이 죽자마자 적들은 일제히 혼란에 빠졌고, 제대로 갈피도 잡지 못한 채 우왕좌왕하는 잔당을 처리하는 건 손쉬운 일이었다.

하지만 뭐가 어떻게 된 건지 이해하지 못한 것은 연합군 측도 마찬가지였다.

하지만 당장 모든 전말을 알고 있을 견습 기사는 지쳐 곯아떨어진 채 리히트에게 업혀 복귀했으니, 당장 붙잡고 따져 물을 수도 없는 노릇이었다.

호문쿨루스를 처리한 뒤 시신을 수습하며, 지클린의 사인이 된 화살을 발견한 그들은 더욱 황당해지고 말았다.

"이거, 르웰린 왕자님이 사용하시는 거 아냐?"

글렌이 어처구니없이 중얼거리자 라이더가 떨떠름하게 고개를 끄덕였다.

"아무래도 아렌트랑 같이 뭔가 작당을 모의하신 것 같은데요······."

"그러고 보니까 왕자님을 한 번도 못 뵈었군. 세일럼 님도 그렇고."

인상을 찌푸린 글렌이 미리 가져온 천을 끌어다가 지클

린의 시신을 덮어 버렸다.

"이거 아무래도 수상한데."

"나중에 단장님이랑 같이 취조해 보죠."

라이더가 상처투성이 얼굴로 킬킬 웃었다.

병사들이 들것에 얹은 시신을 들고 나간 뒤, 기사들과 루드윈 왕자 역시 막사로 복귀했다.

지친 몸을 이끌고 복귀한 그들을 맞이해 준 사람은 어색한 미소를 짓는 르웰린과 세일럼이었다.

"헤헤. 고생하셨습니다, 형님."

한 손에 활을 들고서 뻘쭘하게 웃는 르웰린을 보자마자, 루드윈은 그만 제 이마를 탁 소리 나게 짚고 말았다.

그리고 그날 저녁.

부상이 극심한 사람을 제외한 대부분의 핵심 인원이 모인 자리에서 회의를 빙자한 취조 자리가 열렸다.

"아니, 그러니까……. 뭐랄까. 에버란 왕국의 일이니, 제 손으로 직접 해결하라고 말하더라고요."

표적이 된 르웰린은 짐짓 곤란하다는 표정을 지으며 뺨을 긁적였다.

"아렌트 말을 빌리자면, 전부 다 한바탕 연극이었던 셈입니다."

"연극……이라고?"

루드윈이 의구심 넘치게 묻자 르웰린이 고개를 끄덕였다.

"네. 애초부터 아렌트가 지클린을 죽이겠다 나선 것부터가 거짓말이었던 거죠."

아렌트가 직접 지클린을 해치울 거라, 모두가 믿어 의심치 않았다. 심지어는 지클린마저도 그리 굳게 믿고 있었다.

"형님이 처음에 지적하셨던 대로, 지클린은 텔레포트를 사용할 수 있습니다. 게다가 곁은 언제나 정령이 지키고 있고."

사실상 직접 접근해서 죽이는 건 불가능에 가까웠다.

"그래서 이런 방법을 생각한 겁니다. 라이오스 단장이 성을 탈환하기 위해 움직이고, 아렌트는 지클린을 처리하려 따로 병력을 이끌었죠. 그걸로 지클린이 주의를 끈 겁니다."

"아렌트 경을 죽이고 싶어 하던 건 지클린 역시 마찬가지였으니까요."

옆에서 잠자코 있던 세일럼이 슬그머니 끼어들었다.

"아렌트 경께서 저희 둘만을 따로 불러내서 말씀하셨습니다. 정령들을 이용해 지클린이 있는 위치를 아렌트 경께 알려 준 뒤, 우리는 그녀를 화살로 노릴 수 있는 지점에서 몸을 숨기고 대기하라고요."

적당한 장소를 물색하는 것 역시 정령의 도움을 받았다.

르웰린이 말을 이었다.

"세일럼 님의 정령이 근처를 알짱댄다면, 지클린도 분명 아렌트가 자신을 노린다는 걸 알아차릴 거라고 했어요."

거기부터가 지클린을 함정에 빠뜨리기 위한 연극이었던 셈이었다.

"바로 앞에 먹잇감이 있는데, 심지어 잘만 하면 손에 넣을 수 있을 것처럼 보이는 와중에……. 욕심 많은 지클린이 섣불리 도망칠 리 없다고. 아렌트가 그렇게 말했습니다. 만에 하나 지클린이 먼저 도망칠 경우도 대비하긴 했어요."

배신감에 가득 찬 얼굴로 르웰린을 바라보는 이들에게 세일럼이 황급히 덧붙였다.

"그래서 처음에는 루나가, 그리고 아렌트 경이 근처까지 다다랐을 때는 레이가 한 번씩 번갈아 가면서 확인했어요. 만약 적이 먼저 빠져나가 버리면 다음 대책을 세울 필요가 있었으니까."

아렌트는 목표를 찾아낸 사냥개처럼 무시무시한 기세로 적진을 파고들었다.

지클린 역시 언제든 도망칠 수 있다는 자신감으로 기꺼이 그의 도전에 응했다.

직접 싸울 수 없는 지클린이 펼칠 수 있는 건 구울들을 이용한 인해전술뿐이니, 압도적인 머릿수를 이용해 어떻게든 해결해 보려 할 것이란 사실도 충분히 예상할 수 있었다.

"적들을 뚫고 지클린의 앞에 도달한 아렌트가, 제가 화살을 쏠 수 있도록 잠깐의 틈을 만든 거죠. 주변에서 지켜보던 정령들이 때맞춰서 세일럼 님에게 신호를 준 거고."

무려 성검의 영웅과 체르니온 교의 숙적이라 불리는 견습 기사가 날뛰는 판이었다. 그런 마당에 고작 두 사람의 은밀한 움직임을 눈여겨볼 사람은 없었다.

실제로 루드윈 역시 르웰린과 세일럼의 행방에 대해서는 새까맣게 모르고 있었으니까.

"제가 아티팩트를 이용해 쏘면, 정령들이 화살 방향을 잡아 정확히 지클린을 누린다. 이런 작전이었습니다. 정령들이 개입하면 적어도 빗나갈 위험은 줄어들 테니까요."

지클린은 애초에 아렌트에게만 정신이 팔려 있었으니, 막내 왕자 따위는 안중에도 없었을 테고.

"그리고 굳이 모두에게 비밀로 한 건……."

마른침을 한 번 삼킨 르웰린이 우물쭈물하며 말을 이었다.

"형님이나 기사단이나 연기가 어설프기 짝이 없으니, 괜히 작전을 의식하고 움직이다간 한 걸음 떼기도 전에 들킬지도 모른다더라고요."

애써 포장해 고운 말로 전달했지만, 아마 한결 더 싸가지 없고 오만한 언사였을 것이다.

얼이 빠진 채 설명을 듣던 루드윈이 입술을 달싹였다.

"아니, 이게 무슨……."

위험천만하기 짝이 없었다. 우선은 괴물들의 포위망을 뚫고 지클린의 앞에 도달할 수 있어야지만 성립할 수 있는 작전이었으니까.

만일 지클린이 미리 작전을 눈치채고 도망쳤다거나, 라이오스 쪽의 병력이 조금이라도 전투에서 밀렸다더라도 난처한 지경에 빠졌을 것이다.

기회는 딱 한 번뿐이었을 테니, 르웰린이 실수를 저지를 가능성도 충분히 있었다.

하지만 아렌트는 그 모든 것을 감수하고 제 목숨까지 걸며 미끼 역할을 해냈다.

아무런 대책도 제대로 설명하지 않았는데도, 그저 아렌트만 믿고 날뛴 황실 기사단 역시 상식 밖인 것은 마찬가지였고.

'아니지.'

사실 제일 황당한 건, 이 모든 게 잘 풀렸다는 거였다.

게다가 적의 수장을 죽인 공로를 세운 동생은, 마치 잘못이라도 저지른 것처럼 자신의 눈치를 살피고 있으니 기가 막힐 노릇이었다.

"……하아."

다른 이들 역시 비슷한 심정이었는지, 이곳저곳에서 한

숨이 터져 나왔다.

루드윈은 치밀어 오르는 편두통을 가라앉히려 관자놀이를 꾹꾹 눌렀다.

굳이 머리로 이해하는 것보다, 그냥 눈앞에 놓인 결과를 받아들이는 편이 정신건강에 이로울 것 같았다.

* * *

지클린을 토벌했다는 소식은 빠르게 퍼져 나갔고, 이내 칼리온 제국을 중심으로 한 연합국에도 전해졌다.

그러나 미처 승리를 자축할 틈도 없이, 루드윈 왕자와 황실 기사단은 전쟁 사후 처리에 매달려야 했다.

엉망이 된 영지도 그랬지만, 양측에서 가장 큰 문제가 된 것은 리타로부터 회수한 정령석이었다.

"아직 완전히 소멸하지는 않은 것 같아요."

거의 빛을 잃은 정령석에 손을 대본 세일럼이 살짝 미간을 찌푸렸다.

미약하지만 아직 온기가 남아 있었다.

루드윈이 의아하게 물었다.

"리타는 이미 태어난 정령이었던 게 아닙니까?"

"맞아요. 하지만 지클린은 정령사에 적합한 체질이 아니었으니까, 계약을 맺어 리타의 힘을 이용하기 위해선 따로 매개가 필요했을 거예요."

그래서 지클린은 리타의 모체인 정령석을 이용해 호문쿨루스를 만들었다.

정령 그 자체로서 존재하는 것보다 호문쿨루스가 되는 편이 더 활용도가 높았을 테니까.

"평상시에는 호문쿨루스가 되어서 지클린의 시중을 들고, 필요할 때마다 정령체가 되기도 하면서……. 그런 식으로 자유자재로 지냈던 것 같아요."

말도 안 되는 수준의 발명이었다.

루드윈이 인상을 찌푸리며 고개를 끄덕였다.

"그렇군요. 정령석은 엘프 2왕국의 도난품이라고 들었습니다만. 어떻게 하시겠습니까? 라이오스 단장. 왕국으로 반환하는 것은 에버란에서도 물론 가능한 일입니다만……."

말끝을 흐린 왕자가 라이오스를 보았다. 그와 눈을 마주친 라이오스가 담백하게 고개를 끄덕였다.

"일단은 다시 정령석 안에 잠든 듯하니, 저희가 회수하겠습니다."

"다시 깨어날 수 있을지는 사실 잘 모르겠습니다. 정령이 태어나기에 인간 왕국은 그리 적합한 환경도 아니라서요."

세일럼이 조심스럽게 덧붙였다.

정령이 깃들지 않은 정령석은 그저 돌덩이에 불과했다. 만약 안의 정령이 이대로 소멸해 버린다면, 왕국에 돌려주는 것도 무의미한 일이 될 것이다.

잠깐 생각하던 라이오스가 대답했다.

"알겠습니다. 당분간은 지켜보는 편이 좋겠군요."

"그렇다면 단장께서 관리하시는 것으로 이해하겠습니다."

루드윈은 정령석이 담긴 상자를 다시 굳게 닫았다.

세일럼을 따라온 루나와 레이가 상자 옆에 앉아 부리로 콕콕, 겉면을 한 번씩 쪼아대고 있었다.

그걸 알 리가 없는 루드윈이 점잖게 말을 이었다.

"바쁘신데 붙잡아서 죄송합니다. 슬슬 식사 시간인데, 같이 드시겠습니까?"

"권유해 주셔서 감사합니다. 하지만 사양하겠습니다."

라이오스의 정중한 거절에 루드윈이 물었다.

"다른 업무라도 있으십니까?"

"아니요. 아렌트에게 갑니다."

그에게서 돌아온 대답에 루드윈이 얼굴을 살짝 굳혔다.

"……알겠습니다. 그쪽으로 차와 다과라도 보내드리겠습니다."

"감사합니다, 왕자님."

전투가 끝난 지 사흘째.

지클린을 토벌해냈다는 보고에, 의례적인 칭찬을 건넨 칸타레스 황태자는 즉각 복귀할 것을 명령했다.

그러나 부득이하게 황실 기사단은 그 명령을 수행하지 못했다.

문제아 견습 기사가 며칠째 단잠에서 헤어 나오지 못하고 있는 탓이었다.

*　*　*

달칵.

문이 열리는 소리에 안에 있던 아서와 르웰린이 고개를 들었다. 두 사람을 발견한 라이오스가 멈칫했다.

"……죄송합니다. 계시는 걸 알았다면 노크를 하고 들어왔을 겁니다."

"에이, 우리 사이에 무슨."

소파에 푹 기댄 르웰린이 손을 휘휘 내저었다. 그의 맞은편 의자에는 아서가 앉아 있었다.

"단장님, 오셨습니까? 세일럼 님도 어서 오세요."

"아렌트 경은 아직 그대로십니까?"

라이오스 뒤에서 고개를 내민 세일럼이 걱정스럽게 물었다. 아서가 쓴웃음을 지으며 고개를 끄덕였다.

"몸에 큰 이상이 있는 건 아니라고 하니까, 피로가 쌓여서 그럴 겁니다. 걱정하지 마세요."

침대 위에는 아렌트가 이불에 푹 파묻힌 채 곯아떨어져 있었다.

라이오스가 문을 닫고 들어오자 아서가 조심스럽게 물었다.

"복귀 명령은 어떻게 되었습니까?"

"일단은 아렌트가 깨어난 뒤 상태를 보고 결정하기로 했다. 너희는 신경 쓰지 않아도 괜찮아."

간단히 답을 내어 준 라이오스가 르웰린을 보았다.

"왕자님께서는 어떻게 하시겠습니까?"

"나야, 당연히 같이 가야지."

르웰린이 천연덕스럽게 말했다.

"여긴 형님들이 계시니까 괜찮을 거야. 이번에 전투도 치러 보셨으니, 적들을 상대하는 방법도 체감하셨을 테고."

"네. 알겠습니다. 전하께도 그리 전해 드리겠습니다."

라이오스는 아렌트가 곯아떨어진 침대에 다가갔다. 그러자 아서가 아닌 척 슬그머니 걱정스럽게 말했다.

"그래도 너무 오래 자는 게 아닌가, 싶긴 합니다만…… 흔들어도 봤는데 꼼짝을 안 해요."

"평소에 제대로 못 잔 탓이겠지. 내버려둬라."

라이오스는 심란한 얼굴로 아렌트를 내려다보았다.

잘 때 몸을 웅크리는 습관이 있는 탓에, 라이오스가 제대로 볼 수 있는 건 베개에 흐트러진 은발과 커다란 지혈대가 붙은 옆얼굴뿐이었다.

'복귀 명령이라.'

통신구 너머에서 들려온 칸타레스의 목소리는 평소보다도 유난히 딱딱했다.

덕분에 라이오스는 어렵잖게 심상치 않은 일이 터졌다는 것을 감지할 수 있었다.

칸타레스의 심기가 굉장히 불편해졌다는 것도 함께.

'아마 그 건 때문이겠지.'

원인도 어렵잖게 짐작할 수 있었다.

각오했던 일이었지만, 막상 눈앞에 닥치니 자꾸만 심란해지는 것은 어쩔 수 없었다.

그러나 마음이 흔들리는 일은 없었다.

라이오스는 이미 마음을 굳힌 지 오래였다.

온갖 상처를 덕지덕지 매단 채 어린애처럼 잠든 놈을 보고 있자니, 결심은 한결 더 확고해졌다.

'뭐가 됐든…….'

절대 아렌트의 뜻대로 그냥 흘러가게 두지 않을 것이다.

이 녀석에게 질질 끌려다니며 허둥지둥하는 데에는 슬슬 신물이 나기 시작했으니까.

"……골치 아픈 놈 같으니."

라이오스가 짧게 한탄을 터뜨렸다.

적어도 지금은, 조금이라도 더 오래 편히 휴식을 취하게 내버려두고 싶은 마음뿐이었다.

* * *

아렌트는 눈을 몇 번 깜빡였다.

푸른 물이 시야를 가득 채우고 있었다.

몸을 감싼 물의 온기와 바다 냄새, 일렁이는 물결이 고스란히 느껴졌다.

한참이나 멍하니 있던 아렌트는 자신이 바닷속에 잠겨 있다는 걸 뒤늦게 깨달았다. 오직 물만이 느껴지는 고요한 공간이 썩 나쁘지만은 않았다.

'그렇다는 건…….'

아렌트는 눈동자만을 굴려 이곳에 있을 또 다른 존재를 찾았다.

얼마 지나지 않아, 그는 조금 떨어진 곳에서 자신과 등지고 있는 작은 엘프를 발견했다.

'돌고래?'

네레이스는 혼자가 아니었다. 물갈퀴가 달린 손이 예쁜 돌고래를 쓰다듬고 있었다.

한참을 네레이스와 눈을 마주치던 돌고래가 아렌트를 발견하고는 멈칫했다.

그리고는 그녀의 옆을 벗어나, 아렌트를 향해 느긋하게 헤엄쳐 왔다.

"아."

그제야 네레이스 역시 뒤를 돌아보았다.

아렌트가 멀뚱멀뚱 자신을 쳐다보기만 하자, 돌고래의 뒤를 따라온 네레이스가 조심스럽게 입을 열었다.

"일어났어? 내 목소리 들려?"

얼굴과 잘 어울리는 아주 앳된 목소리였다. 어쩌면 새가 지저귀는 것 같기도 했다.

잠깐 생각하던 아렌트가 입을 열었다.

"지난번에는 허둥지둥하더니, 슬슬 인간을 대하는 감을 되찾았나 보네."

숨 쉬기도 곤란했던 지난번과는 달리, 이번에는 목소리도 편안하게 낼 수 있었다.

"혹시나 해서 물어보는 거다만. 저번처럼 자다가 익사할 지경이 되는 일은 없는 거지?"

"……아니, 그."

잠깐 멍하니 있던 네레이스가 허둥지둥 양손을 내저었다.

"그때는 진짜 실수였어. 인간을 대하는 게 너무 오랜만이라……! 미안, 무서웠지? 오늘은 그럴 일 절대로 없어. 저 애한테 목소리도 빌려 왔고……."

"무서웠냐고?"

아렌트가 황당하게 되물었다.

그제야 자신의 실수를 깨달은 듯, 네레이스가 아차 하는 표정을 지었다.

상대는 인간 주제에 무려 루체와 체르니온을 상대로도

배 째라며 덤벼드는 놈이었으니까.

"아니, 그게……. 미안……."

"……진짜 어린애도 아니고. 무슨 말을 못 하겠네."

짧게 투덜거린 아렌트가 손을 휘휘 내저었다.

"됐으니까 본론이나 말해. 지켜 주는 건 고맙지만, 개인적으로는 그쪽도 썩 달가운 존재는 아니라."

이렇게 태연히 대화를 나누고 있다는 걸 알면 렉시온이 기함을 터뜨릴 일이었다.

그러자 네레이스가 조금 의기소침해졌다.

"으응……. 알고 있어. 어지간하면 개입하지 않는 게 더 좋을 테지. 나 같은 존재랑 오래 접촉한다면 너한테도 썩 좋을 일은 아닐 테니까."

두 사람 주변을 유영하던 돌고래가 네레이스를 위로하듯 긴 주둥이를 애교스럽게 비볐다. 돌고래를 가볍게 쓰다듬어 주며 네레이스가 우물쭈물 말을 이었다.

"아무래도 크게 동요한 것 같아서, 나라도 개입하지 않는다면 큰일이 날까 봐……. 그런데 이제는 또 안정된 것 같아."

고개를 옆으로 기울인 네레이스가 걱정 가득한 얼굴로 아렌트를 보았다.

"괜찮은 거지?"

"뭐어……."

아렌트가 괜히 머리를 긁적이며 눈동자를 굴렸다. 그녀

가 무슨 말을 하는지 대충 알 것 같았다.

"아마도."

슈타들러 백작의 연구소에 머물 때부터, 갖은 생각으로 머리가 터질 것 같았다.

하지만 에버란 왕국으로 온 뒤 온갖 일이 생기며 오히려 생각이 정리되었다.

이제야 조금 눈앞이 맑아진 것 같았다.

'내가 멍청했지.'

도망칠 수 없다는 걸 깨달아 버렸으니까.

잠깐 망설이던 아렌트가 천천히 말을 이었다.

"완전히 괜찮아진 건 아닐지도 모르지만, 어쨌든. 당장은 그래."

"정말? 다행이다."

네레이스의 앳된 얼굴에 밝은 미소가 피어났다. 그걸 보자니 어쩐지 허탈감이 들어, 아렌트는 탄식을 터뜨렸다.

"……이제 나도 모르겠다. 내가 어떻게 해 볼 수 있는 것도 아니고."

이미 사고는 쳤으니, 지금쯤이면 누군가가 이를 박박 갈고 있을지도 몰랐다.

정말 이제부터는 한 치 앞도 예상할 수 없게 되었다.

"설마 내 마음이 바뀔 줄은 몰랐지."

최대한 많은 변수를 고려했지만, 딱 하나 간과했던 게

바로 지금의 경우였다.

네레이스가 다시 걱정스럽게 물었다.

"힘들어?"

"딱히 그런 건 아냐."

단칼에 대답했지만, 네레이스는 여전히 의아하다는 표정이었다.

"거짓말 같은데."

"……."

잠깐 입을 다물고 있던 아렌트가 화제를 돌려 버렸다.

"용건은 그것뿐이야? 이미 너덜너덜해졌는데 악몽에 시달려서 완전 박살 나기라도 할까 봐?"

"으응, 그것도 있지만……."

잠깐 망설이던 네레이스가 눈을 아래로 내리깔았다.

"루체 님과 체르니온 님이 많이 화가 났어. 그걸 알려 주려고."

조심스레 흘러나온 말에, 아렌트가 잠깐 침묵했다.

얼마 후. 그가 심드렁하게 대꾸했다.

"그건 하루 이틀 일이 아닌 것 같은데. 체르니온 놈이야 엿을 처먹었으니 그럴 만도 하고. 루체는 왜?"

"자신의 뜻대로 흘러가지 않아서 그렇겠지."

입안에서 말을 웅얼대던 네레이스가 물속에서 무릎을 껴안았다.

"네가 완전히 망가지길 기대하셨던 것 같아. 하지만 생각보다도 오래 버티고……. 아마 그래서 그런 게 아닐까? 오히려 영웅보다는 네게 더 관심을 많이 두시고 있으니까. 미안해, 나도 이 정도가 한계라."

네레이스는 이걸 경고해 주기 위해 굳이 여기까지 찾아온 거였다.

그를 가만히 응시하던 아렌트가 다시 입을 열었다.

"……미안하면 몇 가지 질문에나 대답해 줘."

"응?"

"설마 같은 신격인데, 함부로 입을 놀려댄다고 해서 피를 토하거나 갑자기 죽어 버리지는 않겠지."

어리둥절한 표정을 짓는 네레이스에게, 아렌트가 느긋하게 대답했다.

"이것저것 궁금한 게 많거든. 아무래도 엿 처먹은 것도 꽤 있는지라. 이왕 찾아온 거, 진득하게 대화 좀 나눠 보자고."

견습 기사의 낯에 씨익 미소가 드리웠다.

위기감을 감지한 돌고래가 급히 네레이스의 옷자락을 물어 자신 쪽으로 당기기 시작했다.

네레이스 역시 조금 겁에 질린 눈으로 뒤로 물러섰지만, 아렌트는 호락호락하지 않았다.

"설마 도망치려고? 내가 이렇게까지 개고생하고 있는 건 애초에 너희들이 처신을 잘못한 것 때문 아니었던가?"

"아니, 그게……."

"고생 많으십니다, 하고 웃기지도 않은 동정심을 던져 주는 것 정도로 퉁치려는 건 아니겠지. 너도 알잖아. 나는 잘난 그 영웅처럼 물러 터진 인간이 아니라는 걸."

아렌트가 느긋하게 말을 이었다.

"조금이라도 책임감이 있다면 도움이 되어야 할 거 아냐. 어디서 남의 일처럼 굴어?"

"……."

네레이스는 그를 진심으로 걱정했던 것을 조금 후회하고 말았다.

* * *

느릿느릿 눈을 깜빡이던 아렌트가 툭 내뱉었다.

"……뭐야. 왜 여기에 있어?"

침대 옆 의자에 앉아 있던 세일럼이 황당하게 말했다.

"지금 그게 눈 뜨자마자 할 소리예요? 기껏 간호해 줬더니."

"일어나자마자 뜬금없이 엘프 애새끼랑 눈 마주치면 당연히 이러지."

하품을 쩍 한 아렌트가 부스스 상체를 일으켰다.

"아, 너무 오래 잤나. 온몸이 다 아프네."

"당연히 그러시겠죠. 사람이 성한 데가 한 곳도 없이 업혀 왔는데. 진짜 큰일 나는 줄 알았잖아요!"

"쬐그만 게 시끄러워 죽겠네."

턱.

잠이 덜 깬 얼굴로, 아렌트는 세일럼의 작은 머리통 위에 손을 얹었다.

세일럼이 눈을 동그랗게 뜨려는 찰나, 상처투성이 손이 소년의 머리를 마구 헝클어 버렸다.

"아오, 진짜! 뭐 하시는 거예요?"

난데없이 봉변당한 세일럼이 비명을 내지르자 아렌트가 나른하게 대꾸했다.

"마침 손 얹기 좋은 위치에 있어서. 지금 며칠이나 지난 거야?"

엉망이 된 머리칼을 정리하던 세일럼이 묘한 표정을 지었다.

'뭔가······.'

푹 잠들었다가 막 깨어나서 그런지, 평소와는 묘하게 분위기가 다른 것 같았다.

'조금 개운해 보이시는 듯한데······.'

세일럼이 한동안 대답하지 않고 멀뚱멀뚱 쳐다보기만 하자 연신 하품을 해대던 아렌트가 슬쩍 인상을 찌푸렸다.

"뭘 봐? 나 잘생긴 건 하루 이틀 일이 아닐 텐데."

"······."

취소. 그는 늘 그랬듯 뻔뻔했다.

세일럼의 얼굴이 순식간에 떨떠름해졌다.

"오늘로 딱 5일째예요. 지금은 오전이고."

"그리고 다른 사람들이 코빼기도 안 보이는 걸 보니……. 하암."

한 번 더 하품을 한 아렌트가 눈을 반쯤 뜨고 느긋하게 대꾸했다.

"뭔가 일이 터지긴 한 모양이지."

"……."

불만스럽게 입을 꾹 다문 세일럼이 화제를 돌려버렸다.

"일단은 식사부터 해요. 엄청 굶었잖아요."

"귀찮은데."

"평소에 군것질은 잘만 하면서, 왜 이럴 때는 먹는 것도 귀찮대요?"

뚱한 대꾸에 세일럼이 짜증을 터뜨렸다.

벌떡 자리에서 일어난 세일럼은 밖의 시종을 불러서 식사를 가져오게 했다.

얼마 지나지 않아 기다렸다는 듯 달려온 시종이 따끈한 빵과 수프 등, 소화가 잘 되는 식사를 가지고 돌아왔다.

빵을 집어 든 아렌트가 다시 물었다.

"뭐가 어떻게 돌아가는지나 말해 봐. 슬슬 재미있는 일이 생겼을 것 같은데."

"……막 일어난 사람한테 이런 말 하고 싶지 않은데요. 진짜 성격 나쁜 거 아시죠? 이미 어떻게 된 건지 다 짐작했으면서 그렇게 말씀하시는 거 아니에요?"

빵을 뜯어 냠냠대는 아렌트를 보며, 세일럼이 어처구니없이 대답했다. 그러자 아렌트가 입안에 든 것을 꿀꺽 삼키고는 씨익 웃었다.

"아주 난리가 났어? 그리고 선배들이랑 단장님은 어떻게든 수습해 보겠다고 엉덩이에 불붙은 송아지 꼴이 됐고?"

"네! 맞아요! 알면서 왜 물어요?"

결국 참다 못한 세일럼이 신경질적으로 고함을 쳤다.

"아니, 애초에 왜 그렇게 뿌듯해하시는 건데요? 다들 아주 난리가 났다고요. 진짜 제정신이에요? 도대체 무슨 생각인 거예요?"

"이야. 완전 내 잘못이라고 확정된 거지? 만약에 내 짓이 아니면 어쩌려고. 누명일 수도 있잖아."

"충분히 그러고도 남을 사람이잖아요, 당신은!"

버럭 소리를 지른 세일럼이 이내 한숨을 푹 내쉬며 이마를 짚었다.

"그런 말씀을 하신다는 건, 진짜 아렌트 경이 저지른 일이라는 거죠?"

"글쎄. 난 모르겠는데."

"아오, 진짜! 지금 농담이 나와요?"

복장을 터뜨리는 세일럼을 재미있다는 듯 구경하던 아렌트가 어깨를 으쓱였다.

"왜. 원하는 대로 정색이라도 해 줄까? 그것도 딱히 바람직한 일은 아닐걸."

"……."

세일럼은 그만 말문이 막히고 말았다. 아렌트는 그제야 다시 식사를 시작했다.

"그렇게 따지자면 너도 여기에 있으면 안 되는 거잖아. 농담으로 넘기는 쪽이 피차 이로울 텐데. 눈 떴을 때 감옥에 처박혀 있을 각오도 했어, 사실."

"아렌트 경은 진짜……."

태연하게 식사를 이어가며 그런 말을 떠들어대는 꼴이 웃기지도 않았다. 대화가 끊기고, 한동안 방 안에는 침묵이 감돌았다.

그리고 아렌트가 식사를 다 마쳤을 무렵, 세일럼이 다시 입을 열었다.

"……전 그래도 아렌트 경이 그러신 이유가 있을 거라고 믿어요."

"그렇겠지."

아렌트가 시큰둥하게 고개를 끄덕였다.

"다른 사람들도 그렇게 여겨서 아직도 날 이렇게 귀한 몸 모시듯 해 놓은 거 아냐?"

"……."

한참 동안 입을 꾹 다물고 있던 세일럼이 우물거리듯 말했다.

"전 진짜 아렌트 경이 무슨 생각인지 모르겠어요."

남은 빵을 한꺼번에 입에 넣은 아렌트가 물었다.

"내가 진짜 나쁜 놈이면 어쩔래?"

"무슨 말씀이세요?"

세일럼이 이상하다는 듯 눈썹을 휘었다.

"아렌트 경은 원래 진짜 나쁜 사람이 맞잖아요. 뭘 새삼."

허탈할 정도로 명확한 대꾸였다. 잠깐 침묵하던 아렌트가 헛웃음을 터뜨렸다.

"……인생 한 번 끝내주게 잘 살았네."

"그래도요."

그러나 세일럼의 말은 아직 끝나지 않았다. 시선을 내리깐 세일럼이 천천히 말을 이었다.

"성격도 나쁘고 까칠한 데다가, 사람 골탕 먹이는 게 취미인 못돼 처먹은 사람이지만."

"서론이 길어, 꼬맹아."

"어쨌든 아렌트 경은 언제나 모두를 위한 방법을 찾으시잖아요."

짧게 투덜거리던 아렌트가 입을 다물었다.

"이번에도 봐요, 결국 제일 많이 다친 건 아렌트 경이잖아요. 물론 에버란 왕국 병사들은 전사자가 꽤 나왔다고는 하지만, 아렌트 경이 앞장서지 않았더라면 피해가 더 커졌을 테죠."

어느새 세일럼은 진지하기 짝이 없는 눈으로 아렌트를 올려다보고 있었다.

"그걸 모르는 사람은 아무도 없어요. 적어도 아렌트 경을 옆에서 지켜본 사람은 모두 다 알 거예요."

"……."

아렌트는 한동안 세일럼을 가만히 마주 보기만 했다. 세일럼 다소 긴장한 채 아렌트를 빤히 마주 보았다.

잠깐의 침묵이 흐른 뒤.

"쯧."

짧게 혀를 찬 아렌트가 손을 들었다. 그리고는 어리둥절한 표정을 짓는 세일럼의 머리칼을 다시 한번 엉망으로 헝클어뜨렸다.

"악! 왜 또 난리에요?"

"눈에서 건방지기 짝이 없는 걱정이 뚝뚝 떨어져서 그런다. 불만 있냐?"

피식 가볍게 웃음을 터뜨린 아렌트가 손을 뗐.

덕분에 왈칵 신경질을 터뜨리던 세일럼이 멈칫하고 말았다. 하지만 아렌트는 미처 그것을 눈치채지 못한 것 같았다.

"뭐, 이제부터 어떻게 돌아갈지는 나도 잘 모르겠다만."

"……모른다고요?"

"그래도 부딪쳐 보면 어떻게든 되겠지."

침대 머리에 등을 툭 기대며 아렌트가 짧게 말했다.

이것 역시 평소 철두철미한 그답지 않은 말이었다. 매사에 몇 수 앞을 내다보며, 모든 경우의 수까지 계산하려 드는 그였으니까.

'역시 좀 분위기가 다른데…….'

괜히 불퉁한 얼굴로 머리칼을 정돈하며, 세일럼이 힐끔힐끔 그를 보았다.

뭔가를 포기한 것 같기도 했고, 한편으로는 짐을 내려놓은 듯 홀가분해 보이기도 했다.

그러나 세일럼은 여전히 이 변화를 어떻게 받아들여야 할지 감을 잡을 수 없었다.

"멍하니 그러고 있지 말고 단장님한테 가서 전해. 말썽쟁이가 일어났으니 복귀 준비를 하라고."

"네, 네?"

멍하니 있던 세일럼이 화들짝 놀라 대답했다.

"통신구도 내놔. 렉시온 님한테 데리러 와주실 수 있는지 여쭤보게."

"진짜 괜찮으시겠어요?"

"안 괜찮으면 뭐 어쩔 건데. 지금 상태론 에버란 왕국에 계속 얹혀 있는 것도 썩 바람직한 일은 아니고."

세일럼이 조심스레 묻자 아렌트가 무심히 대답했다.

"슬슬 누가 인내심이 바닥났을 것 같거든."

아직까지 기다려 준 것만 해도 그는 최선의 호의를 보

여 준 것일 터였다.

* * *

출발 준비를 할 때까지, 아렌트는 자신을 둘러싼 불온한 공기를 제대로 만끽할 수 있었다.

시종들은 아렌트를 연신 힐끔대며 수군대기 일쑤였고, 바로 며칠 전까지만 해도 함께 전장에서 싸운 병사들과 에버란 왕국 소속 기사들 역시 혹시 눈이라도 마주칠까 슬슬 피해 다니고 있었다.

심지어 몇몇은 대놓고 아렌트를 향해 경멸하는 시선을 보내오기도 했다.

루드윈은 애써 태연한 척 그들을 배웅했지만, 잔뜩 긴장한 기색은 차마 숨길 수 없었다.

"이런 것도 오랜만이네요. 어째 고향에 돌아온 것 같은데?"

"미친 새끼야, 그런 말이 지금 나오냐?"

물론, 그 원흉인 견습 기사는 이따위 말이나 지껄일 뿐이었지만.

아서는 자꾸만 열이 뻗쳐오르는 것을 어떻게든 억누르려 애썼다.

"르웰린 왕자님도 같이 가신 댄다. 듣자 하니 루드윈 왕자님께서 엄청 말리셨다고는 하던데."

"마음대로 하라고 해요. 험한 꼴 당하건 말건 알아서 하겠지."

아렌트가 어깨를 으쓱였다.

루드윈만이 아니었다. 왕세자와 국왕, 왕비까지 따로 연락이 와서 르웰린을 말렸지만, 그는 어떻게든 제국으로 함께 가겠다며 고집을 부렸다.

끝끝내 르웰린의 뜻을 꺾지 못한 왕실 사람들은 백기를 들 수밖에 없었다.

'그럴 만도 하지.'

아서는 착잡한 눈으로 아렌트를 보았다.

제국 내부가 뒤집어진 걸로도 모자라, 연합국마저도 들썩이는 상황이었다.

그 원흉은 물론 저 빌어 처먹을 후배 놈이었고.

"……야. 진짜 진지하게 물어보자."

"뭘요?"

"진짜 네가 한 짓이냐?"

아서가 가라앉은 눈으로 아렌트를 가만히 보았다. 아렌트는 그에게 선뜻 고개를 끄덕여 주었다.

"네. 맞습니다. 솔직히 이런 상황에서는 내가 아니라고 하는 게 더 신빙성 없지 않습니까?"

"……."

당당하게 대답하는 꼴이 더욱 말문이 막힐 뿐이었다. 몇 번 입술을 달싹이던 아서는 그냥 입을 다물어 버렸다.

지금 이 사태를 어떻게 해야 할지, 그로서도 갈피를 잡지 못한 탓이었다.

분명 아서의 심란함을 알아차리지 못했을 녀석이 아니었지만, 아렌트는 여전히 태연하기만 했다.

"오히려 너무 늦었어요. 전 적어도 이쪽으로 오기 전에는 터질 거라고 생각했거든요."

다른 일이 벌어지기 전, 지클린을 죽일 수 있었던 게 큰 행운일지도 몰랐다.

아렌트의 온갖 기행에 익숙해진 황실 3기사단도 이번에는 모두가 잔뜩 곤두설 수밖에 없었다.

황태자가 급히 내린 복귀 명령의 원인을 깨달은 탓에 더욱 그랬다.

"……야. 다른 건 모르겠는데, 복귀할 때까지 어지간하면 혼자 다니지 마라. 우리 옆에 딱 붙어 있어."

아서가 진지하게 충고했다.

물론 어쭙잖은 습격에 눈 하나 깜빡할 아렌트가 아니었지만, 사방이 순식간이 적이 된 것과 마찬가지인 상황에서는 사소한 문제라도 만들지 않는 게 최선이었다.

그에게는 참 다행스럽게도, 아렌트는 평소처럼 삐딱하게 대꾸하는 대신 선뜻 고개를 끄덕였다.

"안심해요. 여기에서 더 사고 칠 생각은 없으니까."

모든 문제의 시발점은 칼리온 제국이 아닌, 에버란 왕국 병사들의 귀족 출신 지휘관이었다.

자신의 가문에서 급히 전해 온 통신을 받고 경악한 지휘관이 곧장 루드윈 왕자에게 알린 것이다.

그 무렵에는 이미 온 막사와, 심지어는 에버란 왕궁까지 소문이 파다하게 퍼진 뒤였다.

칼리온 제국의 아렌트 폰 에크하르트가, 루체 신을 폄훼하는 말로 사람들을 선동해 반역을 꾀한 혐의를 받고 있다.

현재 막사 안에서 그 소식을 접하지 못한 사람은 단 한 명도 없었다.

　

(배신 기사의 유쾌한 신의 19권에서 계속)